ÇA BAIGNE
DANS LE BÉTON

DU MÊME AUTEUR

Dans la même collection :

N'en jetez plus !
Moi, vous me connaissez ?
Emballage cadeau.
Appelez-moi, chérie.
T'es beau, tu sais !
Ça ne s'invente pas.
J'ai essayé : on peut !
Un os dans la noce.
Les prédictions de Nostrabérus.
Mets ton doigt où j'ai mon doigt.
Si, signore.
Maman, les petits bateaux.
La vie privée de Walter Klozett.
Dis bonjour à la dame.
Certaines l'aiment chauve.
Concerto pour porte-jarretelles.
Sucette boulevard.
Remets ton slip, gondolier.
Chérie, passe-moi tes microbes !
Une banane dans l'oreille.
Hue, dada !
Vol au-dessus d'un lit de cocu.
Si ma tante en avait.
Fais-moi des choses.
Viens avec ton cierge.
Mon culte sur la commode.
Tire-m'en deux, c'est pour offrir.
A prendre ou à lécher.
Baise-ball à La Baule.
Meurs pas, on a du monde.
Tarte à la crème story.
On liquide et on s'en va.
Champagne pour tout le monde !
Réglez-lui son compte !
La pute enchantée.
Bouge ton pied que je voie la mer.
L'année de la moule.
Du bois dont on fait les pipes.
Va donc m'attendre chez Plu-
    meau.
Morpions Circus.
Remouille-moi la compresse.
Si maman me voyait !
Des gonzesses comme s'il en
    pleuvait.
Les deux oreilles et la queue.

Pleins feux sur le tutu.
Laissez pousser les asperges.
Poison d'Avril, ou la vie sexuelle
    de Lili Pute.
Bacchanale chez la mère Tatzi.
Dégustez, gourmandes !
Plein les moustaches.
Après vous s'il en reste, Monsieur
    le Président.
Chauds, les lapins !
Alice au pays des merguez.
Fais pas dans le porno...
La fête des paires.
Le casse de l'oncle Tom.
Bons baisers où tu sais.
Le trouillomètre à zéro.
Circulez ! Y a rien à voir.
Galantine de volaille pour dames
    frivoles
Les morues se dessalent

Hors série :

L'Histoire de France.
Le standinge.
Béru et ces dames.
Les vacances de Bérurier.
Béru-Béru.
La sexualité.
Les Con.
Les mots en épingle de San-Anto-
    nio.
Si « Queue-d'âne » m'était conté.
Les confessions de l'Ange noir.
Y a-t-il un Français dans la salle ?
Les clés du pouvoir sont dans la
    boîte à gants.
Les aventures galantes de Béru-
    rier.
Faut-il tuer les petits garçons qui
    ont les mains sur les hanches ?

Œuvres complètes :

Vingt-deux tomes déjà parus.

SAN-ANTONIO

ÇA BAIGNE
DANS LE BÉTON

OU

L'INFERNALE TRAGÉDIE

Roman tout ce qu'il y a de policier
et je dirais même policier

6, rue Garancière - Paris VIᵉ

© 1988, « Éditions Fleuve Noir », Paris.

ISBN 2-265-03830-X
ISSN 0768-1658

A Maurice RHEIMS,
Avec mon amitié aussi immortelle que lui.

San-A.

*Un jour, il m'est arrivé quelque
chose de tout à fait exceptionnel : moi.*

San-A.

ÇA BAIGNE DANS LE BÉTON
ou
L'INFERNALE TRAGÉDIE
(façon Dante)

CHANT 1

En le voyant, je me suis rappelé l'histoire de ce gynécologue qui avait fait fortune sur le tard parce qu'il avait contracté la maladie de Parkinson (1).

Il sucrait violemment, au point qu'il devait engager de la main-d'œuvre étrangère pour aller faire pipi, pas que sa miction dégénère. C'était un grand mec sombre et moisi, plissé de partout, qui faisait penser à un champignon vénéneux. Il avait le regard enfoncé, dans les tons verdâtres, un nez en chute libre et un menton qu'il n'était jamais parvenu à raser complètement et qui pendait comme le tiroir d'un meuble cambriolé.

Vêtu solennellement d'épaisses flanelles grises empestant la naphtaline, ses fringues devaient dater du début du siècle, que même je me demande s'il s'agissait de celui en cours. Chemise blanche, col dur avec ces boutons de cuivre meurtrisseurs et qu'on perd toujours, sans lesquels l'œuvre de Feydeau ne serait pas ce qu'elle est. Il avait le parler haché menu des asthmatiques, avec des projets de glave au bout de chaque phrase. Mais il les retenait.

Il est demeuré longtemps assis en face de moi avant

(1) Là devrait se situer le premier rire de ce livre, mais je sais, à moi tout seul, au moins quinze cents cons qui passeront outre sans sourciller. *San-A.*

de se décider à me confier l'objet de sa visite. Il me jaugeait. Je devinais que, dans son estimation, se bousculaient le pour et le contre. En fin de compte, le pour dut triompher car il attaqua en ces termes :

— Monsieur, me dit-il, vous venez de créer l'Agence de Protection ; j'ai lu cela dans les gazettes. Si elle est efficace, je vous félicite car c'est exactement le genre de chose qui manquait, par ces temps troublés où l'on pille, viole et tue pour le sport.

J'eus la brève courbette qu'il était en droit d'attendre, après un compliment formulé sur ce ton et avec ces mots-là.

Je profite de ce qu'il reprend laborieusement sa misérable respiration pour t'affranchir, ô mon inséparable et très illustre lecteur. Au cas improbable — mais sait-on jamais — où tu aurais raté mon précédent chef-d'œuvre (1) couronné par l'Académie française et gracieusement titulé *Les morues se dessalent*, je dois à l'éclairage de ta lanterne de te dire, qu'au cours des péripéties haletantes (ça ne mange pas de pain) qu'il déverse, tu y aurais appris mon départ définitif de la Rousse, à la suite d'une grosse déception que m'infligea Mathias, l'infâme Rouquin, et d'une non moins grosse empoignade que j'eus avec le Vieux, cette louche sécrétion venue d'ailleurs. Dans ce même ouvrage, dont l'âme de mes fidèles se trouve encore endolorie, je raconte une extraordinaire aventure (si tu as une balance chez toi, pèse mes mots, et s'il y a une surtaxe à affranchir, je te la rembourserai) qui se déroule au Groenland. Je revins de ces contrées glaciaires en compagnie de la femme de ma vie, Marika, sublime Danoise, médaille d'or à mes jeux olympiques de baise. C'est d'elle que je tiens l'idée géniale de fonder l'Agence de Protection. La mise de fonds n'était pas trop forte puisqu'il s'agissait de louer un local pour y

---

(1) Que moi je n'ai pas raté, et c'est là le principal.

recevoir les clients et d'ouvrir un compte bancaire pour y déposer leurs chèques.

Bien entendu, ma fine équipe, à savoir Pinuche, Béru et M. Blanc voulurent être de la partie. Sans l'ombre d'une hésitation, ils démissionnèrent de la Poule et s'associèrent avec moi. En femme de tête astucieuse, Marika me fit valoir que je devais exploiter ma réputation acquise dans la police pour accréditer mon entreprise dans le secteur privé. Elle se chargea de la promotion de l'agence en organisant un monstre raout pour la presse, raout au cours duquel je développai le but de notre agence qui était, sa raison sociale l'indiquait clairement, de « protéger ». Qui ? Tout ce qui se trouvait en danger : les convois de fonds, les personnes menacées, les industries aux techniques secrètes, les banques, les personnalités politiques en déplacement, les expositions de joaillerie, etc.

En cette fin de matinée automnale, on a achevé de visser le panneau de cuivre qui nous concrétise, à l'entrée de l'immeuble neuf du quai de Tokyo où nous avons emménagé. Vue imprenable sur le front de Seine, tour Eiffel à discrétion, péniches à toute heure. Il est onze plombes quatre minutes à la pendule de mon bureau, et Jérémie, promu « de garde », vient d'introduire ce M. Lerat-Gondin, grave et branlant, dont l'aspect nous parle d'un temps que les moins de vingt ans ne peuvent pas connaître, dirait mon cher et génial Charles. Qui songerait à menacer cet être en fin de course ?

Je lui laisse la parole pour qu'il me le révèle.

— Monsieur, me dit-il, Mme Lerat-Gondin et moi-même allons nous marier demain.

Je tique un tantinet soit-il.

— Vous étiez divorcés et il s'agit d'un remariage ?

— Non, monsieur : d'une tradition. Ma femme et moi nous nous marions le 10 novembre de chaque année, date de nos premières épousailles. Il s'agit d'un

acte de foi amoureuse auquel nous ne faillirons pas tant
que nous vivrons l'un et l'autre.

— C'est admirable, conviens-je, mais comment réa-
lisez-vous un tel exploit ? Ne me dites pas que vous
divorcez tous les ans afin de pouvoir vous remarier ?

— Naturellement pas. Admettons qu'aux yeux du
commun mortel, il s'agisse-là d'un simulacre. Le maire
est un faux maire, le dossier d'état civil ne sort pas de
chez moi, et le prêtre qui officie dans notre chapelle
privée tourne pour la Télévision française le reste du
temps. Vous l'aurez peut-être vu sur Canal Plus, la
semaine passée : il jouait l'ambassadeur d'Autriche
qu'une gourgandine suce de haute bouche dans *Petites
salopes en salopettes,* le film porno d'après minuit,
grâce auquel une bonne partie des enfants de France
ont les yeux cernés et le poignet douloureux, le
dimanche matin.

Il parle par ricochet, de sa voix caverneuse. On se
sent essoufflé de l'écouter.

— Touchante tradition, confirmé-je, après l'avoir
classé dans mon carton des follingues. Mais en quoi
constitue-t-elle un danger, monsieur Lerat-Musqué ?

— Lerat-Gondin, rectifie mon client en puissance
avec l'âpreté du vieux con qui considère son blase
comme un capital inaliénable.

— Veuillez me pardonner, supplié-je, avec une
expression si pathétique de contrition que des larmes
lui viennent.

Et je réitère ma question, *the* question :

— Qu'est-ce qui vous porte à croire que vous êtes en
danger ?

— Ceci, monsieur San-Antonio.

Il tire péniblement de sa poche un objet rectangulaire
enveloppé de papier de soie.

Me le présente en me laissant le soin de le dépaque-
ter. Il s'agit d'un cadre en métal argenté, classique.

Il abrite la photo d'une tête de mort. Comprends : il

ne s'agit pas d'une gravure, mais d'un cliché. Quelqu'un a flashé la frime d'un squelette pour obtenir cette sinistre image.

— Regardez au dos !

Je.

Quelqu'un a rédigé, sans chercher à travestir son écriture :

> *Ce sera pour le 10 novembre.*
> *Mes meilleurs vœux à vous deux.*
>
> *Charles*

Les caractères sont aisés, légèrement penchés. Ils n'ont pas été tracés par une personne inculte, je dirais même : au contraire.

— Il s'agit probablement d'une farce d'un goût douteux, finis-je par laisser tomber.

— Vous pensez ? demande mon visiteur en ponctuant d'une moue sceptique.

— Avez-vous déjà reçu des envois de ce genre lors de vos précédents mariages ?

— Jamais.

— Vous connaissez ou avez connu un Charles ?

— Eh dehors du général De Gaulle que j'ai eu le privilège de rencontrer, aucun.

— Question incontournable, monsieur Lerat...

— Gondin !

— C'est cela : Lerat-Gondin ; vous connaissez-vous des ennemis ?

— Pas le moindre. J'ose dire que ma vie a été exemplaire.

— Vous pouvez me résumer votre curriculum ?

Il rengorge, enfle sa voix parasitaire :

— Bonne famille, les Lerat-Gondin.

— J'en suis convaincu.

— Pas de vraie fortune, mais des biens immobiliers

transmis de père à fils. Mon père était dans l'administration coloniale : haut fonctionnaire. Sénégal, Côte-d'Ivoire, Dahomey ! Je suis né à Dakar. J'avais l'intention de reprendre le flambeau, mais une sale hépatite virale a fait capoter mon projet. Alors je suis rentré en métropole et me suis lancé dans le commerce des timbres-poste. Spécialiste des émissions d'outre-mer. Une activité modeste mais rentable. Je l'ai arrêtée il y a une dizaine d'années pour me retirer dans notre maison de famille de Louveciennes. Je me suis marié la cinquantaine passée, à une mienne cousine devenue veuve, que j'aimais en secret depuis toujours. Elle aussi de son côté, elle m'en fit le doux aveu. Depuis nous coulons une merveilleuse existence, la main dans la main, les yeux dans les yeux.

Un pleur naît ! Il le laisse se développer et se perdre dans la partie herbeuse du menton, c'est-à-dire dans la région des fanons.

— Vous le constatez, monsieur San-Antonio, il s'agit là d'une vie paisible, seulement marquée par des deuils familiaux, les conflits internationaux, quelques maladies sans gravité. Je ne comprends rien à cette menace ; mais j'ai peur. Le bonheur engendre la crainte. On redoute toujours de perdre ce qui vous comble. Voilà pourquoi je viens réclamer votre protection, puisque, de la protection, vous vendez !

Première fois que j'ai à discuter ce genre de problo.

Je dis :

— Monsieur Lerat-Gondin, si vous réclamez ma protection, c'est que vous vous estimez en danger. Or si vous vous croyez en danger, le moment est venu de vous confesser pleinement. Avez-vous commis, au cours de votre vie, une action susceptible de justifier la vindicte d'un homme ? Vous est-il arrivé de léser quelqu'un, de le cocufier, de le déshonorer, de lui infliger un préjudice moral ou physique ?

Il paraît réfléchir à plein temps. Son examen de

conscience est long comme un contrôle fiscal chez un antiquaire.

Puis, après une période :

— Non, monsieur, en mon âme et conscience.

— Alors il s'agit bien d'une farce.

— Je l'espère, encore qu'elle soit l'équivalent d'une agression. Il n'empêche que je requiers votre assistance. Quels sont vos tarifs ?

— Pour cette question, vous devez passer dans le bureau voisin, au service comptabilité.

Ainsi en sommes-nous convenus, Marika et moi. L'action, c'est ma pomme ; le grisbi, c'est son turbin à elle.

Je promets au bonhomme d'être en sa demeure le lendemain aux aurores avec ma fine équipe pour une reconnaissance approfondie des lieux et la mise au point d'un dispositif de haute protection.

Avant de le quitter, je charge Jérémie Blanc de photocopier le message rédigé au dos de la photo.

Le vieux nœud branlant va se livrer aux ongles délicatement vernis de ma bien-aimée.

Ce que j'appellerai pudiquement « L'Affaire du Siècle » vient de commencer.

CHANT 2

C'est le genre de personnage que tu rêves d'assassiner à coups de ballon rouge pour que son agonie soit plus lente.

Elle est Carabosse à outrance, la mère Lerat-Gondin. Une goule pas possible ; de celles qui vont claper les cadavres dans les cimetières ! Crochue de partout : du pif, du menton, du front, des doigts, du cul. Dépeceuse par vocation, tu la sens ! Arracheuse d'entrailles (pour s'en faire des colliers de vahiné). Démone machiavélique, je la soupçonne phosphorescente, la nuit. Elle dégage une vilaine odeur d'outre-tombe : soufre et décomposition ! Y a des giclées de méchanceté à l'état brut qui lui sortent des orbites. Buveuse de fiel ! Ciguë ! L'horreur vivante ! La charognerie déambulatoire ! Dans sa belle robe blanche à traîne, elle a l'air d'une sorcière en vadrouille à la pleine lune. Elle fait funèbre, la mère ! Ses serres de rapace se crispent sur son bouquet de fleurs d'oranger.

Jamais vu pareil carnaval ! Fellini ? Zob ! T'as la gorge en vrille, le sang qui coagule dans tes tuyaux, les nerfs qu'effilochent. On se regarde, Béru, M. Blanc et mézigo. On doute ! On a peur ! On regrette d'être nés, tant tellement c'est trop trop ! Le grand amour au père Lerat-Gondin, il est chié, moi, je te le dis. T'as beau savoir que l'homme est incaptable, tu peux pas piger un accouplement avec cette gorgone. Tu conçois pas à quoi il peut correspondre. Elle serait mongolienne avec en sus un chancre mou, Ninette, à la rigueur t'admettrais qu'elle puisse susciter la passion. Mais là, si ardemment vénéneuse et néfaste, les bras t'en tombent ; t'as les testicules en gouttes d'huile et ta zézette, pour lui retrouver des vibrations avant-coureuses, faut la décongeler dans un four à micro-ondes, peut-être même la passer au chalumeau oxhydrique ?

L'époux, en redingue, futal rayé, gilet perle, lavallière de soie, il en crache comme un birbe du Jockey Club. Compassé, il fixe un gardénia à sa boutonnière, devant la grande glace du salon. Sa Juliette nous grince de faire gaffe à ses planchers briqués. Elle n'a pas de domestique pour fourbir son espèce de castel plus ou moins délabré, et c'est elle qui s'appuie les ménagères besognes.

Nous trois (Pinaud, grippé, n'a pu se joindre) sommes à pied d'œuvre depuis déjà deux plombes. Nous avons exploré la baraque dans son entier, et les moindres recoins du parc qui d'ailleurs n'est pas très vaste : six mille mètres cubes (en hauteur il leur appartient aussi) à tout briser. Dans une espèce de petite clairière cernée par une haie de buis, se dresse la chapelle minuscule où doit se dérouler la cérémonie religieuse.

A peine venions-nous de tout visiter que les protagonistes se sont pointés. L'équipe marieuse au complet : le maire (un gros chauve), le curé (un long maigre), l'harmoniumiste (un jeunot blafard) et les deux demoiselles d'honneur (les filles du « maire » aux minois ingrats dévastés par l'acné et dont l'une est légèrement hydrocéphale sur les bords !).

Ils sont allés se loquer dans une pièce à eux dévolue. Les fillettes ont passé des robes mousseuses, couleur abricot, avec des gros nœuds sur les miches. Le maire a ceint son écharpe tricolore, le curé sa soutane, son surplis, son étole. Le musico, lui, il a simplement pris sa partition dans une serviette de cuir râpé comme la peau d'un qui aurait du psoriasis.

Maintenant, c'est la période d'attente. Les Lerat-Gondin marchent nerveusement sur le grand tapis du grand salon.

— Je suis émue, dit Lucienne à Alphonse.

— Mon aimée ! bée-t-il en lui pressant la main.

Il ajoute :

— Dans une heure tout sera terminé et nous pourrons nous consacrer à notre bonheur.

Elle a un geste pour poser sa joue sur l'épaule de son Casanova de vaisselle.

Touchant.

Béru me souffle :

— Enfouiller dix mille piastres pour venir mater l' carnaval d' Rio, c'est velouté, non ?

A ma demande, il s'est saboulé prince consort, le Mammouth, en revêtant le costard qu'il portait au baptême d'Apollon-Jules, son fils tard venu. Nonobstant une traînée de mayonnaise sur le revers, une brûlure de cigarette sur la poitrine et une poche décousue, l'habit fait encore le moine. Jérémie, quant à à lui, est rigoureux sans sa flanelle grise, avec sa chemise blanche et sa cravate jaune sur laquelle a été peint (main) l'Empire State Building (il l'a ramenée de Nouille York. Lire d'urgence *Circulez ! Y a rien à voir*). S'il n'était extrêmement sénégalais, je dirais que je le trouve sombre. Je lui en fais la remarque dans une embrasure de fenêtre.

— T'as pas ton *look* habituel, je chuchote. Ça ne baigne pas, ce matin ?

— Ça baigne dans le béton, répondit-il.

— Des ennuis, chez toi ?

— Ramadé, ma chère épouse, m'a fait le *wadou wahou* pendant que je me rasais.

— Ça consiste en quoi ?

— Ce serait trop long à t'expliquer, et d'ailleurs tu te foutrais de sa gueule, avec ton esprit cartésien de merde. Si tu veux, c'est une lecture des présages pour aujourd'hui, car nous sommes entrés ce matin dans le grosso modo du Lion.

— Je ne m'en étais pas aperçu !

— Tu vois, que tu persifles sans seulement savoir. Vous êtes chiés, vous autres, avec vos gueules comme du vomi de bébé.

— Bon, pardonne à un non initié, plaidé-je. Et il racontait quoi, le *wadou wahou* de ta jolie Ramadé ?

Il renifle, et avec les deux hottes de cheminée qui lui servent de narines, ça fait instantanément un fameux cubage d'oxygène en moins dans la pièce.

— Il racontait de sacrés sales trucs, mon vieux, ça tu peux le croire. Ça va chier des bulles carrées, aujourd'hui ! Du reste, on le sent, non ?

A nouveau, il « carbonise » dix mètres cubes d'atmosphère.

— Je ne sens rien, avoué-je piteusement ; il est vrai que je ne dispose que d'un simple nez normal ! Si l'odeur t'incommode, carre-toi deux balles de tennis dans le pif !

Son regard flétrisseur me déguise en crotte de chien.

— Des cons, j'en ai vu ! fait-il. Ça pour en avoir vu j'en ai vu. Mais des cons aussi cons que toi, je croyais pas que ça pouvait exister.

Bérurier qui s'était éclipsé pendant ce romantique dialogue revient, enceint d'une boutanche de champagne qu'il a été prélever dans un seau où elle se gelait le cul. Le royal breuvage est destiné à fêter la fin de la cérémonie, malheureusement, les papilles gustatives de l'homme des casernes piaffent de trop d'impatience. L'eau de la bouteille dégouline dans le pantalon de Big Apple qui a l'air de souffrir d'incontinence urinaire.

— Je vais dans l' parc fêter l' jubilée à médème,

murmure-t-il. Ell' m' gèle les noix. On se retrouvera à
la chapelle.

**
*

— Alphonse Aimé Paul Lerat-Gondin, acceptez-
vous de prendre pour épouse Lucienne Eloïse Blagapare, ici présente ?

Il a le visage baigné de larmes, l'amoureux.

— Certes, évidemment, bien sûr, oh ! oui, mais
comment donc, affirmatif de toute mon âme ! répond-
il.

M. le maire se tourne vers la sorcière.

— Lucienne Eloïse Blagapare, acceptez-vous de
prendre pour époux Alphonse Aimé Paul Lerat-Gondin, ici présent ?

— Oui !

Sec, tranchant. Mais l'essentiel, somme toute.

— Je vous déclare unis par les liens du mariage !
déclare le maire.

Ensuite il lit la formule cabalistique par laquelle l'état
civil enchaîne deux pégreleux pour le pire et pour le
pire, avec des jours pleins de mauvaise humeur et des
nuits pleines de mauvaises odeurs.

Un gros registre noir. Les « nouveaux » époux
signent. L'organiste est le témoin de la mégère, le faux
prêtre celui du marié. J'ignore combien ils touchent
pour se prêter à cette sinistre comédie, mais ils jouent
le jeu sans se marrer, avec une grande concentration.

Les formalités civiles accomplies, le cortège se forme
pour se rendre à la chapelle. Les deux petites filles
saisissent la traîne de la mariée, l'époux place son
chapeau de forme sous son bras gauche et offre le droit
à sa jeune femme.

Fouette, cocher !

Le curé passe en tête, le maire et l'harmoniumiste

suivent à deux pas des demoiselles d'honneur; Jérémie et Bibi fermons la marche.

Pour tout te dire, je me sens vachement glandu d'avoir accepté ce « travail ». Beau début dans ma nouvelle carrière! Se prêter à la folie de deux gâteux, c'est éclatant comme démarrage! Je vais margouliner, si j'emprunte ce chemin. Vivre « d'expéditions », comme dit Alexandre-Benoît.

Je contemple ces deux pauvres fantoches en grande tenue sous les frondaisons dépouillées par l'automne (dix en compo franc pour ce bioutifoul cliché, à la communale de jadis).

Ils marchent cahin-cahotant vers le bonheur. Ils tombent en sirop mais sont heureux. Vieux Roméo arthritique attelé à sa Juliette déclavetée. Misère triomphale de l'espèce humaine! Dinguerie échevelée, porteuse, cependant, de nobles sentiments. Cela s'appelle l'amour! C'est grotesque et pourtant beau! Sauvagement beau. Pitoyablement beau! Ah! l'étrange mascarade. Défilé de spectres pour film d'horreur.

La chapelle — l'oratoire, plutôt — est trop exiguë pour nous contenir tous, bien que nous ne fussions même pas une douzaine. Seuls s'y trouvent réunis, le prêtre, l'organiste, et les mariés. Dérisoire, une partie de la traîne reste à l'extérieur, toujours tenue par les fillettes boutonneuses. Le maire et nous autres poulets, nous nous plaçons en arc de cercle derrière ces dernières pour assister à la cérémonie.

Le musico de l'harmonium attaque la suite pour clavecin et cassoulet de J.-S. Bach. Le curé laisse déferler l'orage avant de commencer l'office proprement dit. Il salue d'abord ce couple que l'amour a rapproché et qui a décidé de s'unir. Il trémole, ayant répété devant sa glace. Effets de voix, de manches, d'expressions. Intonations vibrantes pour supplier le Seigneur de ceci, cela. Tout bien.

— Tu crois qu'il va célébrer une vraie messe?

chuchote Jérémie qui est catholique et qu'un sacrilège effarouche encore par les temps qui se traînent.

— Ça n'a pas plus de conséquence qu'une messe de cinéma, le rassuré-je. Dieu ne s'en offusquera pas ; au contraire, il doit sourire dans sa barbe floconneuse.

N'empêche que j'ai envie de me pincer pour m'assurer qu'il ne s'agit pas d'un cauchemar ! Ces deux vieux hiboux travestis en mariés, lui, pingouin, elle, de blanc loquée, bouquet virginal, voile, diadème... Et, dessous, des frimes pour catacombes siciliennes. Agenouillés côte à côte sur leurs prie-Dieu tendus de velours grenat, au lieu d'être allongés sur un cataflaque ! Si funèbres qu'on a envie de se sauver en hurlant.

Des feuilles mortes ultimes choient des arbres et tombent avec un bruit de papier froissé. Le parc sent l'humus, la terre en partance dans les hivers pour s'y refaire une santé. La nature désarme. La grande bâtisse grise, à la façade déjà lépreuse, raconte des histoires épouvantables avec son pignon carré et ses portes-fenêtres sans rideaux qui reflètent la morosité du ciel.

Il fait frisquet. Je frissonne dans mon imper au col relevé. Ma honte d'être ici, à assister à des guignolades, ne fait que croître. Béru, légèrement à l'écart, compisse (champagne oblige), un massif de rhododendrons. Toute cette scène est saugrenue, indécente. On a envie d'appeler des ambulanciers et de faire embarquer ces deux sinoques à Charenton, pour, tout de suite après, virer les « comédiens » à coups de pompe dans les meules.

Et moi, sois certain, je vais rendre sa fraîche au vieux glandu lorsqu'il en aura terminé avec son mariage de merde ! J'ai ma dignité ! Si je cède à ce genre d'entreprises, j'aurai plus qu'à déféquer sur les trottoirs quand l'envie me prendra.

L'oratoire bourdonnant de musique, comme l'écrivent les romanciers de catégorie petit c, serait plutôt mignon au creux de sa clairière. Une église jouet ! Mon culte dans le parc. Il est en pierre blanche, avec un minuscule clocheton couvert de minuscules tuiles rondes. Comme il ne mesure guère plus de quatre mètres de long, la double porte s'ouvre à l'extérieur afin de gagner de la place. Il ne comporte pas d'autres ouvertures que celle-ci, si ce n'est deux étroites meurtrières de part et d'autre du petit autel. Deux rais de lumière nimbent le crucifix ancien trônant au-dessus du tabernacle. J'imagine Lerat-Gondin en train de faire ses oraisons dans ce sanctuaire lilliputien. On doit s'y sentir douillet dans sa foi, emmitouflé.

On en est déjà à l'homélie du prêtre. Il dit des choses superbes, comme quoi l'union de deux êtres est sacrée et que malheur à qui veut lui porter atteinte, tout ça, quand voilà qu'il se produit un double choc. Vlan ! Vlan ! Mais que se passe-t-il, Achille ? Les deux vantaux étroits de la porte viennent de se fermer brutalement. Et cependant, personne ne les a actionnés. Ils étaient ouverts et ils se sont clos simultanément, alors qu'il n'y a pas un souffle d'air. Cela tient du miracle.

Le plus surréaliste, c'est la traîne de la mariée qui continue de dépasser de la chapelle. Les deux fillettes, surprises, l'ont lâchée. Elle est toute serpillieuse sur les graviers de la menue clairière. On entend hululer une péniche au loin, ou peut-être est-ce un camion sur la route qui prie un cyclomoteur de tirer sa couenne.

Un silence s'établit.

On regarde, on dévisage, on suppute.

M. Blanc s'approche de la lourde et cherche à la rouvrir, mais que tchi ! Y a pas de prise et puis on dirait que c'est bloqué de l'intérieur.

Il me semble percevoir un remue-ménage dans l'oratoire. Des sortes de cris étouffés. Je me précipite, Béru de même. On essaie de choper les panneaux mais ils sont encastrés dans le cadre de la porte.

Je cogne contre.

— Poussez de l'intérieur ! enjoins-je.

Fume ! Ça échauffoure dur. L'harmonium exhale une grande plainte mélodieuse.

— Trouvez des outils, bordel ! gueulé-je à mes troupiers.

— Il faudrait un pied-de-biche ! dit M. Blanc.

— Pied-de-biche mon cul ! gronde le Mammouth. Tirez votre lard, les mecs.

Il prend son élan et se jette sur la lourde. Zob ! Juste un gros baoum ! et point à la ligne ! Déconfit, il grommelle en se massant l'épaule droite :

— Mouais, faudrait p't'êt² bien un pied-de-biche.

Pratique, le maire déclare :

— Des démonte-pneus suffiraient, bougez pas !

Il part en courant. Que c'est l'instant où l'une de ses deux fifilles, je crois que c'est la plus tarte (l'autre n'étant que la plus moche), se met à hurler.

Dis, elle va pas nous faire une crise de nerfs, cette péteuse !

— Calmos, ma gosse ! lui fait le Gravos. C'est moins grave qu' si c' s'rait pire !

Mais il la boucle, parce que justement, c'est pire que si c'était grave. Magine-toi, lecteur tant aimé, que la traîne de la mariée n'est plus blanche. Un flot rouge déferle dessus. Du sang ! Et moi je sais déjà que le raisin ne se propage à cette allure et en telle quantité que lorsqu'on a sectionné une carotide ou une fémorale.

Le Mastar prend les deux gamines par les épaules.

— Vous devreriez aller jouer dans l' parc, les mômes, leur conseille-t-il. C'est la saison qu'on voye les nids dans les branches. Si vous en repéreriez t'un, j'irais vous l'attraper.

Mais les mousquettes, tu penses, Hortense ! Charognardes comme des grandes personnes, déjà ! Mouches à merde, le sang les attire. Elles veulent tout voir.

V'là leur papa avec quatre démonte-boudins.

En apercevant la traîne empourprée, il bégaie :

— Non ! Ce... ça... c'en est ?

Personne ne lui confirme. Chacun armé d'une tige de fer, on entreprend de soulever les lourdes, mais toujours le cadre de porte en pierre qu'empêche la manœuvre.

— Faudrerait un' hache ! déclare alors le Gravos.

Il va rôdailler en direction d'un appentis.

Jérémie et moi, on se tient part et d'autre de la traîne rouge comme s'il s'agissait d'un ruisseau.

— C'est impensable, murmure mon bon négro. D'abord, comment la double porte s'est-elle fermée ?

— Nous le saurons peut-être lorsque nous l'aurons ouverte.

Sans mot dire, il fait le tour de la chapelle. Puis il émet un bref sifflement. Je le rejoins.

— Tu as une lampe électrique sur toi, crois-je savoir ? fait-il.

Je tire mon stylo-torche à inflation biconvexe.

— Je vais te faire la courte, regarde à l'intérieur, par une meurtrière.

C'est un roc, c'est un socle, c'est un piédestal de marbre, le Jérémie ! Juché sur ses mains soudées, je me sens comme sur la terre ferme. Je braque le faisceau de ma lampe sur l'intérieur de l'oratoire et glisse mon regard acéré par l'étroite faille.

— Maman !

C'est ce mot seul qui m'échappe.

J'avais le choix entre lui et « Mon Dieu ». C'est « Maman » qui m'est venu en priorité.

— Alors ? s'impatiente M. Blanc au niveau de ma braguette.

Je mate encore pour dissiper ce qui pourrait s'obstiner d'incrédulité dans mon esprit touffu. Puis je saute de mon perchoir humain.

— Je crois que notre agence de protection, pour ses débuts, a gagné le canard, dis-je.

Je lui tends la loupiote et m'arc-boute en nouant mes paluches aristocratiques. A son tour de se jucher et de visionner.

Cézigue, contrairement à ma pomme, il en casse pas une ; mais, une fois sur le sol, il soupire :

— Maintenant tu peux continuer de te foutre du *wadou wahou* de ma chère Ramadé, si le cœur t'en dit !

De grands chocs nous indiquent que Bérurier a découvert une hache et qu'il l'utilise.

CHANT 3

Le commissaire Monlascart est un tout jeune sorti premier de l'école de Saint-Cyr-au-Mont-d'Or. Son uniforme ? Jean délavé, blouson râpé, tee-shirt verdâtre avec un tigre bondissant sur le devant. Cela dit, coiffé sage, manucuré, rasé de frais, des besicles d'intello et une allumette coincée entre ses dents du bonheur pour s'empêcher de fumer.

Pas persifleur, nonobstant les circonstances. Pire : hautain. Rien à sarcler que j'aie été un as de la Grande Cabane. Du moment que je l'ai quittée, me suis ravalé quidam. En tant que tel, il reçoit mon témoignage.

Je lui narre, en vrai péteux, les circonstances. La démarche de Lerat-Gondin à notre Agence de Protection. Là, première interruption pour me demander :

— Agence de quoi ?

— De Protection, répété-je courageusement.

Il ne rit pas, il opine. Il fait, comme dans *Le Père Noël est une ordure :*

— C'est cela, oui.

Et faut dire que ces mots, quand tu les prononces devant quatre cadavres méchamment charcutés, ils ont une résonance branlante.

Je montre la photo de la tête de mort avec le message signé « Charles » au dos. Dis qu'on s'est pointés tôt, ce

2

morninge, pour un examen approfondi des lieux : maison, parc, chapelle. Tout paraissait O.K.

— Vous ne vous êtes pas rendu compte, alors, que la double porte de la chapelle s'actionnait par un mécanisme de fermeture automatique commandé de l'intérieur ?

— J'avoue que non. Les deux panneaux étaient ouverts et nous ne nous sommes pas attachés à leur examen. L'eussions-nous fait, qu'il ne nous aurait pas alertés outre mesure.

— Parfaitement, oui, laisse tomber le jeunassou.

Il est flanqué de deux inspecteurs qui inspectent en pouffant sitôt qu'ils passent à notre proximité, tant tellement que je sens poindre l'instant où messire Dugnon va leur lâcher ses trois livres avec os au bouc.

— Quand vous prétendez avoir exploré la chapelle, monsieur San-Antonio (tu notes la mise au point ?), voulez-vous dire que vous avez fouillé partout ?

— Quand on fouille, môssieur le commissaire, c'est partout, sinon cela ne s'appelle pas fouiller.

Et toc ! prends ça dans ta sale gueule de raie, petit con ! Il tressaille, puis retombe dans son impassibilité.

— D'ailleurs, poursuis-je, l'harmonium excepté, il n'y avait aucune cache envisageable. Nous avons sondé l'autel, le sol, les murs ; tout était normal.

— Le yatagan ayant servi au carnage devait bien se trouver quelque part.

— Oui : dans les vêtements de l'une des quatre victimes. J'admets n'avoir pas palpé les assistants.

Les gars de l'Identité s'affairent dans l'oratoire. Ils évitent de patauger dans la mare de sang recouvrant les dalles, mais c'est plutôt duraille car, du *blood,* y en a eu des litrons et des litrons de répandus.

— C'est le crime en vase clos parfait, murmure Monlascart.

— On le dirait.

— *Personne ne se tenait caché ici et personne n'a pu y*

entrer. Il nous faut donc conclure que le meurtrier se
trouve parmi l'une des quatre personnes assassinées.

— Voilà un parfait résumé des événements.

Cette fois, le commissaire intello ne songe plus à
m'humilier. Il affronte le problo de toute sa matière
grise.

— Ils ont tout les quatre la gorge sectionnée, ce qui
revient à dire que l'assassin s'est donné la mort après
avoir égorgé les trois autres.

— Sans aucun doute.

— Il faut une sacrée furie suicidaire pour se trancher
la gorge avec un sabre !

— Il en était animé.

— Le sabre gisait dans le sang entre les cadavres.

— La mort aura fait lâcher prise à celui qui s'est tué.

— A votre avis, il ne peut s'agir que du marié ?

— Tout m'incite à le croire.

Il se reprend, sincèrement navré de m'avoir consulté
par inadvertance.

Il dit, Monlascart, de sa voix à réciter des théorèmes :

— Seuls les propriétaires pouvaient avoir fait amé-
nager cet étrange système de fermeture et savoir
comment il se déclenchait.

Je ne bronche pas.

— Le joueur d'harmonium, ainsi que le curé, ont été
engagés pour jouer cette sinistre comédie. Je ne les vois
guère arrivant pour toucher un cacheton, avec un sabre
arabe dans leur culotte !

Mutisme éperdu de l'Antonio marri. Qu'il déve-
loppe, le petit nouveau ! C'est lui, le patron ! Moi, je ne
suis qu'un pauvre témoin à la gomme.

— La mariée n'aurait probablement pas eu la force
de pratiquer trois décollations successives sur des
hommes.

— Une folle a la force d'Atlas, dis-je.

Il hausse les épaules. Puis, se tournant vers Jérémie
qui ronge son frein à l'écart :

— Vous ! Venez ici !

Mon pote murmure sans broncher :

— Vous, il s'appelle Jérémie Blanc et on ne lui parle pas comme à un chien, vu qu'il a une carte d'électeur dans sa poche et qu'il peut réciter Verlaine par cœur.

Le jeune commissaire est parfait. Tu crois qu'il grimpe en mayonnaise et fait des giries ?

— Je vous prie de m'excuser, monsieur Blanc, veuillez-vous approcher, rectifie-t-il.

Le grand Noir avec deux chaussettes blanches obtempère. Monlascart le considère en souriant :

— Sénégalais ?

— A ne plus en pouvoir, monsieur le commissaire.

Alors l'autre se met à déclamer :

— *Le ventre du destin, par ses enflures superbes.*
   Annihile les coraux que d'aucuns trouvent chauds.

Puis il déclare :

— Moi, c'est Léopold Senghor que je récite par cœur.

— Ce que vous venez de déclamer n'a jamais été de Senghor et n'est même pas de son garagiste ; c'est de Niakouné Boudin, un écrivailleur de seconde zone qui se prend pour le Mallarmé sénégalais et qui doit l'être, rectifie Blanc.

Poum ! Au tas ! Là, il est en porte à faux, Monlascart.

— Messieurs, nous dit-il, je vous prie de me décrire le plus succinctement possible comment se tenaient les personnages et ce qu'ils faisaient au moment où la porte s'est brutalement fermée.

Sage reconstitution. Elémentaire, mon cher Dunœud !

Je laisse parler Jérémie, me réservant d'apporter des précisions ou des rectifications à son récit en cas de besoin.

— Le curé se tenait à un mètre des mariés et leur faisait un sermon. Les mariés étaient agenouillés sur leur prie-Dieu et l'écoutaient avec recueillement. L'organiste avait rabattu le couvercle de l'harmonium et s'y accoudait en rêvassant.

— Aucun de ces quatre personnages ne paraissait se préparer pour une action quelconque ?

— Non. Ils étaient tels que je le dis, n'est-ce pas, Tonio ?

— Rigoureusement exact, confirmé-je.

— Bon. Maintenant, la commande électrique de la porte, reprend le commissaire. Il s'agit d'un contacteur identique à ceux qui actionnent les portes de garage équipées de télécommande. On l'a retrouvé non loin du sabre, dans le sang. N'importe laquelle des personnes présentes aurait pu le jeter après usage. Je comprends que le meurtrier ait eu le loisir d'agir. A l'intérieur, l'obscurité a été presque instantanée. Le temps que les victimes se fassent à cette pénombre, on les avait frappées ! C'était facile de les prendre ainsi au dépourvu.

Il arrache la bûchette de bois d'entre ses dents et, d'une chiquenaude, l'envoie dans le gazon.

— Crime de fou ! fait-il, catégorique.

Il a raison. Crime de fou. Or, les Lerat-Gondin étaient fous. Reste à déterminer pourquoi un dingue déterminé à mourir avec ses victimes s'entoure d'une pareille mise en scène !

— Bon ! fait Monlascart, passons aux bruits. Les portes claquent. A l'extérieur, vous sursautez, je devine. A quoi avez-vous pensé ?

Je réfléchis :

— A tout et à rien. J'ai eu une vive notion de danger, mais je ne comprenais pas ce qui arrivait. La surprise, quand elle est forte, neutralise les facultés de raisonnement.

— Qu'avez-vous entendu ?

— Une agitation, une effervescence. Des heurts, des gémissements, voire des cris escamotés.

— Cela s'est-il poursuivi après que vous eussiez vu le sang sur la traîne de la mariée ?

Question déterminante. Il a du chou, le petiot. Il fera carrière lorsqu'il se sera frotté au métier et qu'il aura mis un peu d'eau dans son vin.

— En effet, cela s'est poursuivi, intervient Jérémie.

— Ce qui met la femme hors de cause. Conclusion, c'est Lerat-Gondin qui a tout manigancé et commis ce carnage, en le terminant par lui-même.

Sincèrement, je ne vois pas d'autre hypothèse, en effet.

— C'est ahurissant, soupiré-je. Non seulement ce vieux foutraque a eu besoin d'organiser cette mise en scène, mais il a voulu des témoins à cette tragédie. Pourquoi m'a-t-il engagé si ce n'est pour que je puisse avoir cette conversation avec vous, mon cher commissaire ?

CHANT 4

Peu après, il nous a remerciés comme des malpropres, le commissaire Monlascart. Le côté : « Eh bien, messieurs, je n'ai plus besoin de vous pour l'instant, mais veuillez rester à la disposition de la Justice. » A nous, les ex-archers de l'élite ! A nous, les mousquetaires de la Poule ! Les gardes privés de Son Eminence le cardinal Achille de Richevieux ! Vexatoire jusqu'aux os, non ? Je sentais la honte me siffler aux oreilles, comme le vent d'hiver dans les hauts peupliers de par chez nous, jadis. On avait belle et suave mine, en vérité ! Comme cornards, j'avais jamais vu mieux ! On est rentrés, l'oreille et la queue basses, pareils à des fêtards qui se sont fait entôler par des entraîneuses trop capiteuses. On nous avait rousti notre morlingue, les gars. Et notre honneur, par-dessus le blaud ! Les champions de l'Agence de Protection ! Laisse-moi pouffer, Ninette ! De quoi se la tréfiler et s'en servir comme ficelle à paquets. Je me serais volontiers déguisé en ballot et expédié à l'autre bout du monde, tous frais payés !

Au retour, Marika qui avait déjà contracté les stigmates des parfaites secrétaires, se faisait les ongles sur son sous-main de cuir neuf. Une chiée de minuscules flacons la cernaient. Un rayon de soleil, unique ce jour-là et réservé à elle toute seule, déguisait en or vivant sa merveilleuse chevelure.

A nos gueules de tragédie antique, elle a tout de suite réalisé qu'il y avait eu un os dans la noce.

Au lieu de se déguiser en pie-grièche et de nous accabler de questions, elle a attendu, continuant d'unifier un vernis cerise sur ses ongles en amande.

— On a un tournevis, ici ? ai-je soupiré.

— Il y a une boîte à outils dans le placard du couloir.

— Il va falloir dévisser la plaque de cuivre, en bas, ai-je murmuré.

Elle a attendu la suite. J'ai plus rien bonni. Alors Jérémie s'est emporté :

— Il est chiant, ce mec, putain ! A trouver le moyen de faire du ciné en ce moment ! Pourquoi tourner autour du pot ! Dis-le-lui que ça a chié des bulles carrées, juste comme me l'avait prédit Ramadé !

C'est Bérurier qui s'est mis à la tâche. Il a fait dans la sobriété pour une fois. Des impropriétés de termes, naturellement, des fautes d'accord, des argotismes, mais un récit lucide et tranchant.

Seulement, sa pomme, quand il se contrôle, c'est pour mieux exploser par la suite. Ses soupapes de sécurité qui volent en éclats. A peine en a-t-il eu fini qu'il s'est mis à mugir comme tous les féroces soldats de *la Marseillaise,* le Gros.

— Non mais, rendez-vous-t-il compte, Euréka (il l'appelle Euréka au lieu de Marika), vous rendez-vous-t-il compte de quoi est-ce on a l'air, visse-à-visse de ce trou-de-balle mal torché de commissaire de merde de sa putain de mère vérolée ! Qu'il nous a traités comme du babeurre que chez nous on donne aux cochons ! On aurait eu été le balayeur du coin, c'est pas pour toi qu' j' dis ça, Blanche-Neige, ça n'eusse pas été pire ! Qu'il a fait prévenir la presse, le veau ! Et qu'on aura nos frites dans les baveux, à la téloche, partout ! L'Agence de Protection qui vient regarder zigouiller les

gus qu'elle protège, à ses nez et barbe. Vous voiliez d'ici
les gorges chaudes et les chaudes pisses, à not' sujet ?
Toute la Grande Taule qui se tortille de rire tellement
qu'on trouv'ra plus un agent dans les carrefours pour
faire la circulante. Mais on est donc maudits, bordel !
Pourquoi faut-il que ça nous choit-il su' l' râb', un
turbin pareillement effroyab' ? Euréka, j' vous prille d'
me réponde !

Et Marika a répondu.

Et sais-tu ce qu'elle a dit, ma merveilleuse, ma
beauté, ma régnante ?

Un mot, un seul. Qui a fait basculer le climat. Nous a
régénérés. Un simple adjectif comme je les aime, de
trois syllabes :

— Passionnant !

Un sourire miséricordieux a élargi le soleil de ses
cheveux à son sublime visage. Ce qu'elle est belle, cette
chérie ! Quand ton regard se porte sur elle, y se passe
des choses dans ta moelle pépinière (Béru dixit), tes
testicules se mettent à fredonner leur belle complainte
que j'ai intitulée *T'v'voir tes miches*. Faut pas la fixer
trop longtemps, à moins que tu soyes Napoléon (lequel
pouvait, m'a-t-on dit, regarder le soleil en face), sinon il
te vient un décollement de la rétine.

Oui, elle a dit « Passionnant ».

Et c'est alors que nous trois autres cons, on a réalisé
que « Bon Dieu, mais c'était bien sûr ». Evidemment
que c'est passionnant une histoire pareille ! A preuve :
ça fait déjà quatre coups de téléphone que je reçois, de
confrères qui me demandent de la leur vendre ; mais
dis, hein, un bigntz pareil ça se traite dans les délica-
tesses. Faut être un orfèvre du style. Un génie de
l'invention. Un gynéco du coup de théâtre. Même chez
les Ricains, je vois personne capable d'en venir à bout
sans la saccager. D'ailleurs, les romanciers yankees, tu
remarqueras, c'est de l'amphigouri à grand spectacle et
rien d'autre. Ils embroglillent. Ils assènent de la docu-

mentation. Ça t'en met plein les carreaux et pendant que tu te passes les lampions à l'Optrex, ils escamotent le sujet. Des malins ! Mais leurs combines précuites et surcongelées, merci bien, je t'en fais cadeau. Je préfère notre tambouille à nous autres qu'on marne dans l'humain ; d'en plus la mienne fait aussi dans la philosophie et des décarrades littéreuses, parfois, quand la chiasse m'en prend.

Pour t'en revenir, il a suffi de ce mot si joliment formulé par Marika, dans son Chanel grège gansé tête-de-nègre, n'en déplaise à Jérémie. Un mot qui nous a déssillés comme on dévoile la statue le jour de l'inauguration.

Elle nous désigne les sièges du salon, on s'y fesse. Elle ouvre le bar, style chambre d'hôtel, pour en extraire une bouteille de champagne et quatre coupes. C'est elle qui décalotte la quille de rouille. Ça mousse. Elle pose son doigt en travers sur le goulot. Puis me le donne à sucer. Rien que ça, Marika, je l'embroquerais toute crue sur le tapis de basse laine.

Elle nous sert, en femme qui a déjà vidé plus de boutanches de brut impérial que la radasse de la rue Saint-Denis de paires de couilles.

Elle procède à la distribe : Jérémie, Béru, moi, elle. Santé ! Toast muet. On lève nos verres à cette dure défaite. Elle est géniale, ma gosse ! Etourdissante d'à-propos.

Elle boit une gorgée. Quelques bulles d'or s'attardent sur ses lèvres.

— Vous imaginez, dit-elle, si vous reveniez de là-bas sans qu'il ne s'y soit rien passé ? En partant, vous étiez intimement convaincus d'assister à cette parodie de mariage en réprimant des haussements d'épaules, et puis d'en revenir, vaguement écœurés et guère fiers de vous. Au lieu de cela, il s'est produit, messieurs, sous vos yeux, un triple assassinat et un suicide ! Et ce dans des circonstances qui rendent ce crime unique dans les

annales. Que, dans un premier temps, vous essuyiez les
sarcasmes de vos anciens confrères, est un tribut
naturel payé aux circonstances ; mais, à mon avis, vous
avez mieux à faire qu'à vous lamenter.

Elle boit. Je me lève pour en finir avec les bulles qui
pétillent sur sa bouche.

Lui ayant roulé la pelle du siècle sous les regards cons
culs pissants de mes deux « collaborateurs », je me sens
gaillardi. Elle a archiraison, Marika. Voilà que nous est
proposée une énigme en comparaison de laquelle celles
du Masque de Fer et de Louis XVII ressemblent au jeu
des sept erreurs. Qu'on glose sur nous et qu'on s'en
gausse ! Ce n'est qu'un mauvais moment à supporter.
L'échec est la seule manière que nous ayons de susciter
des sympathies. Il nous fait pardonner nos succès
passés. On ne se montre pas belliqueux vis-à-vis de
ceux qui se cassent la gueule. On ne hait que les
triomphants. Or, donc, abreuvés de sarcasmes, nous
passerons inaperçus comme tous les chiens battus qui
pissent tristement le long des façades grises.

Marika passe un moment dans la pièce voisine. Je
crois que c'est pour aller recharger son rouge à lèvres
que je viens de malmener, mais en réalité elle est allée
chercher deux feuillets qu'elle tient chacun dans une
main pour les mieux examiner.

— Nous devrions faire le point, déclare-t-elle, ne pas
nous abandonner aux déductions faciles. D'après le
récit qui vient de m'être fait, vous êtes tous convaincus,
et la police de même, que c'est le bonhomme Lerat-
Gondin qui a fomenté et opéré la tuerie. Pour ma part,
je n'en suis pas tellement sûre.

Elle dépose ses deux documents sur le coin de la
table. L'un est la photocopie du message menaçant
signé « Charles », l'autre est « l'ordre de mission »
signé par notre client, car, en gens prudents, nous
avons décidé de faire rédiger à toute personne requé-

rant notre protection un mot écrit nous engageant à le faire, ce pour éviter des contestations ou ergotages postérieurs. Ainsi, le vieil Alphonse a-t-il tracé de sa main : « Je charge l'Agence d'assurer ma protection, ainsi que celle de ma femme et de mes hôtes pendant la journée du 10 novembre. »

— Les deux écritures sont foncièrement dissemblables, déclare ma radieuse Danoise. Il est donc certain que Lerat-Gondin n'était pas l'auteur du texte de menace.

« De plus, lui ayant parlé au moment des transactions financières, je suis intimement convaincue qu'il avait réellement peur. »

— En tout cas, c'est bien lui qui a fait poser le système de fermeture de la chapelle, dis-je ; je vois mal que celui-ci eût été installé à son insu.

— Cela prouve quoi ? objecte ma Merveilleuse. Qu'il avait à cœur de protéger cet oratoire qui, pour lui, représentait le sanctuaire où étaient célébrées chaque année ses amours romantiques. Vous semblez croire que ce fameux système était destiné à s'enfermer dans la chapelle, en réalité il la protégeait des intrusions extérieures.

Elle réfléchit et demande :

— Vous êtes bien certains qu'il n'existe pas quelque souterrain et trappe secrète permettant de s'y rendre sans être vu ?

— Impensable ! certifié-je. J'ai sondé le sol, les murs, l'autel. Tout est plein, scellé, de bon aloi. Après moi, la police a répété ces investigations pour parvenir à la même conclusion. C'est bien l'un des quatre occupants qui a trucidé les trois autres avant de se supprimer. Et si ce n'est pas Lerat-Gondin, c'est sa douce épouse : une abominable mégère dont la vue donnait froid dans le dos. Cela dit, peut-être que les autopsies révéleront lequel s'est lui-même tranché la gorge.

« Il y faut un sacré courage. Voyez-vous, ce que je ne pige pas, c'est la démarche du meurtrier. La folie n'explique pas tout. Quand on est décidé à assassiner quelqu'un et à se donner la mort ensuite, on n'a guère besoin d'une mise en scène à ce point élaborée. »

— Tu dis cela parce que tu es un homme qui possède toute sa raison, déclare Marika; pour l'auteur du carnage, il s'agissait peut-être d'un sacrifice rituel. Il fallait que beaucoup de sang coule avant le sien.

Bérurier se verse un raccord de champ', se le téléphone en P.C.V. Intimidé par Marika, il rote dans sa main au lieu de feuler aux savanes comme à l'accoutumée.

— Faut qu'on va se mett' au turbin illico dare-dare presto, fait-il.

— Qu'entends-tu par là, Gros Sac? laisse tomber M. Blanc.

— Tiens, v'là le Négus qui r'fait surface, gouaille Sa Majesté Ventripotente ; ce qu'j'entends, mon brin d'lilas blanc, c'est qu'il faut qu'on en susse un max, su' les gaziers qui sont v'nus jouer leurs rôles à la fausse noce. T't'à l'heure, j'ai déposé le glandu qu'a chiqué l'maire ainsi que ses filiettes à l'arrêt de l'autobus. N'avant d'les quitter, j'ai pris son adresse et y m'a r'filé légalement la celle du curé et la celle du musico.

Brave chien de chasse, va ! C'est un vrai flic, Alexandre-Benoît Bérurier. N'importe les circonstances, tu peux pas l'empêcher de policer, l'apôtre. Il a ça dans les veines.

— Tu espères quoi, des victimes ? grommelle Jérémie.

— Les victimes en sachent des fois aussi long qu'les coupab', énonce mon pote.

— Même quand elles sont mortes ?

— Ça change quoi-ce ? Les morts ont un passé, kif les vivants. Ces trois julots qui, d'puis des années vient

faire les zouaves chez les Lerat-Gondin, l'10 novemb',
ça m'intéresse c'qu'y pensaient d'eux.

— Tu crois que les deux égorgés te le diront?
s'obstine à le contrer Mister Bianco.

— Pas euss, p't'êt' leur famille. En tout cas, l'maire,
moui, puisqu'y s'porte comme toise et moise.

— Alexandre-Benoît a tout à fait raison, appuie
Marika.

— Merci, ma poule. Pour c'te vérité, j'vais d'mander
au grand salingue d'vous faire la langue d'caméléon en
spirale. Et des fois qu'il le l'aurait oubliée, j'sus à vote
dispose pour une démonstration gratuite. D'à vous
voir, je parille qu'une minouche comme la vôt' c'est
encore plus savoureux à déguster qu'les tartes tatin
d'ma Berthe.

Marika rougit et sourit. Jérémie, outré, dit que la
fréquentation des porcs de comice, non, sincèrement,
il peut plus. Dans son bled, il a pris l'habitude des petits
phacochères bruns si sympas. Il se lève, déclarant
encore qu'il va retourner chez lui. Quand on entre dans
le grosso modo du Lion et que votre épouse vous fait un
wadou wahou comme celui de ce matin, il vaut mieux
ne pas insister et rester chez soi pour une sieste à grand
spectacle. Demain sera un autre jour. Tchao! (ou *ciao*,
au choix).

Il part en claquant la lourde.

Bérurier hausse les épaules.

— Vous voudriez qu'j'vais vous dire, m'm'zelle
Euréka? Ce qui y a d'con chez les nègres, c'est pas qu'y
soyent noirs, c'est qu'y soyent légal'ment crépus du
cerveau. On a beau les vacciner et y apprend' à lire, y
leur restera toujours des renvois d'missionnaires mal
cuits!

CHANT 5

Le « maire » se nomme Gaston Bézuquet (comme dans du Daudet) et d'ailleurs il lui reste des relents d'aïlloli dans l'accent. Au cinoche, il interprète des panouilles : un garde-chasse, un notaire, parfois un boulanger. Il a la quarantaine enveloppée, il est rougeaud, avec des yeux de pré-alcoolo, et sa calvitie doit le désespérer, si j'en juge aux ultimes tifs qu'il laisse pousser comme une natte de Hun, et colle ensuite sur son crâne plat, gâté par la cicatrice bourrelée de remords que lui a laissée un accident de moto.

Il vit chez sa maman, une dame qui ressemble à une retoucheuse de magasin de couture, de celles qui ont un peu de moustache et les lèvres constamment pincées à cause des épingles qu'elles gardent en bouche. L'air veuve malportante (l'estomac). La dame élève ses petites filles, leur maman s'étant fraisée lors du même accident qui fit éclater la coucourbe à Gaston.

Les quatre personnages, traumatisés par les cruels événements de la matinée, se tiennent blottis devant la télé pour essayer de chasser par des images de conserve les cadavres offerts à leur vue.

La vioque fulmine comme qui c'est honteux d'assener un tel spectacle à de délicieuses fillettes qui en resteront marquées pour la vie. Les nuits qu'elles se préparent, ces chères innocentes ! Et à qui réclamer des dommages et intérêts ? Il faudrait mettre l'affaire entre les mains d'un avocat.

Le comédien ergote, pas fiérot d'avoir joué un rôle dans cette parodie de mariage. Il se rend bien compte, avec le recul, que ce couple était azimuté.

Notre présence, à Marika et à moi, le réconforte un peu. Sans doute parce que ma compagne est ravissante, ce qui ne mange jamais de pain, et que je me trouvais le matin dans la même galère que lui.

Il dit :

— Vous vous rendez compte, si la chapelle avait été plus grande et qu'on ait pu y tenir, les gamines et moi ?

Ils crèchent dans un petit pavillon de meulière à Courbevoie. Une espèce de tranche de pâté en croûte dans les gris poreux, avec quelques motifs de faïence en arc de cercle au-dessus des fenêtres. Pas de jardinet, à proprement parler, mais une allée bordée de plantes anémisées pour conduire au perron, depuis la ruelle.

— C'est la première fois que vous avez tenu ce rôle du maire chez les Lerat-Gondin ? je demande.

— Non, la quatrième.

— Ça s'est fait comment, vous et eux ?

— Dans une télé diffusée il y a quatre ans, je tenais un rôle de maire. Lerat-Gondin m'a écrit à la télé qui m'a fait suivre sa lettre. Il me demandait si j'accepterais de faire un cachet privé, bien payé. J'ai accepté. Nous nous sommes rencontrés. Il m'a expliqué que chaque 10 novembre, sa femme et lui revivaient leur mariage. C'était un acte d'amour. J'ai trouvé la chose un peu dingue mais plutôt sympa.

— Vous preniez vos petites filles, habituellement ?

— Non. Il y avait chez eux une adolescente un peu demeurée qui tenait la traîne, mais les derniers mariages, elle n'y était plus. Cette année, Lerat-Gondin m'a demandé si je connaîtrais une fillette capable d'assurer le rôle de demoiselle d'honneur.

L'idée m'est venue de lui proposer mes deux gamines. Il a accepté d'enthousiasme.

— Quelle idée tu as eue là, mon pauvre Gastounet, hargnit la retoucheuse.

— Je pouvais pas prévoir ! rebiffe l'illustre.

— Lorsque vous avez célébré « votre premier mariage » à Louveciennes, c'était la première fois que le couple se livrait à cette parodie ?

— Oh non. Ça remontait à loin, déjà. Mais celui qui jouait le maire avant moi est tombé paralysé : Pierre Lagrelotte, je le connaissais ; on a eu fait de la synchro ensemble. Il picolait comme un fou !

— Le curé était déjà le même ?

— Oui, depuis le début. Lui, il est spécialisé dans le film *hard,* car il a un membre carabiné. Faut dire qu'il est polonais : Serge Grokomak.

— Gastounet ! proteste la mère, ne dis pas des grossièretés.

— J'en dis pas, mais lui en faisait ! Oh ! la la ! cette santé ! Tenez, dans *A genoux, le chibre passe,* il emmanche dix gonzesses à la file, et c'est pas du chiqué ! Dix filles dans le même plan ! Et j'ajouterais, en levrette, ce qui est davantage performant selon moi, non ?

— Gastounet ! Tu vois que tu dis des horreurs, morigéna maman.

— C'est pas des horreurs, maman, c'est la vie. Enfin, celle de ce pauvre Grokomak. Notez que c'est plus maintenant qu'il risque de passer dix morues à la casserole sans plan de coupe !

— Le joueur d'harmonium faisait également partie de la distribution avant votre intervention ?

— Oui, mais lui, il est de Louveciennes et il connaissait les Lerat-Gondin.

— Comment se sont déroulés les précédents mariages ?

— Très bien. Je faisais mon simulacre, Grokomak le

sien. On embrassait les mariés et on rentrait à la maison
pour la réception. C'était pas Byzance, mais y avait des
petits toasts et du champagne assez frais.

— Vous étiez bien payés ?

— Je m'estimais heureux. Pour ce que j'avais à faire,
hein ? Vous avez vu ?

— Quelle idée vous êtes-vous faites des Lerat-
Gondin ?

Là, il dubitate. Question épineuse. Que tu sois un
lève Léautaud ou un couche Léotard, tu dépourves de
devoir te prononcer commako, à brûle-parfum (y a plus
de pourpoints, à notre époque).

— La vérité, c'est que je comprenais mal que lui soit
éperdument amoureux d'elle. Vous l'avez regardée,
cette dame, non ? Un vrai dragon !

— Gastounet, ne critique pas tes semblables, je te
prie, sermonne la chère maman.

— Je m'en voudrais d'être le semblable de cette
houri ! déclare Gastounet. Elle avait l'air mauvais, la
garce ! Toute en bile ! Elle ne parlait que pour rouspé-
ter et dire des choses malsonnantes. Pas plus tard que
ce matin, elle trouvait les robes des gamines trop
chères. Dites, la facture, ils l'ont reçue directement et
nous avons mené les petites à l'adresse qu'ils nous
avaient indiquée !

— Vous avez vu le sabre dans la chapelle, après le
carnage ?

— Pour sûr ! Il était trempé de sang.

— L'un des deux époux l'avait sur soi pendant que
vous prononciez le « mariage civil ».

— Vous croyez ?

— La chose me paraît à peu près certaine, à moins
qu'il n'eût été en possession de Grokomak ou de Le
Ossé, ce qui semble douteux.

— En effet.

— Réfléchissez, monsieur Bézuquet, repensez à l'attitude des deux époux qui se tenaient debout devant

vous. Lequel vous paraît, avec le recul, le plus apte à dissimuler le sabre dans ses fringues ?

Il hoche la tête.

— Difficile à dire. Elle, sous ses cotillons, avec sa robe ample ou lui dans son pantalon...

— Un yatagan est recourbé.

— C'est vrai. Alors disons que c'était plus facile pour elle.

Depuis un moment, Marika ne participe plus à l'interrogatoire. Elle bavarde à l'écart avec les deux fillettes qui lui montrent leurs poupées. Dans le fond, faudrait que je lui plombe un lardon, à ma Danoise. Elle a trente-deux balais, il est temps de s'y mettre. La maternité la démange, je le vois aux regards qu'elle pose sur ces deux petites filles aux minois si ingrats.

La retoucheuse a fini par retourner à son émission, mine de rien. Les dames de cet âge, elles ont leurs habitudes ancrées, quoi. Cette putain de téloche leur tient lieu de repère (et de repaire). Maintenant, les montres sont devenues inutiles. Aux gueules qui se mettent à déferler dans l'aquarium, tu sais quel moment tu vis à la minute près.

— Vous avez le sentiment que, jusqu'à la fermeture des portes de la chapelle, tout s'était déroulé comme par le passé ?

— Oui, sauf que cette fois mes filles participaient. C'est d'ailleurs à cause d'elles que je suis demeuré dehors. Habituellement, je me tenais contre l'harmonium.

— C'est vous qui avez décidé de ne pas rentrer ?

— Non, c'est la vieille qui m'a demandé de rester à l'extérieur pour surveiller les petites.

Tiens, voilà qui est intéressant. De plus en plus, je penche pour la culpabilité de la « mariée », avec sa gueule de chouette haineuse. Ce qui, toutefois, me freine encore, c'est le sang qui s'est mis à dégouliner sur sa traîne, mais après tout, il ne s'agissait peut-être pas du sien ? Si elle a commencé par cigogner la tronche de son mec, comme il se tenait à son côté, le raisin a pu vaser dru sur le voile.

Mais j'ai beau remuer ce sanglant fait divers, je ne sors pas de ma stupeur effarée. Quelle étrange hécatombe ! Bien sûr, un cerveau dérangé est capable de tout, mais là, ces meurtres dans cette chapelle minuscule, perpétrés avec sauvagerie ; cette sombre tuerie aveugle ne correspond à rien de cohérent.

Je me pose cette question aberrante : « Si tu étais fou à lier, assoiffé de vengeance, crois-tu que cette crise sanguinaire apaiserait quoi que ce soit en toi ? » Et, bien entendu, parce que je suis à peu près raisonnable, je me réponds par la négative.

— Vous vous rendez compte que si mes gosses n'étaient pas venues, je serais entré dans la chapelle, comme les autres années, et qu'on m'aurait coupé le kiki à moi aussi ! s'exclame Bézuquet.

Ça le renverse, pareille hypothèse. La mort des autres, il l'accepte d'assez bonne grâce, le Gastounet à sa maman ; mais la perspective de la sienne le plonge dans des indignations éperdues. Il est davantage traumatisé par le fait qu'il aurait pu être tué que par l'assassinat de ses copains.

— Vous fréquentiez les deux autres participants, c'est-à-dire le faux curé et le véritable musicien ?

— Je vous répète que Grokomak et moi, on a eu des productions en commun. Mais c'était avant qu'il se lance dans le porno.

Il pince les lèvres :

— Evidemment, quand on se trimbale un braque comme le sien, on a une carrière à faire dans le cul !

— Gastounet ! lance distraitement la retoucheuse sans cesser de regarder la prestation de Madonna dans son dernier vidéo clip.

Bézuquet hausse les épaules.

— Depuis qu'il tournait dans le « X », sa situation

s'était améliorée, au Polak. Je lui jette pas la pierre, notez. Peut-être que moi aussi, si j'en avais une de trente-cinq centimètres, je chercherais à en tirer profit.

Il avoue dans un soupir :

— Mais c'est pas le cas !

Ce qui laisse supposer des bas morcifs sans gloire en ronde bosse sous sa braguette.

— Il vivait comment, votre illustre confrère ?

— Il avait toujours une gonzesse nickel avec lui. Il pouvait se permettre de tirer du beau linge ! Trente-cinq centimètres, est-ce que vous vous rendez compte ? Ça fait du pétard dans un pétard !

— Effectivement. C'est petit pour un nain, mais c'est grand pour une bite, conviens-je. Il avait des enfants ? Ça aussi, il aurait pu se le permettre avec l'outil dont vous parlez.

— Je l'ignore. Sans doute, puisqu'il était polonais, de surcroît. Mais vous savez, les mômes, c'est pas une question de membre. Regardez : moi qui suis dans les gabarits modestes, ça ne m'a pas empêché d'avoir de ravissantes petites filles !

Comme je n'ai plus grand-chose à apprendre de lui, je fais signe à Marika et nous prenons congé de cette estimable famille profondément choquée par les tragiques événements si bien décrits plus haut.

Une fois à mon côté dans ma Maserati, Marika blottit sa chère main gauche entre les valeureuses miennes, comme pour la réchauffer. C'est un geste qui lui devient familier. Parfois, elle le pousse davantage et on ne tarde pas à stationner dans un coin discret pour laisser libre cours à nos effusions spontanées. L'amour, ça doit se déguster au débotté. Rien de plus tartignole que de bouillaver sur rendez-vous. Comment peux-tu être assuré d'être opérationnel plusieurs heures, voire plusieurs jours à l'avance ? T'as beau être un *hot rabbit* et t'en ressentir pour une gerce, il est des cas où l'instant te trahit. Je me souviens d'un ranque terriblement attendu avec une péteuse sublime dont je me promettais monts (de Vénus) et merveilles. Je la retrouve dans un chemin creux, derrière la propriété de son époux, la charge en souplesse dans ma tire d'alors qui, je crois bien, était une M.G. décapotable. Et que soudain : la foudre, mon pote !

Dans mes entrailles.

Juste comme elle commençait à me flatter le Nestor pour se préparer un après-midi de grand veneur ! Ça paraît con à dire. Faut oser. J'ose tout. Je suis sûr d'être absout du moment que c'est vrai ! Un embarras testinal ! A toute volée ! Sans crier gare ni autre chose ! Monumental. Vacarme ! La trombe ! Du porcelet de lait que j'avais briffé à midi et qui ne devait pas avoir l'éclat du neuf ! Rien de plus traître que le cochon de lait ! Un traquenard de mouches !

Une mémée que je chambrais depuis des infinités ! Bottes de roses, chocolats fins, coups de turlu veloutés en l'absence de son cornard. Une préparation d'artillerie phénoménale. Saboulé indescriptible ! Calamistré cave et grenier ! Briqué, oint, parfumé ! Pas un pore qui ne dégageât des effluves à dix raides la giclée ! Et médème, consentante, vaincue, offerte, la main sur mon modulateur de fréquence. Du velours. Y avait plus que l'escadrin final à gravir dans la jolie auberge style normand dégénéré, avec colombages les deux églises et gérania sur les entablements. Le champagne déjà cul en glace, sa serviette autour du col. Une fiesta capiteuse en plein ! La crampe de l'année. Des projets brodés de fantasmes.

J'avais fignolé la participation, chiadé l'orchestration : lui prodiguer des trucs pas courants, j'étais décidé. Du rarissime, de l'exceptionnel comme une extension du circuit par l'œil de bronze, par exemple. Chez les nières de la haute, je raffole. Offensées et

humiliées, aurait écrit Dostoïevski. Les faire chialer du
fion, ces damoches ! Qu'elles t'implorent en priant que
tu les obéisses pas ! Pour, ensuite, à l'heure du thé, les
regarder s'asseoir de biais sur leur chaise. S'amortir le
pot endolori d'une cuisse l'autre. C'est à ces étranges
savourements-là que je découvre que je dois être de
gauche. La sodomie, c'est pas pour les chambrières !
Non, non, jamais, les pauvrettes ! Ça se pratique sur les
gerces en Chanel, celles qu'ont le temps des bains de
siège mousseux avec des bidets à leur monogramme
pour la petite équitation post-coïtum.

Mais je suis là, je t'embarque. Ce besoin de tartiner,
par moments, un zig aussi silencieux que moi ! Capable
de rester des jours sans parler, alors que la plupart de
tout le monde peut plus facilement rester des années
sans lire !

J'écarte du sujet qui est cette monstre chiasse dont je
fus victime lors de ce terrible après-midi réservé à la
volupté. La jolie bourgeoise de Calais, pieds et poings
liés, chatte à l'air et toi, Casanova, toi, Don Juan, de
gargouiller comme tous les chiottes de la gare de Lyon
un jour de grève tournante des durs. Et puis de plus
pouvoir te contenir, et que soudain, tchlaoff ! Au tas
dans ton futal Cerruti, mon ami ! A nauséabonder
comme les chères vieilles pompes à merde d'autrefois !
Et la dame qui se rend pas compte illico. Qui *ne peut*
pas croire ! Qui continue ses mamours frivoles cependant que ce con de porcelet, mort trop tôt, mais mangé
trop tard, continue de te délabrer la boyasse à t'en faire
rendre l'âme !

Putain, y a des moments néfastes dans l'existence. Tu
peux jamais te prévoir. T'es trop organique et putresci-
ble pour pouvoir tirer des coups sur la comète. Tu crois
que tu vas sabrer comme un seigneur, mon con. Et, au
lieu de ça, l'instant venu, tu chies comme une vache ! Et
pourquoi souhaiterais-tu entrer à l'Académie française,

après ça ? Devenir président du Rotary ou de la République ? Du moment que tu *peux* foirer pendant ton intronisation, le salut aux coureurs, la remise du grand cordon de sornette ombilical ? T'es tellement sûr de rien ! Juste de mourir. Et encore, ça risque de t'arriver pendant que tu claperas ta soupe, mon drôle ! Le nez dans le vermicelle brûlant, tu t'apercevras seulement de rien. C'est pourquoi, je répute *le moment* irremplaçable. Faut fulgurer avec lui ! Boire, loncher quand t'as le gosier ou la bitoune aptes. Tout à l'heure il sera trop tard. Je te jure qu'il sera trop tard. Pourquoi tu pleures ? Taille-moi une pipe au lieu de chialer ! Faisons comme si on s'aimait. Tu vas voir : c'est un jeu fabuleux. *Trivial pursuit !* Poursuite triviale. Mais on se rattrape jamais !

Elle murmure :

— Tu sais ce que j'ai appris des petites filles, chéri ?

C'est vrai, elle a la marotte de questionner les enfants, ma Marika de rêve. Elle connaît leur langage, sait leur inspirer confiance.

— Je me disais aussi, en te voyant chuchoter avec elles dans un coin...

— Elles sont formelles : c'est le comédien qui jouait le curé qui a actionné le contacteur de la porte.

Je réagis avec modération, vu que je volante à cent cinquante chrono.

— Tu les crois ? j'insiste.

— Pourquoi douterions-nous de ces enfants innocentes ? Elles m'ont dit que, pendant que M. le curé parlait, il a sorti une boîte noire d'une de ses poches. Elles croyaient qu'il cherchait son mouchoir sous ses vêtements sacerdotaux, et puis non : il en a ramené le contacteur. Et c'est alors que les deux vantaux se sont fermés, si vivement que ça a tiré sur la traîne, la leur arrachant des mains.

Elle se tait, mais continue de me fourbir la protubérance, ce qui ne fait que la conforter.

Son cri du cœur, naguère, était bien fondé. Cette affaire est passionnante !

CHANT 6

Le pain de bite, il savait l'utiliser, Serge Grokomak.
Il balisait dur avec son zob, l'homme au gros moignon.
S'était offert le chouette appart, au bord de la Marne,
dans un petit immeuble dit de haut standinge.
Deuxième étage, baies vitrées depuis lesquelles tu
pouvais regarder passer les noyés descendant vers
Paname. L'ameublement ? Style Bonhomme-en-baisse
des Galeries Barbois. Sobre, fonctionnel, avec des
projets de style. Lampadaire en fer forgé et abat-jour
de raphia. Au mur, du solide : un Duponssel de
l'époque hépatite virale, un Rémy-Lafrage paléolith-
ique, et deux aquarelles à l'huile de Wilfrid Panoche
représentant le canal du Mont-Blanc pris par les glaces.
Nous sommes reçus par une grande gazelle platinée,
tellement haute qu'elle est en arc de cercle et que sa
poitrine ressemble à deux décorations accrochées de
part et d'autre de sa robe noire.
Elle circule entre des valises ouvertes dans lesquelles
sont entassés, pêle-mêle, ses effets personnels, la
pendulette de marbre blanc de la chambre à coucher,
une coupe en argent argenté, des bijoux, des savon-
nettes sous cellophane, des rouleaux de papier cul
satiné double fesse, un bronze d'art représentant un
étalon en train de monter un jockey, deux cartouches
de Pall Mall, deux d'encre Waterman, une de dyna-

mite, un enfermant le nom d'un pharaon illustre, un livre sur Louis Dominique Cartouche (1693-1721) roué vif en place de Grève, et une eau-forte représentant la Cartoucherie de Vincennes.

La scène est éloquente, voire grandiloquente : madame est en train de vider les lieux en chouravant un max. Le chagrin n'est guère lisible sur sa frime de pétasse dont les lèvres se sont fendillées à pomper une trop forte quantité de nœuds. Elle a le regard éteint, le geste las, le cul défoncé par les intempéries, et la bouille peinturlurée comme dans le théâtre chinois.

En me frimant, sur le paillasson vaste comme un champ de courses, elle me situe d'emblée :

— Vous êtes *aussi* de la Police ?

Au lieu de la détromper, j'entre, suivi de la plus harmonieuse des ombres.

La grande cavale seringuée ne cherche pas à chiquer les veuvasses éplorées. Elle, Machin la vergeait bien, lui assurait la bite et le couvert, elle se cassait pas le coccyx. Bon, maintenant qu'on l'a passé à l'effaceur, elle va aller se faire planter en d'autres lieux, par d'autres mecs, et point à la ligne.

— Bordel, qu'est-ce qu'y faut que je dise de mieux ! s'emporte-t-elle, mais d'un ton fatigué. On vivait ensemble depuis six mois. C'était un jules monté comme un taureau, pas mauvais bougre, mais emporté, avec des passions étranges. Je ne vois pas ce que je peux inventer pour faire plus gracieux ! Il s'est fait repasser par des dingues, c'est vache, mais avait-il besoin d'aller jouer au con alors qu'il affurait ce qu'il voulait avec sa queue ? N'avait qu'à continuer de gober ses pilules érectiles et défoncer les pots qu'on lui indiquait sous le feu des projos. Même le bruitage, il s'en dispensait. On synchronisait postérieurement (c'est le cas de dire) et c'était un autre qui beuglait pour lui, un ancien baryton de l'opéra de Bordeaux qui vous faisait mouiller rien que de la manière où il faisait

semblant de prendre son fade ! Lui, il se contentait
d'emplâtrer ces dames après qu'elles eussent produit
leur certif comme quoi elles étaient séro-négatives
question SIDA ; car il était strict là-dessus, Sergio.

Bon, elle jacte toute seule, de son ton épuisé de
femelle venant de traverser des verstes et des pas
mûres, des forêts de chibres plus ou moins pétrifiés ;
des qu'elle devait ranimer autrement qu'en faisant un
vœu, la pauvrette !

Tu sens sa solitude à la spontanéité qu'elle met à
parler. Malgré sa fatigue éperdue, elle en casse, Geneviève (tel est son blase : Geneviève Ripaton). Seule, ça
oui, seule sur sa planche à bites comme un fakir sur sa
planche à clous. Que je m'en rappelle un, de fakir, dans
une cage de verre, à Lyon (Rhône), allongé sur ses
clous, hâve et saignotant, émacié, herbu, blafard, né à
Saint-Priest ou à Nivolas, bien sûr, jeûnant pendant des
jours pour gagner son pain — ô dure et salope ironie !
Un tronc d'offrandes posé devant la cage. Sous contrôle
d'huissier, je me souviens parfaitement. L'huissier, il
était venu poser les scellés, juste ; dans sa pelisse
fourrée, gêné de se prêter à ces saltimbanqueries
cradoches. Le fakir n'avait pas les pinceaux très *clean*.
Un gros huissier, pignon et opinion sur rue, côté cour et
côté jardin. Le fakir, pauvre bougre ! Lui, manar
d'usine, un brin mystique, un brin filou. Bûcheron, il
prétendait, dans les forêts de bois sacré ! Chanderna-
gor ! Un coup de blanc limé sur le comptoir des Indes !
Le fakir de Villeurbanne ou de La Mûlatière, sous le
passage du Bazar de l'Hôtel de Ville, place des
Terreaux. Verdâtre sur ses clous qui l'endolorissaient à
mort. Sous le contrôle d'un huissier qui clapait chez
Vettard, Léon, de Lyon, Nandron, Bocuse, toute la
noble kyrielle des grands toqués. On lui jetait des
piastres de cinquante centimes, au fakir rhodanien.

Petit appétit, l'oiseau fait son nid !

Je le revois dans sa cage de verre percée de trous.

Immobile, cataleptique et crado. Le regard fixe d'un demi-mort ; les ongles noirs, avec de la crasse là qu'elle se dépose en priorité : talon d'Achille, haut du mollet, cheville. Attendant stoïquement des piécettes en méditant sur sa connerie turpide et sur l'égoïsme universel. En détresse, mais un instant protégé par le verre de son pari stupide. O mon frère faux fakir, à qui sa planche à clous doit tenir lieu de couvercle en ce moment !

Et la Ripaton, grande échassière platinée, au maquillage putasse, sans qu'on le lui réclame, nous raconte la vie de Grokomak le chibré. Un gentil, mais picoleur. Vodka polak, naturellement : *the best !* Il s'en entifflait une boutanche par repas. Et les jours de fête, c'était de l'extra-forte à 90 degrés ! Faut avoir le corgnolon blindé pour gurgiter cette eau de feu ! La tripe revêtue de chlorure de vinyle ! Bon, ça le rendait tapageur, Serge la belle verge. Il dérouillait madame, ce qui n'était pas désagréable vu que ça se terminait par des épanchements délicats, des troussées géantes, affûté de la rapière comme il était après ses prestations en studios ! Un indicible du paf, cézigo ! Le cas du siècle, quoi ! Plus il lonchait, plus il barattait ferme, l'Impétueux. Sa vie ? Il avait connu des flopées de nanas, après son divorce, fait un peu tous les métiers avant de tâter du cinoche pour, ensuite, trouver sa voie royale dans la carambole sur pellicule. On le retenait des mois à l'avance. Son carnet de bal était chargé comme un tombereau de betteraves. La Queue d'Or, on l'avait surnommé dans le film cul. Ça lui avait créé des complexes de supériorité. Il roulait des roustons, Grokomak. A peine des copains arrivaient-ils pour un petit pok, avant de dresser le tapis vert, il leur passait son dernier film. Est-ce qu'on veut en visionner un, à la mémoire de sa mémoire ?

Marika dit qu'elle allait le demander.

Bon, c'est une sacrée pétroleuse, ma souris, mais elle a ses déclencheurs naturels, sa passion pour moi lui suffit, son tempérament de braise (et de baise) fait le reste.

Là, je suis convaincu que ce n'est pas le film porno en tant que tel, comme diraient Michel Rocard, Jacques Chirac, Jean-Marie Le Pen (qui a trouvé une bonne gâche) et quelques autres, qui l'intéresse, non plus que la zézette surdimensionnelle du Polak, mais le comportement du personnage.

Miss Veuvette va à un cosy-corner pourvu d'une vaste niche où se trouvent, dûment étiquetées, les cassettes des films tournés par Serge.

— Vous n'avez pas vu son dernier : *Les petites purgées ?* Quoiqu'il risquerait de vous flanquer la gerbe. Non, je vais vous programmer *Les grandes craquettes sous la Lune,* qui est charmant et comique, par moments. Pendant que vous le visionnerez, je continuerai mes valises car il faut que je vide les lieux avant huit heures, son « ex » va rappliquer de Belgique où elle vit avec la fille de Sergio. Paraît que c'est une acariâtre de première grandeur. Et, dans ces cas-là, les épouses délaissées prennent leur revanche, vous pensez ! Si je me taille pas avant son arrivée, elle me laissera même pas emporter mes culottes.

Tout en devisant, elle nous branche la vidéo. Ça démarre sec, avant le générique, par un numéro de fellation contrôlée. Plan gigantesque d'un super-zob engouffré par une bouche rouge coquelicot. En fond sonore, les plaintes d'un couple en pâmoison. Le générique se déroule sur cette scène intéressante de tutoiement poussé dans ses ultimes retranchements.

A la fin du générique, la bouche dégage le champ pour laisser le paf s'exprimer clairement. Il le fait à en brouiller l'écran.

— C'était Serge ! nous annonce triomphalement Geneviève Ripaton, sans cesser d'emballer un baromètre à mercure posé sur un socle de faux vieux bois « chironné » à la main.

Le film commence. Panoramique d'une nuit d'été à la campagne. Superbe ! On grossit sur un champ de blé. On découvre des formes blanches, bondissantes. Dans le fond de l'image, un vaste château à tourelles. L'objectif serre sur l'une de ces formes jusqu'à nous permettre de définir une femme en chemise de nuit qui gambade dans les blés mûrs. Un faune la course. Gars velu, seulement vêtu d'une veste de fourrure. Masqué. La tronche de caoutchouc est celle de King-Kong. Se sentant sur le point d'être rattrapée, la fugitive s'abat dans le champ de blé, à la renverse. Contrechamp sur la pleine lune. On laisse glisser quelques nuages floconneux, évoquant un flot de ce que tu sais. Nouveau contrechamp. La dame est à la renverse, troussée, les jambes en V, offerte. Son mollusque à crinière appelle un complément naturel en sourd-muet. Elle l'obtient puisque le faune s'agenouille entre les cannes de la dame vaincue. Son braque est à ce point conséquent que tu le prendrais pour le tube d'un canon de 155.

La future victime a placé ses bras en parade sur son visage, comme s'il s'agissait du point névralgique de sa personne. Elle n'a pas tort, car « *the monster* », remonte son corps, à genoux, jusqu'à amener sa vigueur au niveau de la figure protégée. Il assène quelques coups de membre sur les mains défendeuses. La malheureuse finit par attraper la matraque. Du coup elle se rend compte qu'il ne tient qu'à elle de devenir une bienheureuse. Revirement complet. Trompettes d'Aïda. Gloire immortelle de nos aïeux !

Bon, comme que comme, on retombe dans le classique. C'est ça qui les freine chez les « X » ; le renouvellement est duraille. Le calumet de l'happé, la minette chantée, l'embrocage urbi et orbi, plus des papouilles complémentaires, c'est les interprètes qui changent, mais l'action demeure la même. Et ça finit toujours pareil ! Mais alors toujours, je te le garantis. L'éternuement de Popaul, la grande beuglante de la madame ; et comme corollaire, la tartine ! On s'enlace et on s'en lasse.

Moi, je me demande si je vais pouvoir tenir le choc. C'est tellement triste de voir copuler cet homme maintenant égorgé ! Pendant un moment, la scène est surréalisée par le très gros plan. Et puis les deux partenaires passent à un autre exercice, et alors le metteur en cul, pardon, le metteur en obscène, se paie un plan de coupe : les deux frimes réunies du couple. Je comprends pourquoi ce génial artisan du septième art a décidé cela. C'est pour obtenir un effet. Tout le monde croit qu'il va nous montrer « La Belle et la Bête ». King-Kong et Ophélie ! Sainte Blédine et le lion ! Le monstre en rut et la jeune proie soumise. Mais au lieu de, fume ! Ouitche !, c'est la grande zobance. Une figure de cauchemar s'inscrit à côté de celle du violeur masqué. Tête de vieille sorcière sortie de Blanche-Neige. Nez crochu, formant casse-noisettes avec le menton. Regard enfoncé aux orbites noircies. Cheveux filasse, gris raide, tombant bas. Verrues protubérantes plein la gueule de cauchemar. Denture ébréchée, avec des trous noirs. Le cadeau de l'enfer !

Les visages se désunissent et King-Kong prend du recul pour manœuvrer la vioque. Il la fait placer dos à lui, l'oblige à s'incliner, lui dépiaute sa chemise de nuit pour lui en couvrir la tête. La vieille vilaine offre un corps assez pulpeux, quoique chutant par toutes ses rotondités. L'agresseur de la Belle Etoile dégaine son guiseau féroce et plante la sorcière avec une autorité convaincante. C'est l'emplâtrage impétueux, à sec ! Sans barguigner. Le coup de goumi insolent du soudard conquérant. Pas de pitié pour le pot de l'ancêtre ! Vaseline *prohibited !* Que tant pis pour elle si son fion supporte mal l'assaut. Il va au plus pressé, ce colosse du goume. Et pas de service préparatoire, je vous prie ! Il l'attaque d'emblée par un galop effréné. Se moque de la surchauffe, le bandit voyou ! Hardi, hardons ! La chevauchée cosaque déferle à travers la steppe de la douairière. Elle a une période indécise avant de pouvoir dominer sa souffrance, mémé. Tu lubrifies plus lulure, à son âge ! La sécrétion est une source qui se tarit dans l'hiver des connasses.

Mais la nature étant généreuse, elle finit par donner à l'épouvantail l'agrément qu'il saurait attendre d'un membre aussi exceptionnel. King-Kong pousse, il s'évertue. Il précipite la cadence. N'ensuite, au bout d'une ardente besognance, le fauve place sa consentante victime côté face pour prolonger ses prouesses. Dame Tartine en conçoit davantage de jubilation. Cette fois, on est parti pour le grand raid et le gros raide (ah ! que j'aime les mots, les émaux, les mailles et l'émail !).

L'ami Grokomak seringue si fort qu'il la gonfle. Il panarde pile avant qu'elie n'éclate. Virgule son éblouissement dont la duègne se sert aussitôt comme d'un onguent de jouvence.

Rien de nouveau sous le soleil ! Ni sous la lune ! Et moi, je suis aux prises avec un sentiment mélangé (tellement d'autres sont sans mélange !). Ce que j'éprouve, devant ces pauvretés affligeantes, c'est l'impression que cette passe copulatoire est « à clé ». Qu'elle détient un secret. Et que ce secret, il me faut le percer tout de suite, tant il est vrai, comme me le faisait remarquer Canuet l'autre jour, que le sperme ne se réchauffe pas, fût-ce au bain-marie.

Le film, si j'ose ainsi qualifier l'immondice en question, continue de se dérouler. Après avoir comblé la vieillarde surchauffée, King-Kong l'étrangle de son énorme patte velue et cartonneuse. La laisse gésir dans le champ de blé nocturne. S'avance vers le château.

Nous l'y verrons, tour à tour, sodomiser le petit palefrenier qui couchait au-dessus des écuries ; étouffer d'une pipe ininterrompue la grosse lingère en corset 1900 ; faire plus complaisamment l'amour avec deux impertinentes soubrettes vêtues de leur seul tablier blanc en dentelle, mais chaussées d'escarpins noirs. Et, pour finir, s'embourber la châtelaine, sous le regard effaré du comte qu'il a ligoté sur le billard et qui est contraint (mais ça ne lui déplaît pas) de groumer la cuisinière dont King-Kong survolte les ardeurs avec une queue de billard (tenue à l'envers). Drôle de vie de château, non ?

La dernière image représente le monstre en train de propulser les boules sur le tapis vert avec son pénis. Fin plaisante et qui laisse espérer de futures prouesses de la part de Grokomak auquel le metteur en seins permet enfin de retirer son masque pour que les téléspectateurs et trices puissent admirer son vrai visage de gladiateur.

Sur la musique finale, Geneviève dit :

— Voilà, je suis prête. Je vais m'appeler un taxi car ce con, s'il m'avait acheté une voiture, il l'avait mise à son nom !

Marika murmure :

— On pourrait avoir les coordonnées des producteurs avec qui il travaillait ?

La miss platinée s'approcha de la table basse où le téléphone décroché (la grande voulait avoir la paix) fait entendre sa sempiternelle musiquette métallique. Elle y cueille un répertoire à couverture de toile.

— Prenez son carnet, tout est là-dessus.

J'enfouille. Puis je questionne en désignant les cassettes :

— Vous emportez les chefs-d'œuvre du maître ?

— J'ai déjà pris celle dans laquelle je lui sers de partenaire : *Culotte au vent*. Ça me fera un souvenir. Je la passerai aux hommes avec lesquels je poursuivrai ma vie, histoire de leur stimuler le tempérament.

— En ce cas, vous permettez que je conserve *Les grandes craquettes sous la Lune* ?

Elle hausse les épaules et, avec distinction, reproduit

avec sa bouche un bruit que Bérurier réussit totalement
avec son anus.

Geneviève, je peux foutre le feu à l'appart, elle n'en
a plus rien à semouler ! Une tranche de sa pauvre vie
s'achève, une autre recommencera demain, avec un
zigoto pêché n'importe où. Pour eux, l'existence, c'est
tartine de merde et compagnie ! T'avances à tâtons,
d'une queue l'autre, t'en lâches une pour emparer la
suivante. Tu te poursuis dans les frelatures, les dérouil-
lées, les menus plaisirs quotidiens. Le bonheur, c'est
une troussée, une cigarette, *Dynastie* à la téloche, un
gueuleton bien arrosé. Faut pas rêver trop fort, que
sinon tu te réveilles et la réalité te réempare, dûment
garce, salope en plein, grise comme tous les automnes
de la vie bout à bout.

Oui, oui, je peux prendre. Et également la photo du
gusman, sur la desserte, qui le montre en train de faire
l'avantageux au côté d'une vedette passée de mode.

Ses valdoches sont bouclarès, *ciao,* Sergio ! Adieu,
Polak au *big* mandrin ! Elle va aller voir ailleurs si elle
s'y trouve, la fille Ripaton. Elle a dû dénicher le
crapaud du Casanova et se le carrer dans le slip, voire
entre les miches, pour pas qu'il s'enrhume...

On taille la route. Elle ferme la porte d'un coup sec,
tourne la chiave, clic. Et la dépose chez la pipelette en
partant. Son devoir est terminé. Un bahut diesel
s'époumone devant la lourde. Galant, le *driver* lui laisse
charger ses valdingues dans le coffiot. J'aide la môme,
vu qu'elle parvient pas à débonder la malle arrière.
Poum, salut !

— On peut savoir où vous allez, Geneviève ?

— Chez ma mère, à Vernouillet.

— Elle se nomme Ripaton, elle aussi ?

— Non : Peaumiche. Elle s'était remariée.

Je touche sa main froide comme une patte de canard
sectionnée. Râpeuse pareil, flasque, palmée, à gerber !

— Je peux savoir pour quelle raison tu as voulu emporter cette horreur ? me demande Marika en désignant la cassette vidéo que je balance en marchant.

— Non, mon amour, tu ne peux pas le savoir pour l'excellente raison que je l'ignore moi-même. Ç'a été un réflexe inconditionné. Un tic de flic. Il m'a semblé qu'elle contenait une info ; et il me le semble encore. Je vais la visionner de nouveau au bureau jusqu'à ce que je trouve.

Elle se cramponne à mon bras vigoureux.

— Tu es un type somptueux, Antoine.

— Pourquoi me dis-tu cela ?

— Parce que je t'aime comme une folle. Avec toi, le temps passe autrement. On vit comme dans une espèce de film qui ne s'arrêterait jamais. Je regarde les gens et les choses à travers ton regard, et tout est différent ; tu es un prisme, comprends-tu. Un kaléidoscope où les déchets de fer-blanc prennent l'éclat du diamant.

Chère belle âme adorée ! Je la serre contre moi.

Et je l'étreins sur les bords de la Marne, qui ne sont plus ce qu'ils furent. Tu ne trouves pas que l'univers devient tout con depuis quelque temps ? Mesquin. Trop de pubes et de Kodak, trop d'H.L.M. et de touristes. On ne voyage plus : on se déplace. T'as l'Amazonie sur l'évier. Les mystères meurent à qui mieux mieux. On est en détention sur cette planète, bordel de merde ! Elle concentrationne à tout berzingue ! Piner, même, tire plus à conséquence. A quatorze ans, les filles sont déberlinguées. Se *shooter*, c'est ce qui leur reste d'aventure, les pauvrettes. On a remplacé les grands espaces par des joints, et les grandes passions par la blanche. Même de chanter ce grand malheur ne rime plus à rien. Ils ont essayé du cosmos, mais tout le monde s'en torche ! La lune, ils l'ont dans leur culotte, et la planète Mars ferait pas dix tickets d'entrée. Une grande blasure générale nous évite d'exister. On se confie au système ; on espère crever un jour ; on attend.

Il fait nuit lorsque nous regagnons l'agence. Une grande misère pèse sur les trois pièces où nous comptions fonctionner. Avec une telle entrée en lice, on n'est pas assuré de la réussite.

M. Blanc est là, en corps de chemise, se délectant du dernier *France-Soir*. Il paraît contrit.

— Tiens, noté-je, je te croyais en hibernation jusqu'à demain.

— Le grosso modo du Lion s'achève au coucher du soleil, répond l'Assombri,

— Donc, ça va mieux ?

— Je sais bien que vous trouvez nos croyances stupides, vous autres les Blanchâtres ; vous préférez vos sornettes à vous.

— Ne te rembrunis pas, surtout, m'empressé-je, un ton de plus et tu cesses d'être captable par les rayons « X ». Regarde plutôt avec moi ce divertissement d'alcôve.

Je branche la cassette et procède aux réglages nécessaires. Le film commence, avec son champ de blé dans la nuit, la vieille houri gambadeuse, l'arrivée de King-Kong.

Jérémie est outré.

— C'est à cela qu'on mesure l'atrophie de la race blanche, bougonne le Noirpiot. Faut vraiment être dégénéré jusqu'à l'os pour oser filmer de pareilles turpitudes. Je comprends pas que vous conserviez votre sentiment de supériorité en visionnant de telles aberrations ! Chaque corps humain est une parcelle de Dieu ; vous traînez le Créateur dans la fange, mon vieux ! L'amour est noble, en le transformant en spectacle dépravé, vous insultez l'espèce ! Vous êtes chiément chiés, si tu veux mon avis.

— Ta gueule, mon révérend ! Mate plutôt la chopine du gorille : c'est celle de feu M. le curé, celui qui a eu la tronche décollée pendant son prêche dans la chapelle des Lerat-Gondin.

Du coup, il la boucle, le Sénégalais. Ça devient une sorte de pièce à conviction, le zob du faux ecclésiastique, comprends-tu ?

Il continue de regarder, une moue de dégoût sur ses lèvres pareilles à deux accoudoirs de canapé de cuir superposés.

La bande (si je puis dire) continue de se dérouler. Nous arrivons au gros plan rapproché des deux visages : celui de King-Kong et celui de la sorcière de Blanche-Neige.

M. Blanc a un soubresaut.

— Alors là, je suis scié, déclare-t-il.

Il garde sa clape ouverte pour visionner la suite. Il contemple le sombre batifolage du couple et une étrange colère le secoue :

— Cette vieille bourrique ferait mieux de se faire emplir de crin plutôt que de bite ! fulmine Jérémie. Tu crois que son mari était au courant ?

— Qui te dit qu'elle est mariée ?

Là, il en a les oreilles qui battent comme les ailes d'un éléphant.

— Comment ? balbutie mon cher négro spirituel.

— Quoi, comment ? je retourne.

Que nous voilà à smatcher des incompréhensions comme deux sourds-muets manchots qui commenteraient l'effondrement de la Bourse.

A la fin, il égosille :

— Mais putain de toi, on dirait que tu ne sais pas de qui je parle !

— Si ! Tu parles de cette vieille pute rance !

— Exactement, mais alors tu sembles ne pas savoir qui c'est ?

— Parce que tu la connais, toi ? C'est la jumelle de mistress Thatcher ? La cousine germaine d'Alice Sapritch ? La nièce de la reine Babiola ?

M. Blanc se dresse et alors, dans les cas graves, tu sais quoi ? Il ôte son veston et fait rouler ses musculeuses épaules, style haltérophile qui va tenter les deux cents kilos à l'épaulé-jeté. Tu t'attends presque à ce qu'il talque ses mains couleur de marron glacé.

— Un mec aussi chié que toi, faudrait les ordinateurs de la N.A.S.A. pour l'inventer et que le canevas initial soit de Léonard de Vinci !

— Mais cesse de jouer les Sphinx, crème de radis noir ! Accouche.

Bon.

Il.

— Tu ne t'es pas aperçu que cette vieille délabrée qui se fait défoncer le pot n'est autre que la bonne femme de ce matin : la mère Lerat-Gondin ?

Je produis le bruit d'une course de formule I roulant sur des lames de rasoir.

— Caouoiaaaa ? exhalé-je, ce qui est la manière la plus sophistiquée de dire « quoi », selon certains pensionnaires du Français (ils y ont leur rond de serviette).

— Reviens en arrière et stoppe sur le gros plan des deux !

Je manipule la vidéo. Jérémie tapote l'écran.

— Ceci est une perruque, et cela un faux nez. Les verrues sont bidon également. On a chiadé le maquillage et accentué les rides. Il n'empêche qu'un regard serein reconnaît facilement la « jeune mariée » de Louveciennes.

— Naturellement, confirmé-je, me parlant à moi-même. En fait, si je me suis approprié cette cassette c'est parce que mon sub avait identifié Mémère. Moi, je ne l'avais pas reconnue, mais mon lutin intérieur, lui, si. Et il n'existe qu'un individu aussi intelligent que mon lutin personnel, c'est Jérémie Blanc, ancien balayeur assermenté ! Maintenant que, mentalement, j'ai débarrassé la dame des attributs qui lui furent adjoints, l'évidence me pèle la rétine.

— Toi, tu veux que je te dise ? Tu as deux polypes à la place des yeux, déclare M. Blanc.

Pendant cette scène pittoresque (qui vient de m'être achetée un million de dollars par la Metro Goldwin Meilleure), Marika vaquait dans la pièce voisine, non sans avoir laissé la porte de communication entrouverte.

Elle surgit soudain, un bloc à la main, un crayon entre ses dents de nacre (1).

Sans un mot, elle s'assit sur le bras d'un fauteuil, croisa les jambes, ce qui, instantanément, m'emporta dans une croisière de rêve sur la mer des Orgasmes. Puis se mit à écrire rapidement ; la mine intelligente du crayon chuchotait des choses douces au papier de moyenne qualité (l'intermédiaire entre le bloc correspondance et le rouleau de faf à train). Marika semblait grave comme si elle venait d'apprendre qu'une montée de la mer du Nord de huit centimètres venait de faire disparaître son Danemark sous les eaux.

Nous la regardâmes respectueusement développer ses pensées. C'était une fille si excitante que lorsqu'elle collait un timbre sur une enveloppe, on se mettait à dégrafer son futal.

Elle traça une vingtaine de lignes, puis s'arrêta pour nous jouer *La Bamba* avec son crayon sur sa rangée d'incisives intérieures. Elle cherchait quelque chose à ajouter à son texte, ne trouva rien, enfila le crayon dans l'épaisseur du bloc et fit :

— Bien, alors ?

Nous retînmes notre souffle de peur de ne plus le retrouver par la suite, si nous le laissions aller trop loin.

Marika nous donna lecture de ses notes :

_____

(1) Toujours, dans les jolis romans : des dents de nacre. Si vous rencontrez Didier Van Cauwelaert à Paris, dites-lui que je lui recommande « les dents de nacre ». Primordial !

SAN. A.

— Lerat-Gondin se déclare fou de son épouse, au point d'organiser chaque année un simulacre de mariage pour l'anniversaire de celui-ci.

« Le plus ancien comédien se prêtant à la mascarade est spécialisé dans le film pornographique.

« Il tourne récemment un film où il a pour dérisoire partenaire Mme Lerat-Gondin.

« M. Lerat-Gondin reçoit un message de menace et s'assure nos services.

« Pendant la fausse cérémonie, les portes de l'église se ferment brutalement et un massacre s'opère à toute allure dans la chapelle. Les quatre occupants de celle-ci sont sauvagement égorgés au moyen d'un yatagan retrouvé sur les lieux.

« C'est Grokomak qui, en prononçant son homélie, a actionné le commutateur commandant à distance la fermeture de la chapelle.

« Aucun des quatre personnages n'ayant survécu et la chapelle constituant un espace clos, on est amené à conclure que le meurtrier s'est suicidé après avoir commis un triple meurtre.

« A noter :

« a) Il y a quatre ans, une jeune fille qui demeurait chez les Lerat-Gondin servait de demoiselle d'honneur. Qu'est-elle devenue ?

« b) C'est la première fois que Gaston Bézuquet (le maire) n'entre pas dans la chapelle. Mais c'est la première fois aussi que ses deux petites filles participent au « mariage ».

« c) Valentin Le Ossé, qui tenait l'harmonium, habite Louveciennes. »

Elle leva son regard d'azur pour le poser délicatement sur nous.

— Quelque chose à ajouter à ce résumé, messieurs ?

Ça me paraissait *cool*. Non, a priori, je voyais pas ce qu'on pouvait fourrer de plus sur sa feuille de bloc. M. Blanc écarta ses Dunlopillo. Il y eut ses dents

carnassières (1), ses gencives épaisses comme la terre
bauceronne, mais couleur sorbet framboise, de la salive
en mousse, O Bao. A travers son large sourire ainsi
constitué, il déclara :

— Non, c'est parfait, mad'moiselle Marika. C'est
succinct et je dirais même chié dans le genre.

---

(1) Pour un Noir, jamais employer dents de nacre, des fois que des
gus du F.N. te liraient. Mettre « dents carnassières », beaucoup plus
seyant.

CHANT 7

Nous aurions pu nous répartir les tâches et aller enquêter chacun de son côté, ainsi qu'il est d'usage dans la police. Mais notre méthode était autre. Nous préférions travailler « en troupeau », ce qui donnait de la force à nos interventions. Il valait mieux être à quatre sur le même client, ainsi les questions étaient-elles plus variées et les observations plus complètes. Il y en avait toujours un pour penser à ce que les trois autres allaient omettre, ou pour fureter tandis que ses acolytes occupaient l'attention. Ce système n'était pas concerté. Il s'était établi d'un accord tacite et nous dûmes admettre par la suite qu'il nous convenait parfaitement.

Notre enquête, puisqu'il faut l'appeler par son prénom, commença réellement le lendemain matin. Nous avions décidé auparavant, pour notre confort mental, de ne pas regarder la télé, ni écouter la radio, moins encore de lire la presse.

Une critique non lue a raté son objectif. Tu ne peux prêter le flanc à l'ironie de tes pairs si tu ignores les vilenies qu'ils ont lâchées contre toi ; car on n'est pas entamé quand on n'est pas atteint. Ignorant des flèches qui te furent décochées, elles sont donc nulles et non avenues, et te laissent le cul intact pour côtoyer ces choses affreuses qu'un con, un jour, a appelées « nos semblables ».

D'ailleurs, je n'ai pas de semblables. Le seul que j'ai aperçu, c'était un matin, dans une glace. Il passait par là. Je lui ai souri, il m'a souri. Je lui ai cligné de l'œil, il a fait de même. Ça m'a tellement agacé que je l'ai envoyé se faire foutre, et que je ne l'ai plus jamais revu.

Et bon, donc, l'esprit clair, le corps sain, nous partons en bande, le lendemain morninge, à la conquête des Productions de l'Œil de Bronze, auxquelles, entre autres chefs-d'œuvre du film porno, on doit *Les grandes craquettes sous la Lune.*

Quatre, pour aller questionner un produc, faut le faire ! Une déesse, un Noirpiot, un poussah obèse et un superman de banlieue, tu parles d'une sublime équipe, Oedipe ! Les bureaux, bien œuf corse, se trouvent *near* les Champs-Zé, rue Pierre 1er-de-Serbie, belle artère malgré que la Serbie (en tant que telle), n'existe plus et encore moins les monarques qui y régnèrent et foutèrent la merde en Europe.

Au cinquième étage d'un immeuble tout en pierre de taille (de grosse taille) au hall marmoréen. Tapis rouge sur les deux premiers étages, après, faut se contenter des marches cirées.

Au cinquième, l'œil est attiré par une toute belle plaque de cuivre peau-de-chamoisée à l'huile de coude. Les gens raffolent de voir leur blase gravé. Ça les mène jusqu'au cimetière, cette marotte.

Production de l'Œil de Bronze
Isidore Bennaz, P.-D.G.

De belles lettres noires gansées de rouge. Cette plaque constitue probablement le seul véritable capital de la société et je comprends que le P.-D.G. y tienne.

Un écriteau, sur émail celui-là, plus modeste, ordonne : « Entrez sans sonner ».

Je tourne le loquet et nous voici, queue leu leu, dans un couloir barré d'un comptoir au-delà duquel une petite femme brune, moche et frisée, dont les lunettes ressemblent à des hublots de bathyscaphe, tape à la machine comme une folle en bavant sur sur son clavier universel. Elle dactyle l'ultime moulure de *Mets-y tes cinq doigts* et le texte est à ce point salace qu'elle a dû placer une toile cirée sur sa chaise pour ne pas en détériorer le cuir par des sécrétions alcalines.

Face à l'entrée, il y a une double porte sur laquelle est écrit « Entrée fo llement interdite », vu que trois lettres en relief, autocollantes, se sont autodécollées : les « r », le « m », et le « e » du mot « formellement ». Les murs du couloir sont tapissés de bas en haut et de hotte en base, d'affiches de films « X » chiément corsées : *Suceuses en folie, La novice pervertie, Les chattes flamboyantes, Mémoires d'un slip, Hercules en érection, Plus salope que moi tu meurs!, Le triangle d'or, Cendrillon mouille de plaisir, Je sens que ça vient,* et celui-ci, qui déborde le cadre de la pornographie : *Pas de feuilles de rose pour Hitler !*

La frisounette achève sa page dans la foulée. Elle peut pas lâcher en cours. C'est là que la Grande Catherine 2 de Russerie se fait mettre par ses gardes impériaux. Y en a un qui la fourre à la papa, un autre qui l'emplâtre Oscar Wilde, elle déguste un troisième cependant qu'un quatrième, vachement ingénieux, parvient à reconstituer un sexe féminin avec les mammelles généreuses de la souveraine ! Je ne parle pas du reste du régiment qui chante les « Bas tauliers de la Vodka » pour stimuler leurs camarades en campagne.

C'est extrêmement excitant comme séquence, et la petite dactylo, qui n'a jusqu'ici connu de l'amour que son médius droit, assisté de son index, de son médius et de son annulaire gauches, en est totalement chavirée, la pauvrette, laideron sans espoir comme la voilà.

Quand elle a fini d'écrire l'impérial orgasme de cette tyrannique majesté (tu sais comme les Allemandes sont salopes?), elle est plus rouge que le drapeau russe actuel et ses mains tremblent comme un parkinsonien

venant de dépaver la rue de Vaugirard au marteau-
piqueur.

Je la regarde au fond des yeux, sans loucher, malgré
les deux sulfures à monture lui servant de besicles.

— Nous souhaiterions rencontrer M. Isidore Bennaz, dis-je, en relisant le blase du produc sur la plaque
de la porte laissée ouverte par Bérurier le Somptueux.

— M. le directeur est très occupé : il auditionne,
chuchote la future aveugle d'une voix glandulaire.

— Navré de le déranger, dites-lui que nous sommes
des commanditaires désireux d'investir dans le septième art !

— Il m'a défendu d'ouvrir la porte pendant qu'il est
en audition.

— Alors téléphonez-lui !

Elle trouve qu'après tout l'idée se défend, et
décroche son biniou. On perçoit distinctement le ron-
flement, de l'autre côté de la cloison. Cinq, six appels
vibrionnent de la sorte, enfin une voix féroce retentit,
sans que son bénéficiaire ait décroché :

— Faites pas chier, bordel de connasse de merde à sa
putain de mère intorchée !

Tel est le texte, parfaitement articulé qui traverse le
galandage pour enchanter nos trompes d'Eustache de
Saint-Pierre.

— Vous voyez, plaide la miraude : il est trop z'occupé pour le moment.

— Alors dérangeons-le pas, déclare Bérurier en
ouvrant délibérément la porte, malgré que la chose soit
« fo llement » interdite.

Il ne fait que deux pas à l'intérieur, se retourne et
nous virgule un signe comminatoire pour nous inciter à
le rejoindre. J'obtempère à cette invite.

Une combinaison académique de grand style se
propose à notre éventuelle concupiscence. Effectivement, le grand Bennaz est en train d'auditionner (c'est
lui qui appelle la chose comme ça) trois demoiselles

entremêlées, dont ce qu'on distingue semble très comestible. A preuve, elles sont fortement dégustées par le produc, lequel, homme d'une grande conscience professionnelle, expérimente personnellement ses sujettes avant de les livrer à l'œil vorace de la caméra.

En gros, je te fournis le descriptif.

Primo, les donzelles ne sont vêtues que de bas noirs, d'un porte-jarretelles très suggestif et (pour l'une d'elles seulement, plus pudique que ses compagnes, sans doute), d'un adorable slip fendu par en dessous. Ces souples personnes composent sur la table de travail capitonnée, un triangle admirablement isocèle dont, je crois bon de te le rappeler, trou d'inculte comme je te sais, l'aire est égale au demi-produit de la mesure de sa base par la mesure de sa hauteur. L'une (celle au slip fripounnet) est allongée sur la table et son visage, que j'espère beau, est chevauché par l'une de ses camarades, pour une minette grégaire dont je ne te dis que ça. La troisième jeune fille de bonne famille participant à ce Fragonard vivant a la tête enfouie dans l'ouverture du slip de la première, rendant à celle-ci le signalé service qu'elle accorde à la deuxième. (Suis-je explicite, aisé à suivre et point trop dégueulasse ? Moui ? Merci.) Comme elle dresse haut son exquis popotin, la seconde à son tour y va de sa tyrolienne câblée, qu'ainsi donc la boucle est bouclée, si je puis dire, parlant d'un triangle.

Le produc, dans tout ça ? Bonne question que je vous remercie de m'avoir posée. Comme les politicouilles à la téloche, t'auras remarqué. L'interviouveur demande :

« Que pensez-vous des bruits selon lesquels vous seriez une vieille pédale ayant vendu l'obélisque de Louxor à un roi du pétrole texan, et que votre épouse pompe tous les livreurs qui franchissent votre paillasson ? » Les politiciens, tu crois qu'ils désarçonnent ? Qu'ils fulminent ? Balancent un pain dans la margoule du vieweur ? Mon cul, oui ! Un sourire radieux les épanouit.

« Bonne question, que je vous remercie d'avoir posée », ils rétorquent. Et carrément, se mettent à parler du prix, de la viande de porc en Allemagne. Timidement, le vis-à-vis, essaie d'endiguer : « Mais ce n'est pas la question que je... » Et les vieilles guenilles de sourire en rechef :

« J'y arrive, monsieur Lebeaunœud ! Permettez d'abord que je pose la donnée fondamentale de l'équation interféraire, sinon, il serait impossible de suivre ma démonstration. »

Et le voilà, l'auguste semeur, le semeur auguste ou pierrot blanc, qui puise dans son sac à blabla et balance à tout va, à tout vent, soûlant le démeneur de jeu de paume, lequel finit par renoncer. Le « oui », ou le « non », connaît pas chez ces drôlatiques. Ça fait partie de leur apprentissage de zozo, ça. Biffer le « oui » et le « non » absolument de leur vocabulaire. Oublier ces mots de trois lettres à tout jamais ; pas risquer de se faire piner au dépourvu d'une heure de sévérité perfide. Et puis après, on fait un sondage express. Jules Mongenoud vous a-t-il cons, vaincus ? Tu parles ! Avant l'émission, y avait trente-deux pour cent de sympathisants, mais après le dégorgement d'insanités, de replis, de nuages artificiels, de salive artificielle, de fausses confidences et de marivaudage, le score dépasse les soixante. Fascinante, notre monstre connerie, nous tous !

Le produc, dans tout ça, disé-je ? Eh bien, il s'active, mon vieux ; il s'active : va, vient, jette la graine au loin. Corrige un affaissement de l'édifesses ; exhorte les demoiselles à se mieux grougnouter le delta amazonien. C'est un artiste, Bennaz. Lui qui tourne les films qu'il produit entièrement, personnellement. Même, tant son impétuosité professionnelle est totale, quand un partenaire est défaillant : soit qu'il ait trop bu de bière ou mangé une bricole mal passante, il met la queue à l'ouvrage, Zidore! Faut dire que c'est un chibré de première classe, aimant à payer de sa personne ; se dépensant sans compter. Juste le budget du film, il épluche. A mort ; rognant sur les cachets, les décors, les frais de teinturier, les accessoires. Sinon, il veille à tout. Prêt ? Moteur! Adeline l'Engelure, voulez-vous me faire une petite langue de velours sous les testicules pour me redonner l'éclat du neuf ? Merci! Annonce! *Bitaloigne*, première! Partez! Un vrai pro, quoi! Le Molière de la bande paffeuse. Il mourra le chibre dressé! C'est sa dunette, son zob, Bennaz. Son mât de misage! Y a de l'héroïsme dans sa démarche.

Alors là, les trois dounettes le comblent.

— Que c'est beau! clame-t-il. Oh! que c'est beau! Nous intitulerons le film *Le Triangle des Bermudas*. On vous mettra des bermudas de mon invention, mes gueuses! Je vois leur découpe. Juste une amorce de jambes au-dessus des genoux ; une double partie le long des hanches, et puis la ceinture pour tenir l'ensemble! Tout le reste est nu.

« Remarquez que je vous mijote d'autres figures. La pyramide voluptueuse! Un costaud, mains croisées sous son membre pour soutenir votre tête. Chacune faisant la chandelle romaine. Fellation à l'envers. Le gars vous minouche la crinière. Un second sur les épaules du premier avec une deuxième connasse. Même position. Je vois, je sais. Faites-moi une absolue confiance. Trois couples superposés ? Vous croyez qu'on peut y parvenir ? Peut-être, en soutenant l'édifice par-derrière. Travelling plongeant! Je cadre d'abord le faîte, et puis je descends lentement. Très lentement. On découvre peu à peu. Le spectateur se dit que ça n'est pas possible! Ensuite, plan d'ensemble. Le plus dur ce sera le synchronisme dans l'éjaculation. Les mecs devront régler leurs montres, leurs couilles! Ce sera superbe, ce lâcher de foutre! Non, non, j'ai un

autre titre ; bien meilleur : *Les acrobates du plaisir*.
Voilà ! Bennaz présente : *Les acrobates du désir*, un
film conçu, écrit et réalisé par Isidore Bennaz, avec,
dans le rôle du découilleur numéro un, Isidore Bennaz !
Çui-là, il est vendu d'avance, mes petites friponnes. Je
ferai une première à la Maison-Blanche ! Un gala au
bénéfice de la Campagne contre le Sida ! C'est bon,
désunissez-vous, et allez vous rincer la bouche à l'eau
de Botot.

« Mais qu'est-ce que c'est que ces gens ? Que désirez-
vous ? Vous venez pour auditionner, mes amis ? Si oui,
la fille blonde, je l'engage tout de suite, sans voir, tant
pis si elle a une cicatrice de césarienne ou une tache de
vin à la cuisse. Putain, ce châssis ! Et la frimousse,
dites : le minois ! Je l'essaierai en premier ! Droit de
cuissage ! Prérogative du maître. Normal ! Je paie, je
tourne, je commande !

« Je me l'offrirai sur une table de cuisine. Nappe à
petits carreaux rouges et blancs ! Une cafetière, un bol
de café au lait, des tartines de confiture ; que ça fasse
troussée improvisée. Mademoiselle petitdéjeunait ; je
suis survenu à l'improviste. Sa robe de chambre bâillait.
Mes sens embrasés ! Ce sera superbe ! Les tartines de
confiture sur ses fesses ! Le café au lait renversé entre
ses seins. O.K., elle est prise d'office. Quant au Noir,
ça tombe bien, j'en cherchais un pour *Coïts dans les
mers du Sud*. Il fera le chef mutin qui viole la fille du
capitaine ! Je lui demande pas s'il est bien membré, ces
nègres, on les connaît ! Quand je pense qu'ils viennent
se plaindre de leur sort ! Merde ! Le Seigneur les a peut-
être faits noirs, mais en revanche, sous le pagne, y a du
beau monde ! Pour les deux autres, alors là, peut-être le
beau gosse, mais il faudra qu'il me montre coquette en
action ! Vous, le gros, je regrette... J'ai pas de film
comique en préparation. Et puis, les obèses, généralement ils ont des zizis de moineau. »

Ainsi qu'il cause, Isidore Bennaz. D'une faconde

intarissable (d'Olonne). La salive lui mousse aux commissures.

La fin de la diatribe rembrunit Sa Majesté. Il existe de monstres bévues dans les rapports sociaux. Bennaz vient d'en perpétrer une à l'encontre d'Alexandre-Benoît. Supposer qu'il est membré comme un passereau, le désoblige gravement. Il chipote pas avec son honneur, le Mammouth !

Alors il va à la table de tournage où la jeune fille au slip fendu s'attarde à nous regarder. Avec une autorité de Cosaque, il l'y renverse et lui fait prendre la posture d'une étoile (de mer) à trois branches. Lui, pas besoin de granulés à la cantharide. Juste de voir le décolleté de la culotte noire, ça le met au beau fixe. Avec une autorité magistrale, il défourne son braque d'exception, le fait tressauter sur sa paume pour lui renforcer l'évidence et, avec majesté, en honore la demoiselle. Illico, la chère âme éprouve un contentement qui ressemble au bonheur car elle est sensible à la surdimension de son partenaire impromptu. Béru lui glisse une paluche sous le fessier, une seconde sous les omoplates, la décolle de la table et entreprend de l'emmener en excursion dans cette étrange posture. Marchant et manœuvrant simultanément, il se rend devant le produc.

— Dites voir, l'ami, c'est-il ça qu' z'appelez un zizi d' moineau ?

Isidore Bennaz reste bouche bée. Il est abasourdi, le brave homme. Tu sais qu'il en a vu déferler, des braques, cézigo, mais un outil de ce calibre, il dit que c'est la première fois. Il pose sa main sur l'épaule du Gros, pas trop fortement afin de ne pas contrarier, ni freiner sa manœuvre.

— Je vous prie de m'excuser, Excellence, lui fait-il. Sitôt que vous aurez terminé, nous signerons un contrat d'exclusivité. Je vais vous concocter un scénario dont vous me direz des nouvelles. Pour le titre, pas la peine de se surchauffer les méninges : *Le plus gros zob de tous les temps*. Ni plus ni moins. On annonce la couleur et on prouve ce qu'on avance. Je vais faire un malheur. On tournera un préliminaire avec un professeur de la faculté de médecine qui viendra commenter le phénomène, se porter garant qu'il n'y a aucun trucage. Tout en bidoche surchoix ! Nul traitement spécial, pas de piqûres bidon. On travaille dans le réel. On fait dans le scientifique. Vous avez *La* queue, quoi ! Pas seulement celle du siècle : celle de tous les temps. Un mystère de la nature.

« Pour le contrat, je prévois deux films par an. Avance de cent mille francs à la signature. Payables par traites échelonnées quatre-vingt-dix jours fin d'année. Votre cachet ? Vingt-cinq briques, mon petit vieux ! Je n'ergote pas. En participation. Intéressement de zéro un pour cent sur les bénéfices. La binoclarde va nous taper ça. Où est-elle, cette salope ? Mélaniiiie ! Cessez de vous caresser et prenez votre bloc ! Elle passe sa vie à se mayonnaiser le trésor. Faut dire qu'elle est orpheline. »

Je comprends que si je ne fais pas montre d'autorité, il continuera de dégoiser de la sorte jusqu'à l'an 2000, le charmant cinématographieur.

— Béru ! intimé-je, finis mademoiselle dans une autre pièce au lieu de te donner en spectacle devant Marika. Et vous, monsieur Bennaz, ayez la bonté de nous accorder quelques minutes de conversation, car c'est vous que nous venons auditionner.

Ça lui stratifie les muqueuses. Il fourbit ses lotos à l'huile de larmes.

— Moi !

— Vous ! Vous employez bien, de façon assez régulière, un acteur du nom de Serge Grokomak ?

— Si j'emploie Serge la Belle Verge ! Mais mon cher monsieur, c'est mon pensionnaire préféré. Membre plus qu'actif ! Trente-cinq centimètres, montre en main ! Naturellement, comparé à ce gros rigolo, c'est une demi-portion, mais dont j'ai fait mes choux gras jusqu'à présent !

A la manière dont il parle du mort, je devine qu'il n'est pas au courant de la tragédie de Louveciennes. Il vit dans son art comme le ver à soie dans son cocon, et les nouvelles du monde ne l'atteignent pas.

— Il y a peu, vous avez tourné un film somptueux, intitulé *Les grandes craquettes sous la Lune*, exact ?

— En effet.

— Dans cette production d'une rare qualité, figurait une personne d'un certain âge, maquillée en sorcière, que l'on pouvait apprécier dès la première séquence dans un champ de blé où elle se laissait caramboler sans trop d'embarras.

Il rit rétrospectivement :

— Ah ! la vieille salope qu'il y avait là ! Névrosée jusqu'à la moelle ! Elle aurait payé pour se faire enfoncer le donjon de Vincennes dans l'intime !

— Nous parlons bien de la même personne, c'est-à-dire de Mme Lerat-Gondin ?

— Je l'ignore, car elle a voulu conserver l'anonymat.

— Je conçois sa modestie.

— Elle a même tenu à verser sa participation en liquide ! En liquide, à notre époque ! Faut le faire, non ? Quand je vois les automobilistes du dimanche régler par chèque vingt balles d'essence !

— De quelle participation parlez-vous, maître ?

Le produc est tellement jacteur qu'il a déjà préparé sa salive de réponse, mais un signal d'alarme se déclenche soudain dans son carberluche.

— Attendez, attendez, fait-il soudain, vous ne m'avez pas dit qui vous étiez, au fait ! Pourquoi venir me poser ces questions !

Une clameur retentit sur la table des opérations où Sa Majesté vient d'en terminer avec sa partenaire d'un

instant, chaussée à l'improviste avec la prestesse déci-
dée du coq ayant jeté son dévolu sur une poulaille.

La môme prend un pied qui n'est pas celui de
Cendrillon. Le *foot* géant, mon mec ! Celui de Berthe
au grand pied !

Bennaz accorde un regard admiratif à cette fin
d'étreinte. Il brandit son pouce, lequel eût pu ajouter
en son temps à la félicité de la donzelle ; mais il est trop
tard, à présent.

— Bravo, Champion, fait-il, nous reparlerons de
votre contrat dans un instant.

Et, à moi :

— Alors ?

C'est Marika qui prend le relais. Avec son sourire
ensorceleur et son merveilleux accent qui te courjute la
grosse glande et ses satellites, elle bonnit comme quoi
nous sommes une agence privée (ce qui est exact),
agissant pour le compte d'un certain M. Lerat-Gondin
(ce qui ne l'est pas moins). Où elle s'écarte un brin de la
vérité, c'est quand elle annonce que Lerat-Gondin fait
dresser un rapport quant aux activités extra-conjugales
de son épouse. Mais il s'agit là d'un péché véniel qui
est, me semble-t-il, prescrit par le décès des intéressés.

Les explications, le sourire, le regard limpide, l'accent danois, la bouche sensuelle de ma compagne
rassurent le producteur.

— J'ai déjà eu affaire à un mari, l'an dernier. Grosse
situation. Ce con visionnait l'une de mes productions
chez sa maîtresse, un après-midi, et quelle n'a pas été sa
stupeur de voir son épouse légitime en train de pomper
six nœuds par les trous d'un paravent. L'effet était du
reste saisissant, mon cher. Une idée à moi ; géniale !
Vous imaginez six gros pafs sortant d'un paravent
chinois ? Surréaliste ! Beau ! Fellinien, avec en plus, un
petit côté Bergman. Des bites sans corps ! Un rêve
onirique ! Donc, sa femme s'activait à mort sur les six
membres avec une dextérité de xylophoniste. Pour

meubler les temps morts, elle se faisait sodomiser par un nain. Le nain est très prisé dans ma spécialité. J'en ai deux dans mon *casting* permanent. Plus petits que Toulouse-Lautrec et aussi bien pourvus : on dirait des cafetières ! Donc l'époux pique une crise, en plein début de coït ! Il se sauve avec son pantalon sous un bras et la cassette à la main. Une heure après, il était ici, tempêtant, injuriant ! Réclamant des dommages et intérêts ! Oui, mon cher, ils sont ainsi, les cocus, de nos jours : ils veulent monnayer les adultères que commettent leurs rombières au lieu de leur flanquer la dérouillée qu'elles méritent ! Ainsi donc, je vais avoir un second cornard sur les bras ? Qu'il vienne ! Je l'attends ! Vous avez vu la madone ? Soixante balais au bas mot ! La faire baiser n'est pas une atteinte aux mœurs, mais une œuvre de charité chrétienne. Elle est majeure, hein ? Et plutôt trois fois qu'une ! C'est elle qui a voulu à tout prix tourner.

— A propos de prix, ça lui a coûté combien ?

Il hausse les épaules.

— Une misère ! Je ne me souviens plus, dans les cinq bâtons, anciens naturellement, de quoi régler la maquilleuse qui a plâtré la gueule de cette gargouille gothique. Cela dit, elle a eu son succès, la mère. Les afficionados ont aimé. Sa vieille chatte déplumée, large comme un havresac, ça a amusé, excité aussi, quelque part. La nature humaine, si vous saviez... Un jour, j'écrirai tout ça et on me flanquera le Goncourt ! Vous comprenez, il faut, de temps à autre, créer le choc. Certes, ils veulent voir de la chair appétissante : du cul pommé de saison, du frifri en fleur, du clito frais comme un mollusque à Fécamp, des seins qui ne tiennent pas avec des injections de collodion, du bassin lisse comme un Stradivarius. Mais, de temps à autre, je leur file un électrochoc : une obèse, tenez, avec cent kilos de ventre par-dessus sa moulasse pour spéléologues. La monstrueuse ogresse qu'une bande d'intrépides attaquent comme les Grandes-Jorasses. Ou bien une contractuelle un peu tapée, l'uniforme est un *must*. Mais une Carabosse, comme votre vioque, là, ça assure aussi. Vous pouviez mettre les deux mains ouvertes entre ses cuisses! La toison comme la barbe d'Ivan Rebroff le Terrible. J'adore Ivan Rebroff. Les voix de basse me picotent le fondement. Chaliapine pendant que je tire un coup, et je décroche la timbale en quatre allers et retours! Vous n'avez pas vu *Mes partouzes moscovites?* Non? Vous avez tout raté. De la première à la dernière image, j'ai les chœurs de l'Armée Rouge : *Le temps du muguet, l'Internationale, Les bateliers de la Volga.* On jouit en pleurant. Point d'orgue : un solo de balalaïka par Youri Fépalov au moment où la gentille Natacha est empalée sur une bitte d'amarrage dans le port de Yalta. Vous voyez ça, vous l'imaginez? Renoir, John Ford, Cukor, fume! fume! fume! Un morceau d'anthologie! Si vous avez un quart d'heure, je vous projette le passage. Non? Ah! vous êtes pressés? Notez que je peux vous vendre la cassette. Je vous ferai la remise marchand.

— Monsieur Bennaz, reprends-je, soûlé par son torrent verbal pis que si c'était du beaujolais primeur qui sorte de sa bouche, monsieur Bennaz, cette dame névropathe qui met de l'argent en participation dans vos films pour avoir le plaisir de se faire bourrer en gros plan, vous l'avez connue comment?

— C'est mon lascar Grokomak qui me l'a amenée. J'ignore où il a pêché cette morue; vous le lui demanderez.

Cette fin de phrase me conforte dans la certitude que le Zidore Bennaz ignore tout du drame. Curieux tout de même qu'il n'écoute pas la radio, ne regarde pas la tévé, ne lise pas les journaux. Un bref instant, l'envie me vient de le mettre au parfum, pour la seule satisfaction de lui assener un coup de théâtre. Nous autres, bipèdes de dernière zone, on raffole de colpor-

ter les malheurs. T'apprends une mort et tu sautes sur
ton bigophe pour la semer chez tes connaissances.
Charognards, nous sommes. Dépeceurs. Oiseaux de
mauvais augure. Taxidermistes ! On se complaît dans
les purulences. Je décide d'offrir ce silence qui m'est
douloureux au Seigneur, en expiation de deux trois
bricoles pas nettes que j'ai commises à la sauvette : pas
vu, pas pris !

— La rencontre s'est faite de quelle manière ?

— On ne peut pas appeler cela une rencontre. Serge
la Belle Verge m'a annoncé un jour qu'il se cognait une
rombière aux as, laquelle rêvait de tourner dans une
hard production. Il ajoutait qu'elle mettrait un peu de
blé dans l'affaire pour excuser sa laideur. Il m'a dit
qu'elle était moche à hurler, avec une vieille chagatte
bouffée aux mites et défoncée comme un chemin creux.
Il ajoutait que l'outrance est marrante. Pourtant, ça
m'étonnerait qu'il ait lu *le Rire* de Bergson. Cela dit, il
avait raison, et vous avouerez que ma sorcière de
Blanche-Neige, gambadant dans les blés, à la lune, c'est
un grand moment du septième art, non ?

— *Le cuirassé Potemkine,* c'est de la merde à côté,
lui déclaré-je et *Citizen Kane* me fait chialer de honte.

Il se retient de m'embrasser, étant grand amateur de
louanges et les collectionnant.

— Donc, j'ai dit banco. Madame est venue ; très
B.C.B.G. Manteau de drap gris à col de velours, petit
bibi mondain à voilette. Tellement distinguée et tarte
que je ne pouvais pas croire à sa salacité. Il a fallu
qu'elle taille une pipe à Serge devant moi pour me
convaincre.

— Vous ne l'avez pas revue depuis cette production
héroïque ?

— Non, mais j'ai d'autres projets pour elle.

Nouvelle retenue du gars Sana qui balancerait volontiers au produc que les projets en question, il devra les
réaliser dans une vie postérieure.

— Elle a tourné combien de jours ?

— Un seul. Moi, vous savez, je dépote. Je fais dix minutes de bon par jour. La scène du champ de blé, je l'ai tournée en nuit américaine en huit heures !

— Elle est venue avec Grokomak sur le tournage ?

— Et repartie de même, oui.

— Le Polonais ne vous a pas fait de confidences particulières à propos de sa vieille conquête ?

— Non.

— Il vous a parlé du mari de la dame ?

— Très vaguement, pour me dire qu'il idolâtrait sa mégère et que, s'il savait qu'elle tournait dans un film « X », il se ferait sauter le caisson. Serge fréquente le couple depuis de longues années déjà, c'est un familier.

Bon, voilà que soudain j'en ai classe des Productions de l'Œil de Bronze. Et mes compagnons aussi, lesquels, muets, figés, assistent à notre entretien d'un air ennuyé d'être ici.

Salutations. Bonne bourre, bonne péloche ! On se prend le congé. On va aller galérer autre part.

Dehors, on marche un moment en silence en barrant toute la largeur du trottoir. Les passants qui nous croisent sont obligés de descendre sur la chaussée, pas contents, mais on est en force, on les emmerde. Les hommes en groupe emmerdent tous les autres, sauf ceux qui sont en groupes plus importants.

Le premier, Bérurier diffuse ses pensées :

— Cette vieille peau, la mère Lerat-Gondin, j'ai l'impression qu'elle avait tout faux dans sa tête, non ?

On opine (c'est bien notre tour) silencieusement. Et puis Marika déclare :

— On tient le mobile du carnage, en tout cas. Du moins, un mobile plausible : Lerat-Gondin a été mis au courant des prestations cinématographiques de sa Juliette, et le pauvre Roméo, bafoué, a tué la garce et son amant avant de se donner la mort.

— Et le type de l'harmonium ? interroge M. Blanc.

— Dans sa folie homicide, Lerat-Gondin lui a coupé le cou en même temps qu'aux autres, suggéré-je. A moins que le musico ait voulu s'interposer quand le bonhomme a commencé le massacre...

Une galopade derrière nous, des appels. On se retourne. C'est la binoclarde de Bennaz qui hèle Bérurier.

Essoufflée, elle recolle au peloton et dit au Gros :

— C'est rapport à votre contrat ; vous devez venir le signer !

Sa Majesté hésite, nous regarde. Gêné, il murmure :

— Vous n'avez pas besoin d' moi dans l'immédiate, les gars ?

On lui répond que non.

Ne jamais entraver une carrière naissante !

CHANT 8

Privés donc de Sa Majesté Bérurier, roi de ceci-cela et premier zob de France, nous débarquons à Louveciennes, étape suivante de nos pérégrinations enquêteuses.

Objectif *number one :* le domicile de feu Valentin Le Ossé. Il a lieu, ce domicile, dans une vaste bâtisse à peu près en ruine qui servait d'écuries, sous Louis XIII (un monarque pas superstitieux). Ces bâtiments dont la plupart des hautes fenêtres ont été lapidées et brisées, hébergent nonobstant, comme disaient les gendarmes avant qu'ils ne devinssent bacheliers, quelques artistes — traîne-lattes qui s'y sont aménagé ce qu'aux U.S.A. on appelle des *lofts.* Installations précaires mais qui durent ; sorte d'ateliers de fortune où fleurit une bohème fin de millénaire, fleurant le « h », le whisky-Coca, le cul mal briqué et la frite froide.

Après avoir traversé une esplanade indécise où pousse la mauvaise herbe, nous parvenons devant l'une des dernières cloisons encore valables sur laquelle sont punaisées des indications griffonnées. Elles nous permettent d'apprendre que Valentin Le Ossé créchait dans la partie extrême des clapiers. On suit un méandre de faux couloirs qui nous conduisent à une porte dénichée sans doute dans les gravats d'un immeuble en démolition. Et cet immeuble détruit devait être un hôtel car le numéro « 8 » est peint au pochoir, en noir sur le fond brun imitant du bois, et comme y a du bois sous la couche de Ripolin express, on se demande à quoi ça rime, non ? Les desseins des hommes sont vachement plus mystérieux que ceux de la providence, je trouve.

Comme on entend de la zizique de l'autre côté du galandage de planches, on frappe. Et voilà qu'aussitôt, une folle guêpe au masque tragique nous débonde. Magine-toi un adolescent d'une dix-huitaine d'années, avec des cheveux décolorés coiffés punk, façon Attila, de manière à faire une brosse pour casque de cuirassier. Ça mesure quinze centimètres de large et le reste est rasé à zéro. Son visage est brouillé par le chagrin. Il a dû chialer sans discontinuer depuis hier tantôt, le petit mec, alors il a les yeux en crue, faut voir ! Les joues creuses garnies d'une herbe fauve car, en vérité, il est rouquemoute, Bébé Rose. Il porte un superbe diamant de la Samaritaine à une oreille, plus un autre, assez mignard sur une narine, ce qui, immanquablement me flanque la grosse gerbance. C'est l'espèce de mutilation que je supporte pas. Me semble ressentir l'effet que produit une vis dans les trous de nez, et putain qu'il faut être con, maman, pour arborer un bijou de pacotille à un tel endroit !

Mais qu'est-ce qui leur arrive, tous ? Bientôt ils se feront poser des clochettes au fion, des grelots aux burnes et des montres-bracelet autour du paf, je pressens. Tu veux parier que ça existe déjà ? Sinon, bouge pas, arme ton Kodak et attends, ils vont se pointer !

Le minet punkisé porte un caleçon trop vaste pour sa chétivité, sur lequel y a écrit « Chasse gardée », plus un tee-shirt troué et cradoque que ça représente un hippopotame sortant juste ses grosses prunelles du marigot où il fait trempette. Il paraît un peu nubile des cannes, l'artiste, et ses arpions sont douteux.

Il nous regarde, interloqué et, de surprise, cesse de chougner.

— Valentin Le Ossé, c'est bien ici, dis-je péremptoirement en pénétrant dans l'antre.

— Il est mort ! gémit le petit follingue en repartant dans l'eau de chagrin.

— Je sais ; c'est pourquoi nous sommes là.

— Vous êtes de sa famille ? il clapote, en matant M. Blanc d'une prunelle incrédule.

— Non, vous non plus ?

— Je... je suis...

— Exactement ce que je pensais, fais-je.

Le local est si haut de plaftard qu'il fout le vertigo. Un piano droit, un sommier recouvert à la hâte d'une carouble écossaise ; un réchaud-camping, quelques seaux d'eau, un placard et des portemanteaux de brasserie dénichés chez des brocanteurs composent le mobilier. Plus une table de jardin et trois chaises en fer. Aux murs, des posters de photos d'amateur. Elles représentent toutes feu Valentin avec son giton. Enlacés. Nus, sur certaines. C'est marrant : hier j'avais pas remarqué que le julot de l'harmonium en était plein cadre. Il faisait musico en détresse, simplement.

Jérémie ferme la porte car il est entré le dernier. On renifle les étranges odeurs, tristes et agressives, qui flottent dans le logis des deux fiotes.

La petite reine nous miradore à travers ses larmes. Renifle. Je note qu'il y a une vilaine tache rouge sous le petit diamant « ornant » sa narine droite.

— Tu t'appelles comment ?

— Bertrand Guesclin.

— Profession ?

— Je... je suis...

— Je m'en doutais. Vous étiez mariés depuis longtemps, Valentin et toi ?

— Deux ans.

Repleurade.

— Renifle pas trop, fillette, tu risques d'infecter la connerie que t'as dans le pif, préviens-je.

Je désigne une chaise à Marika qui l'accepte. Je peux te dire qu'elle s'amuse follement, ma Merveilleuse. Ça lui plaît vachetement, ce turbin d'enquêteur. Elle voudrait pas retourner dans son Danemark natal pour un empire ; d'autant que ses nuits sont pas tristes non plus, espère ! La confrérie des yeux cernés ! Elle morfle ses trois coups de guiseau par jour, la môme. C'est ça, notre vitesse de croisière ! Et quand je parle de « coup », *achtung !* C'est pas du tagada de *rabbit*, mais le grand déploiement olympique. De vraies étreintes éperdues, comme on dit puis dans les autres livres qui me font tant tellement rigoler que je préfère encore relire les miens !

Il est tellement ému, Poupette, qu'il ne songe même plus à nous demander qui nous sommes et ce que nous lui voulons.

— Vous viviez de quoi, les deux ? je lui questionne.

— Valentin donnait des cours de piano.

— Et ça suffisait pour acheter la bouffe et vos tampax ?

L'ironie, il perçoit plus, la Gazelle. Son chagrin occulte tout. Comme disait ma chère grand-mère : « C'est dur de perdre sa compagnie », (surtout quand on est capitaine de C.R.S.).

Il est anéanti, perdu, jeté, veuve ! Qui va lui assurer son herbe quotidienne, à ce petit veau blond ?

— Que penses-tu de ce qui est arrivé à ton homme, Mignonnet ?

— C'est l'horreur ! effondre-t-il. Je ne comprends pas. Il était si gentil, si tendre. Qui donc a pu lui vouloir du mal ?

— C'est ce qu'on va essayer d'établir ensemble, ma puce. Il fréquentait les Lerat-Gondin ?

— Autrefois, il donnait des leçons de piano à leur nièce, paraît-il.

— Raconte !

— Je ne sais rien de plus. Vali me parlait de l'époque où il faisait jouer la *Lettre à Elise* à Elise ; elle s'appelait Elise, justement.

— Et qu'est-elle devenue ?

— Je ne sais pas. Tout ça remonte à une époque où je ne connaissais pas encore Vali.

— Ton Vali continuait de voir les Lerat-Gondin ?

— De temps en temps, ils faisaient appel à lui pour qu'il aille jouer de l'harmonium dans leur chapelle.

— A l'occasion de leur simulacre de mariage, comme hier ?

— Et d'autres fois aussi, disons tous les trois ou quatre mois.

— Ils recevaient du monde, à cette occasion ?

— Non. C'était pour eux seuls.

— Qu'est-ce que ton cher défunt pensait d'eux ?

Bertrand gratte sa narine endiamantée.

— Qu'ils étaient un peu siphonnés, mais comme ils le payaient bien...

On se tait, le cassettophone continue de mouliner en sourdine. Du Chopin : une polonaise un peu mélanco. Bertrand nous dit en montrant l'appareil :

— C'est Valentin qui joue.

Merde, il avait du talent, c'est gouleyant comme interprétation ; y a de l'âme, de l'aisance, une sûreté impressionnante.

Le pauvre môme se remet à chialer. Je lui donne une petite tape sur la nuque.

— Pleure pas, ma poule ; tu referas ta vie.

— Je ne retrouverai jamais un artiste pareil !

Marika, attendrie, a les yeux humides. On se laisse dériver dans les tristesses, tous. La peine du petit suceur nous gagne sournoisement. On mesure la cruauté du sort. A cause de la musique aussi. Il jouait bien, il aimait son petit Hun de mes choses. Gentils marginaux, inoffensifs et tendres.

Et puis voilà M. Blanc qu'entre en scène.

Un moment qu'il furète, silencieux comme son ombre (d'ailleurs tu les différencies pas l'un de l'autre). Il vient à Bertrand, tenant un très vieil album de photos recouvert d'un velours vert passé, avec des coins d'argent ouvragés et une découpe ovale dans le milieu, par laquelle on aperçoit la photo sépia d'une dame du siècle dernier, à l'air sévère, au gros chignon en équilibre sur sa tronche comme un chargement de foin sur sa charrette.

Il feuilletait l'album, mon Noirpiot. Il demande au freluque :

— Vous pouvez me dire ce que c'est que cette photo ?

Le branleur visionne et s'étonne :

— Ben, c'est Vali.

— Où a-t-elle été prise ?

— Chez ses parents, le jour de son anniversaire. Pourquoi ?

Au lieu de lui répondre, Jérémie me tend l'album pour que je puisse mater l'image. Dessus, on voit le Valentin, saboulé comme un milord, posant solennellement dans un salon petit-bourgeois, le coude sur une console gracile, regardant l'objectif avec des yeux de velours, comme s'il s'agissait d'un minet en slip.

Je le visionne en détail, sans comprendre ce qui a pu faire réagir le *black* mec.

— Eh bien ? j'insiste.

Il m'arrache l'album reliquaire des pognes pour le présenter à Marika.

— On va voir si elle est plus observatrice que toi ! ronchonne-t-il.

Ma chère grande âme si tant et merveilleusement baiseuse d'élite examine à son tour le cliché. La moue dubitative qui arrondit ses admirables lèvres me donne à croire qu'elle me tient compagnie dans le clan des incompréhensifs.

— Vous ne voyez rien ? encourage Jérémie, déçu.

— Eh bien, heu... à vrai dire...

Elle secoue la tête négativement, va pour lui rendre l'album et, brusquement, pousse un petit cri et le ramène devant ses yeux.

— Ça y est ? Cadré ? jubile le Noirpiot, pas fâché que je l'aie dans le prosibe, question observation.

Rogneur, je passe derrière Marika. Charitablement, mon inestimable conquête désigne un angle de l'image au-dessus de Valentin. Et poum ! le *sky* me choit sur le *pot of tea*.

Quel glandu je faisais !

Tu sais quoi ?

Sur l'un des murs du salon des parents Le Ossé, est suspendue une panoplie d'armes arabes anciennes. Parmi lesquelles un yatagan !

On va marquer une pause de publicité.

CHANT 9

Une enquête, c'est des gens à voir, des lieux à fouiller, des indices à rassembler, des conclusions à tirer. Les gens et les lieux ont leurs secrets qu'il s'agit de leur arracher par la ruse ou la force. Moi, ce qui m'étonne, c'est de n'avoir pas rencontré la police au cours de nos récents déplacements. Qu'est-ce qu'il branle, le jeune et brillant commissaire Monlascart ? Il fait tourner des boules de cristal pour tenter d'y apercevoir la vérité ? Je le sens bien, cette affaire ne le met pas en bandaison professionnelle. Sais-tu pourquoi ? Parce que ces meurtres en vase clos, dignes de la mère Sapristi, impliquent que le meurtrier s'est fait justice parmi ses victimes. Alors, le frémissant jeunastre de la Rousse, il se margarine pas la laitance. Il confie l'affaire au labo, au légiste. A eux de déterminer lequel des quatre morts s'est soi-même cisaillé le corgnolon. S'ils y parviennent, ils auront résolu l'énigme et, bravo, merci, bons baisers à vos parents ! Sa pomme, il se poncepilate en loucedé. Le mobile de ce massacre, il se gratte pas non plus pour le chercher, Monlascart, puisqu'il l'a eu illico : la folie. Crise homicide. Lerat-Gondin, ou bien sa chère épouse, a perdu les pédales. Monlascart, jeune coq avantageux, peut s'entraîner au tir, au cul, à l'escrime, au gin-rami. Il a ciblé l'affaire. Meurtre de dingue. Aux hommes de

science de définir lequel est mort le dernier dans la
chapelle ; ce sera inévitablement l'assassin.

Les parents de feu Valentin Le Ossé habitent (de
cheval, comme j'ajoutais toujours avant d'être dans les
dictionnaires, mais maintenant je me surveille) Versail-
les, dans l'une de ces très larges et très mornes avenues
où on se fait chier en évoquant le cher Louis Quatorze
pour essayer de la rendre plus gaie. Immeuble d'époque avec, là aussi, d'immenses fenêtres, et puis des toits
d'ardoise et des bornes de pierre devant les seuils. Ils
piogent au premier, les ancêtres de l'harmoniumiste. Et
dès l'ouverture de la taule, on pige la sinistrance des
lieux. L'à quel point tout cela est confit, recouvert
d'une pieuse poussière. En se penchant, on doit voir
festonner des toiles d'araignée sous les meubles, et
l'odeur âcre qui te biche aux naseaux provient probablement de pisse de souris.
    Une dame austère, de noir loquée, m'ouvre. Je suis
seulabre, les deux autres m'attendent dans ma charrette
car une intrusion à trois, chez des parents venant de
perdre leur fils dans ces cruelles conditions serait mal
venue.
    La personne est très pâle, très digne, avec des yeux
qui jugent et condamnent.
    — Vous désirez ?
    — Madame Le Ossé ?
    — C'est à quel sujet ?
    — Commissaire San-Antonio.
    Ça m'a échappé. J'ai argué du *commissaire*, sponta-
nément, comme « avant ».
    Elle pince ses lèvres déjà minces, si bien qu'il n'en
reste plus. Sa bouche devient une ride de plus dans sa
frime de morille déshydratée.
    — J'aurais quelques questions à vous poser,
madame.
    Elle prend une gomme et s'efface, m'invitant à

entrer. Et pile, elle me conduit dans le salon où fut
prise la photo de Valentin.

— Bien entendu, madame, vous êtes au courant des
terribles événements qui...

Elle asquiesce.

— M. Le Ossé n'est pas ici ?

— Dans sa chambre ; on lui a fait une piqûre
sédative car ses nerfs flanchaient.

Pas les siens, à mémère. C'est de la vieille bourgeoise
tambour battant ! Elle tient le choc. N'est qu'ardente
réprobation. Son instinct maternel a dû être tranché en
même temps que le cordon ombilical.

— Vous êtes très forte, madame, fais-je.

Elle hausse les épaules.

— Devant un tel scandale, il faut bien que l'un de
nous deux fasse front, monsieur.

Scandale ! C'est tout ce qu'elle retient de l'histoire.
Son musico-pédé de fils s'est fait égorger bassement,
elle considère la chose comme scandaleuse. On ne se
fait pas assassiner dans son milieu. On meurt dans les
guerres, on a parfois un fâcheux accident de la route,
mais se laisser sectionner la gargane, au grand jamais !
Trop manant ! Trop mesquin !

Je m'approche de la panoplie fixée au mur, sur une
espèce de grand panneau recouvert de satin cardinalice.

D'un regard, d'un seul, mais plus aigu que celui de
l'aigle regardant Napoléon Pommier au fond des yeux,
je constate que le yatagan central n'y est plus. On lit
encore sa forme, en décoloration, sur l'étoffe. Bravo,
M. Blanc, pour ton sens de l'observation. Un Noir
comme toi vaut deux Blancs !

— Depuis quand, madame, le yatagan qui figurait
sur ce panneau a-t-il disparu ? je m'enquiers.

Ne s'attendait pas à une telle question, la damoche.
Ça lui sursaute le mental. Repincement de lèvres. Cette
fois, elle n'a plus de bouche du tout.

— Pourquoi ? demande-t-elle par autodéfense (d'af-

ficher, j'ajoutais avant ma gloire, c'est d'ailleurs ce qui
me l'a value).

Mon sourire angélique détremperait trente slips d'un
coup dans une réunion féministe.

— Voyons, madame, c'est moi qui pose les questions
et la loi vous fait une obligation d'y répondre.

— Je crois qu'il a été volé pendant les dernières
vacances que nous avons passées dans notre maison de
La Baule, répond-elle sèchement.

— D'autres objets ont disparu ?

— Non.

— Votre fils possédait la clé de votre appartement ?

— Il n'aurait plus manqué que cela !

— Vous étiez en froid avec lui ?

— Il y avait de quoi, après toutes les déceptions qu'il
nous a infligées.

— Vous pouvez évoquer les principales ?

Elle hésite, mais je dois donner une grande impression de pugnacité car elle soupire, après avoir détourné
les yeux.

— Il devait reprendre l'étude de son père, mais au
lieu de cela, il quitte la faculté de droit pour des études
musicales qui ne l'ont conduit à rien ; vous m'entendez,
monsieur ? A rien !

— Ensuite ?

Elle a un geste comme pour chasser la grosse mouche
à merde qui en veut à ta tartine de confiture.

Ne moufte pas.

— Ensuite, ses mœurs, n'est-ce pas ? encouragé-je.

— Absolument ! Dans nos familles, monsieur...

Elle en casse pas mieux. Mais je me récite la suite.

Dans leurs familles, quand le besoin de prendre du
rond vous démange, on mise discrètement. De toute
manière, on se marie et l'on a des enfants qui ne sont
pas fatalement de la même paire, mais qui le sont
toujours du même maire (celle-là, ça fait quatre ans et

demi que je te l'avais pas servie, ce qui revient à dire que, par nos temps d'amnésie, elle est neuve).

La mère archisèche croise ses mains pareilles à dix aiguilles à tricoter en disponibilité de pelote.

— Il se droguait également, ajoute-t-elle, manière de compléter le curriculum de son défunt rejeton.

— Quand l'avez-vous vu pour la dernière fois ?

— A Noël dernier ; c'était une tradition : il venait embrasser son père. Mon mari est un faible.

— Son père et pas vous ?

— Je ne tenais pas à le voir.

— Vous savez, madame Le Ossé, que ce yatagan disparu est probablement l'arme du quadruple meurtre ?

Elle déboulonne sa mâchoire inférieure et la laisse pendre. A croire que son râtelier est devenu trop lourdingue.

— Vous prétendez qu'on vous a volé cette arme pendant les vacances. Y a-t-il eu effraction ? poursuis-je-t-il.

— Non.

— Dès votre retour, vous avez constaté sa disparition ?

— Pratiquement. Disons le lendemain ou le surlendemain. Je me tenais sur ce prie-Dieu pour mes dévotions quand mon regard s'est posé sur la panoplie, ce qui m'a permis de constater la disparition du yatagan.

— Et vous en avez conclu que quelqu'un l'avait dérobé pendant votre absence.

— Cela semble logique, n'est-ce pas ?

— Bien entendu, et ça m'amène très naturellement à vous poser une nouvelle question : qui possède la clé de votre appartement en votre absence ?

Cisaillée, la vieille gaufrette moisie.

— Qui possède la clé de notre appartement ? Mais personne, monsieur ! Personne ! Quelle idée ! S'il est quelque chose qui vous soit personnel, c'est bien un appartement rempli des souvenirs de deux existences.

— Je pensais au ménage...

— Je le fais à fond avant de partir et à fond en revenant.

— L'aération, insisté-je.

— Nous laissons l'imposte de la cuisine et toutes les portes intérieures ouvertes.

— S'il n'y a pas eu d'effraction, il faut croire que quelqu'un a pénétré ici avec les clés. J'ai remarqué que votre porte est blindée et qu'elle est munie de deux verrous de haute sécurité.

— En effet.

— Alors ?

Elle fait quelques mimiques de chouette réveillée en plein jour.

— Je ne m'explique pas, je constate, monsieur, je constate.

— Vous employez du personnel ? Ne serait-ce qu'une femme de ménage ?

— Je m'en voudrais.

Si y avait que cette vieille saucisse pour faire diminuer le chômedu, les perspectives d'avenir seraient encore plus sombres qu'elles le sont (quelle leçon).

— Un livreur, peut-être, a pu subtiliser le sabre pendant que vous cherchiez de la monnaie ?

— Les livreurs n'entrent pas, monsieur, et quand j'ai de la monnaie à chercher, je referme la porte et ils attendent mon retour sur le palier.

Je sens qu'on va tourner en circuit fermé, médème et Bibi. Deux écureuils dans la cage du mystère ! A celui qui pédale le plus vite pour arriver nulle part.

— Du côté de votre époux ?

C'est la méchante crise.

— Qu'insinuez-vous ! Que mon mari aurait pris ce yatagan à des fins criminelles ?

— Je n'ai rien dit de Guillaume Tell, madame ! Cela

dit, il est indispensable que je m'entretienne également avec M. Le Ossé.

— En ce cas, il vous faudra repasser demain, pour l'instant il est inapte à assumer une conversation !

Puis, déterminée :

— Venez constater !

Elle m'entraîne dans un couloir au fond duquel s'ouvre leur chambrette d'amour. Une pénombre alourdie de relents d'alcôve me permet, nez en moins (comme disait un pauvre mec affligé d'un chancre facial) de distinguer une vieillerie en chemise de nuit sous un édredon. Tête émaciée, cheveux d'un gris blanchi, nez pincé. Le souffle ressemble à un râle. Effectivement, le papa du malheureux Valentin est shooté d'importance. On lui a administré la dose grand deuil. Quand il se réveillera, il se rappellera plus qui est Premier ministre ni s'il a versé son tiers providentiel (comme dit Béru).

— Je vous remercie, madame.

Sur le pas de la porte, je lui assure, pour le sport, que je prends part à son immense chagrin et je dévale jusqu'à l'avenue.

Mes deux commensaux (il nous arrive de manger à la même table, Marika, Jérémie et moi) m'interrogent du chef et du regard.

Je prends place posément à mon volant. Ma Maserati sent le cuir, plus le parfum délicat de Marika. Très distingué, le tout. Classe.

— Plus de yatagan, dis-je. Une vieille chouette qui ressemble à un cierge à moitié fondu prétend qu'il a disparu au cours des vacances d'été ; la merde c'est que personne, à première vue, n'a pu s'en emparer.

Et je leur relate ma conversation avec la mère Le Ossé.

N'après quoi, j'embraye.

Marika tire de son sac le bloc où elle inscrit les éléments clés de l'enquête.

— L'arme du crime a été fournie par Valentin Le
Ossé ! ajoute-t-elle, en récitant son texte à mesure
qu'elle le trace. Jusque-là, sur les trois « artistes » qui,
depuis des années, participent au simulacre, deux ont
joué un rôle déterminant dans le carnage puisque l'un,
le faux prêtre, a actionné la fermeture des portes et que
l'autre a procuré le sabre.

— Il n'y a que le troisième qui n'ait rien fait,
souligne M. Blanc.

— Il était resté dehors, fait remarquer Marika. Où
nous conduis-tu, mon amour ?

— Au restaurant, Tendresse. J'en connais un très
bon dans la ville du Roi-Soleil.

Généralement, des couples comme celui des Lerat-
Gondin n'ont pas de véritables amis. Seulement des
relations obligatoires qui, en fin de compte, ne savent
pas grand-chose de leur vie. Cela vient de ce que les
gens du tout-courant se méfient des jobastres. Ils
veulent bien fréquenter des douteux, des mauvais,
voire des pourris, mais ils ont une peur maladive de
ceux qui roulent sur la jante, qui sont sur la poulie folle,
qui marchent à côté de leurs pompes, qui pédalent dans
la choucroute, qui patinent du bulbe, qui surchauffent
de la bigouden, qui se lézardent de la matière grise,
qui ont des charençons dans la boîte à idées, qui
cloaquent de la pensarde, qui se désagrégent du grenier, qui ont des lobes pâteux et qui pataugent du
cervelet.

A table, au cours de l'excellent repas que nous
consommons et que je te passerai sous silence puisque
tu batifoles dans les basses calories pour maintenir ta
taille de guêpe, chérie, nous dressons un plan d'investigations dans Louveciennes. Jérémie interviewera les
voisins des Lerat-Gondin (il a conservé sa carte de
police), Marika « fera » les boutiquiers, gens difficiles à

accoucher, toujours dérangés qu'ils sont par des clients, et que la prudence commerciale retient. Pour ma part, j'opérerai les notaires, médecins, banquiers, etc. Je donne pour consigne à mes deux auxiliaires de mettre l'accent sur la jeune Elise, leur soi-disant nièce, qui vécut avec eux et dont on ne parle plus depuis quelques années. Ils devront également se renseigner pour savoir si un personnage prénommé Charles gravita dans leur univers fermé. Bonne bourre à tous et rendez-vous à dix-huit heures au *Café du Commerce et des Yvelines Réunis.*

Ayant laissé ma fabuleuse Danoise et le remarquable Jérémie au cœur de la localité, je me prends à gamberger derrière mon volant inerte. Ma noble voiture pousse de légères plaintes en se refroidissant. Affalé sur le cuir onctueux, couleur tabac blond, je m'abandonne à une profonde méditation, ce qui m'arrive toujours lorsque je stagne au cœur d'un mystère. Il a du bol, le commissaire Monlascart, de croire l'affaire simplette dans sa folle cruauté. Il a vite fait de tirer le rideau, cézigue ! Moi, si tu veux tout savoir, j'en suffoque de tout ce bigntz. Je subodore quelque chose de détonant, de vaste, de ramifié. Je passe en revue les multiples éléments de l'affaire, mais il y en a tellement que ça me débaroule sur le colback, comme la pile de boîtes de petits pois quand tu saisis l'une du dessous. Ce qui me turlubite, ou turluqueute, ou turluzobe, ou turlupine le plus, *c'est d'avoir été payé pour assister à un quadruple homicide !* Voilà qui est rarissime dans les anus policières, comme dit l'Infâme Bérurier, le futur Cary Grant du porno.

L'œuvre d'un dément, ce massacre ? Probable. Mais alors pourquoi l'une des victimes a-t-elle fermé les portes et une autre, fourni l'arme ?

Franchement, Armand, tu te rappelles un Sana qui expose un mystère de cette envergure, toi ?

Je te reprends dans les grandes lignes...

Alphonse Lerat-Gondin vient me trouver avec une photo de tête de mort, au verso de laquelle, un certain Charles a écrit un message de menace. Il m'engage pour le protéger le jour de la cérémonie bidon...

Attends, voilà que ça déraille encore, que tout m'afflue triple galop. La charge des lanciers ! La chapelle, les comédiens, l'horrible mariée salope qui se fait bourrer au clair de lune dans une production « X », les gentilles petites filles tenant la traîne, la fermeture des lourdes, le tumulte, les cris, le sang qui dégouline sur la traîne de la mariée, notre ahurissement, notre tentative pour ouvrir la porte, Jérémie et moi... Nous nous portons sur l'arrière de l'oratoire afin de mater par les deux petites meurtrières qui éclairent l'intérieur. Ce que l'on aperçoit ? Un entrelacs de corps ensanglantés, palpitants... Ah ! le cauchemar ! Comment se fait-il qu'il ne m'ait point hanté la nuit dernière ? Parce que j'ai fait trois fois l'amour à Marika, tu penses ? Oui, hein ? C'est probable. Elle assure mon équilibre psychique, la Suprême...

Et je repars...

Le curé polonais qui actionne la fermeture brutale... Pourquoi ? Il en avait reçu l'ordre ? En plein « sermon » fictif. Chers époux qui que... Nimbés par l'amour... Tchloc ! Tout en déclamant, Serge la Grosse Verge, il presse le dos de la petite boîte noire. Clac ! clac ! les portes sont fermées. Celui qui a le sabre, dégaine et se met à frapper à toute volée. Supposons qu'il s'agisse de Lerat-Gondin, il a frappé sa vieille peau : tzim ! Se rue sur le faux curé : tzim ! Puis sur l'organiste : tzim ! Et après ? Les trois décollations, bon, je veux bien qu'il se soit entraîné sur des mannequins, qu'il ait chopé le coup de main. Mais lui, hein ? Comment a-t-il pu se sectionner le cigare avec un sabre ? Mettons qu'il en ait eu le colossal, le démentiel courage. Faut-il encore accomplir le geste. Il faut de la force à un coup de sabre, fût-il affûté rasoir pour couper une tronche. L'avait-il, cette force, le vieillard tremblotant, égrotant ? Mon intelligence répond que non. Alors, sa femme ? Pas davantage. Une vieille rombiasse, même transformée en furie, peut-elle tuer trois hommes en quelques minutes et se trancher le col ? Non ! Non ! Non ! *Il y a autre chose !* Ça s'est passé différemment que nous l'avons cru !

Bon, oublions le couple. Le gars Grokomak ? C'est costaud, un Polak qui se traîne un chibre aussi infernal. Pourquoi aurait-il agi de la sorte ? Il n'était pas dingue, lui ! Malgré tout, il a fermé les portes. Et si ce n'est lui, qui d'autre ? Valentin Le Ossé, freluquet, musico, gentil pédoque ? Lui non plus n'aurait pas eu la force. Et pourtant, il a apporté le yatagan.

Je te répète à perpète : cette affaire est in-com-pré-hen-sible. Tu peux la tourner, retourner, c'est une énigme comme y en a encore jamais eu en littérature. La mère Gaga, le Conan d'huile, le Stanislas-André, le Si mais non, les autres : les Ricains, les Angliches, les Belgiums, les Teutons, personne n'a jamais échafaudé un puzzelage pareil ! Le cerveau qui concocte ça, crois-moi, faut que la Science l'achète en viager et qu'elle lésine pas. Y aura des surprises à la mort de son propriétaire. On fera une vache enjambée vers la Connaissance, mon petit loup.

Toujours est-il que si tu pouvais lire la fin du présent ouvrage et me la téléphoner, tu me rendrais service. Pas le tout de déconner : faut résoudre !

Un jour, je laisserai tout en rideau, je pressens. L'Antonio, poum ! au tas ! Les naseaux dans son assiettée de blanquette de veau ! De profundis (ou douze, mais j'irai pas plus haut). Et l'éditeur marle, toujours soucieux d'écrémer un peu de fraîche par ces temps pernicieux, de publier néanmoins le manusse pas fini. Blabla liminaire : « A la mémoire du Tantonio, chers lecteurs et trices, nous avons cru, bien que cet ouvrage reste inachevé... » Si bien que c'est le public

qui le finira, mon dernier. Chacun à sa guise, selon sa
pauvreté d'invention.

Oui, oui, ça, je le vois gros comme la basilique Saint-
Pierre de Rome ! Vous pigerez alors, mes nœuds, les
duretés de ce métier, tout son héroïsme. L'abnégation
qu'il faut pour se lancer dans des inventeries échevelées, des coups de bite et de théâtre infernaleux. Vous
vous direz : « Merde, l'Antoine, mine de rien, il s'en
trimbalait dans le cigare. Ça paraissait fastoche, ses
œuvrettes, rédigées coin de table ou sur abattant de
gogues ; mais ça s'écrivait pas au magnétophone,
comme font certains. » Faut plus être là pour avoir
raison.

Regarde M. Barre, la présence du gars depuis qu'il
fait plus rien !

Il a plus à agir, ni à penser. Juste à *être* , comprends-
tu ? Qu'il la boucle, les autres diront le reste. Mais si un
jour, par malheur pour lui, il arrive « aux affaires »
comme disent les pudiques, il va comprendre sa douleur, Babar. Forcé d'agir, il cessera d'être un gros
toutou de mythe. Un mythe dans les biches, comme je
dis puis souvent !

Je suis en pleine gamberge quand je vois ressortir
Marika de chez le boulanger. Aussi sec, elle s'enquille
chez l'épicemard. Ces gens du Nord, la conscience
professionnelle, l'application, la persévérance, tu peux
leur faire confiance.

Moi, je devrais aller vaquer aussi, questionner du
monde. Mande pardon, monsieur, est-ce vous connaî-
triez-t-il les époux Lerat-Gondin, dont au sujet des-
quels... ?

Je devrais, mais je reste le fion soudé au cuir de ma
Maserati, m'enfonçant dans une sorte d'ascèse. Je
m'obstine à penser ; plus exactement, c'est ma pensée
qui refuse de lâcher l'os. Elle veut pas se laisser
distraire. Elle me prend par les deux oreilles, me force

à baisser la tête jusqu'à tremper mon pif aquilin dans le mystère encore fumant.

Et bon, pour lui filer le train, je me dis : « Chaque année, depuis deux lustres (ou dix lampes de chevet), les foutraques de Lerat-Gondin simulent leur mariage. C'est devenu une sorte de culte. Sans doute était-ce le mari qui l'entretenait, lui qui idolâtrait son vieux fagot d'os. L'amour aveugle. Il aimait cette morue, la voyait princesse de rêve. Amour de jeunesse, m'avait-il confié. Bon, t'écarte pas, pompier ! Dix années de suite, au 10 novembre, y avait reconstitution de la cérémonie. Faux maire, faux acte de mariage, faux prêtre, mais vrai musico. Une variante au cours de ces dix années : ils ont dû changer le comédien interprétant le maire. Mais à cela près, tout a continué comme par le passé. Et puis cette année, c'est l'effroi, c'est l'apocalypse. Une tuerie abjecte. La noce finit dans des flots de sang ! Et ma pomme, la gamberge princière, les cellules dignes d'Einstein (Bébert pour les dames) de me poser à brûle-gueule (ou parfum, ou pourpoint) la question ci-dessous, j'ouvre les guillemets :

« Sana, mon grand, avant le meurtre, y a-t-il eu une modification dans le déroulement de la cérémonie, par rapport aux fois précédentes ? »

Je ferme les yeux, plus voir cette artère de Louveciennes, mélancolique dans l'automne, avec ses murs gris, ses toits d'ardoise pour la plupart et ces rafales de feuilles mortes chahutées par le vent.

Ma musique intérieure, un peu vivaldienne sur les bords, retentit. Ma cervelle se fait cristalline.

« Oui, me réponds-je, il y a eu une modification de l'ordonnancement : la présence des deux petites filles promues demoiselles d'horreur. C'est nouveau dans la cérémonie. Aux débuts, une jouvencelle nommée Elise tenait ce rôle. Et puis il s'est produit une vacance et, enfin, le maire a proposé ses mouflettes cette année, en bon traîne-lattes de studios toujours à l'affût d'une gratte. »

La présence des deux fillettes a-t-elle modifié quelque chose aux rituels précédents ?

Réflexion du géant de l'esprit, puis, la gamberge du maître :

« Oui, à cause de ses gamines, le pseudo-maire n'a pas pénétré dans la chapelle. »

Question spontanée au génial penseur :

« Et cela a changé quoi ? »

Spontanément, le surdoué des lettres répond :

« Rien. »

Mais il récupère sa réponse, l'efface en traçant des « x » par-dessus et en propose une autre :

« Ça change tout pour le maire, puisque, ainsi, il a eu la vie sauve. »

Ultime question au colosse de la déduction :

« Mais est-ce important pour l'affaire ? »

L'ordinateur vivant met quelques fractions de seconde à se décider :

« Apparemment, non, mais faut voir... »

Terminé. Je rouvre les yeux, glisse ma cervelle dans son écrin satiné et descends de bagnole pour gagner l'étude de maître Lachoz-Auclair qui se trouve à un jet de sperme d'ici.

Les notaires, on les imagine toujours gros, rubiconds et chauves, avec des fringues aménagées dans les redingotes de leurs grands-pères. Celui qui me reçoit dément cette idée reçue, vu qu'il est jeune, blond, tignassu, et vêtu d'une veste sport à chevrons et boutons de cuir.

L'affaire. Pardon L'AFFAIRE de Louveciennes le passionne car toute la presse du jour recouvre son burlingue à la page où. Ma survenance concrétise, si je puis dire; les papiers. Etant dans le coup, il me connaît de réputation et se montre plus que flatté de ma visite.

— Oh! oh! le fameux commissaire San-Antonio à mon étude! Quel honneur! Je crois deviner ce qui vous amène.

Il caresse de la main les imprimés du jour étalés par-dessus ses dossiers.

— Ça, n'est-ce pas? Vous avez appris que je suis leur notaire et...

Pas besoin d'avoir à le convaincre. Il dit tout à ma place, ce qui aide à vivre. C'est rarissime chez les tabellions.

— Vous voudriez savoir ce que je pense de ce couple? Entre vous et moi, commissaire, côté mental, ça claudiquait un peu. Cela, on vous l'aura fatalement déjà dit. De la fortune? Oui, pas mal. Des deux côtés. Le jeu des héritages. Ils avaient de quoi vivre dans le luxe mais se contentaient de l'aisance.

Content de sa formule, il la répète, cherchant par quelles judicieuses coupures il pourrait la transformer en un alexandrin bien fagoté, mais elle est réticente et il abandonne.

— Ils menaient une existence plutôt fermée. Ne se déplaçaient presque jamais l'un sans l'autre. Se tenaient par la main comme des adolescents amoureux. Touchant! Ridicule mais touchant.

Comme il doit ramasser avec ses soufflets un peu d'oxygène de qualité inférieure qui passait par là, j'en profite pour aborder une question qui me préoccupe :

— Il paraîtrait qu'ils ont hébergé une jeune parente, pendant assez longtemps? Une adolescente prénommée Elise?

Le dynamique tabellion acquiesce.

— Je vois. Ce n'était pas une parente, mais la fille d'une employée qu'avaient eue les parents de Mme Lerat-Gondin, née Blagapare. Mère célibataire, je crois. La gosse en nourrice, puis dans des semi-orphelinats. Un jour, les Lerat-Gondin, touchés par la grâce, la recueillent. J'ai eu l'occasion de me rendre chez eux à deux reprises, cette gamine c'était plutôt Cosette à l'époque Thénardier qu'à l'époque Jean Valjean.

Re-contentement du maître, lequel, redit à nouveau sa phrase ; mais merde : il fait trop long décidément pour pouvoir alexandriner ses formules, ce qui permettrait de les mieux retenir et de les glisser en douce sous la porte de la postérité.

— Qu'est-elle devenue ?

Bien que facond, il répond par un haussement des pôles (le Nord se trouvant nettement surélevé par rapport au Sud).

— Je l'ignore. Un jour on a cessé de la voir dans le pays. Je suppose que sa mère se sera casée et l'aura reprise. Ça se passe souvent ainsi chez les ancillaires engrossées quand elles vieillissent.

— Quel âge avait la gamine au moment de sa disparition ?

Il réfléchit.

— Quoi vous dire, commissaire ? Le genre bringue mal ficelée. Un minois, mais maigrichonne et sauvage. Treize, quatorze ans, peut-être moins.

— Les Lerat-Gondin vous ont parlé de ce départ ?

— Non. Mais vous savez, commissaire San-Antonio (il déguste mon blase en fin gourmet), je les voyais très peu. Environ deux fois l'an. Il y avait le rituel de leur déclaration d'impôts dont je m'occupais bien que ça ne soit pas dans mes attributions, mais comme ils me confiaient leurs biens à gérer je ne pouvais moins faire. A ce propos, je tiens l'état de mes placements à votre disposition. Comme ils étaient du genre méfiant, j'y allais dans le « père de famille » : des obligations, des bons de caisse, de l'or, de l'immobilier, sur la pointe des pieds. Au commencement du krach boursier, le vieux est venu me voir, affolé. Mais comme je ne lui avais pas constitué de portefeuille d'actions, il est reparti rasséréné et plein d'estime pour moi.

— Et vous savez qui va hériter ce gentil paquet d'osier, maître ?

— Cette bonne blague ! Je suis leur notaire, non ?

— Alors ?

— Vous avez un document qui me donne quitus d'une telle confidence ?

— Oui : ma parole d'honneur de garder votre réponse pour moi.

Il murmure :

— Il paraîtrait que vous avez assisté au drame ?

— En effet.

— Et que vous ne faites plus partie de la police d'Etat ?

— Affirmatif, maître.

Je me penche sur son burlingue :

— Je sais que les gazettes se foutent de ma gueule, mon cher ami, c'est bien pourquoi j'ai à cœur de percer ce mystère avant mes ex-confrères ! Je remercie la Providence de placer en face de moi un notaire qui ne ressemble pas à ceux que décrivait si admirablement mon camarade Balzac, sinon je l'aurais dans le cul, maître. Mais vous, vous savez qui est San-Antonio alors vous allez lui donner un coup de main, mon vieux. Si je me goure, on se dit *bye-bye* et je cours vivre ma vie ailleurs.

Impressionné, il se lève.

— Le dossier Lerat-Gondin se trouve sur le troisième rayon de ce classeur, dit-il. Vous me pardonnerez, mais c'est l'heure où je vais me faire turluter le Nestor par ma secrétaire privée, comme vous l'écririez dans vos bouquins.

Et il sort en se retenant de rigoler.

CHANT 10

C'est marrant, « une équipe », ça prend vite des habitudes, un comportement, un mode de pensée.

Ainsi, lorsque nous nous retrouvons, les trois, plusieurs heures après nous être égaillés dans Louveciennes, gardons-nous un mutisme farouche. Tu pourrais nous croire jacasseurs, comité de perruches pressées de cracher sa provende de tuyaux. Nibe ! On se rejoint, visages hermétiques, regard soucieux, l'air accablé, le geste las. On écluse qui un demi panaché, qui un crème très blanc, qui un communard (le beaujolais nouveau étant arrivé). Tout ça, sans en casser une broque.

Je carme, on décarre. Il pleut visqueux. Des feuilles mortes, tourbillonnées par le vent, se plaquent sur mon pare-brise comme des grosses fientes d'oiseau.

Pour combattre l'oppression ambiante, je branche la radio. C'est l'heure des déconnes. Dur dur de meubler les après-midi sur les ondes. Le matin, les infos servent de pivot, le soir, c'est le spectacle. Mais dans les aprèmes languissantes, faut ronronner, balancer des vannes, se gausser de Toutunchacun.

Et que tu vas voir la pernicerie du hasard, qu'à peine j'ai tourné le bistougnet à tartine, volatile pas qu'on cause de moi au poste ! Un petit délure, que j'étalerais les bras en croix sur le trottoir d'une simple mandale, se

permet de me charrier. Bien sûr, il rigole de mon
« Agence de Protection ». T'imagines ce qu'on peut
trouver comme quolibets à propos d'un as de la Rousse
qui, chargé de veiller sur la sécurité d'un couple, le
regarde assassiner atrocement. Même pour un humo-
riste un peu juste, y a la matière !

— Ferme ! me conseille Marika.

— Non, dis-je, c'est un moment de délectation
morose.

— T'es con, déclare Jérémie. Ce que tu n'entends
pas, ne vois pas, n'existe pas. Ou seulement pour les
autres, mais les autres ne comptent pas pour toi et
comme ils ne sont pas concernés par ce qui t'arrive, ils
s'en foutent. Donc, ce minus qui déconne, il déconne
en réalité pour toi seul. Si tu lui prêtes l'oreille, sa
saloperie existe ; si tu fermes, elle s'anéantit.

— Tu es un grand philosophe, monsieur Blanc,
admets-je en coupant la radio.

— Non, un nègre, mec. Nous, on pense pour réfléchir, vous autres vous pensez pour essayer de vous
donner de l'importance. C'est pas ce que vous pensez
qui vous importe, c'est que ça fasse de l'effet. Nous
autres, on cherche seulement à ce que ça serve à
quelque chose.

Et nous continuons dans ces propos oiseux jusqu'au
siège de notre piètre société à irresponsabilité illi-
mitée...

Une fois là, je me fous à bougonner de n'y pas
trouver Sac-à-Merde. S'il s'imagine qu'une association
signifie récréation, le Surpafé, il se berce d'illuses
nocives. On ne peut s'affranchir d'une férule sans la
remplacer par la sienne propre, sinon on devient un
vagabond de la vie, un oisif ballotté par ses caprices et
ses paresses. Je décide de le ramoner sérieusement.

Avant que nous ne fassions le point, je décroche
notre turlu pour une admonestation à domicile. C'est
dame Berthe au grand cul qui me répond. En l'écou-

tant, je me dis que si un baril de rillettes parlait, il aurait exactement cette voix-là.

— C't'après mon homm' qu'vous en n'avez, Antoine ? Y vient just' d'sortir comme quoi l'avait une enquête su' le feu. Vous connaissez-t-il la nouvelle ? Moi et Sandre, on va tourner un film d'cinéma. Très corsé, paraît-il-t-il. Béru veuille même qu'on prisse avec nous Samso-Nyte, l'Esquimaude qu'il a gagnée au Gros and lent, comme quoi elle est ultra-performante maintenant qu'on y a mis l'éducation sexuelle au point, le Gros, moi et mon ami Alfred, le coiffeur. C'est vrai qu'pour une grosse doudoune d'apparence frigidaire, ell'prend des panards que tout not' immeubl' défile à tome pour voir c'qui s'passe, si j'vous dirais. Sa longueur d'onde, c'te personne, c'est la bagouze, commissaire. Oh ! pardon, je continue à vous dire « commissaire », à force d'habitude, veuillez-moi z'en pas. Pour vous z'en rev'nir : c'te dame, le jour qu'Alfred a eu l'idée d'lu birgorner l'œil d'bronze, c'était gagné pour ell'. Un instant, j'vous prille, Antoine. Faut qu'j'lu donne des directrices, y a la gaucherie qui demeure encore, fatal ! Samso-Nyte, mon p'tit cœur ; serrez moins fort les roustons à M. Alfred, qu'vous lu faites mal ! R'gardez ! il a les larmes à l'œil ! Et mordez-y pas l'gland, surtout, ma biche, vous s'riez t'impardon-nab' vu qu'il l'a pas tell'ment développé. Lui, c'qui le caractise, c'est la longueur et la courbure qui lu permet d'farfouiller dans les recoins. J'ai connu qu'lu comme ça, et à titre moindre, M. Hippolyte, mon ancien patron. Bon, escusez, Antoine, faut qu'j'ai l'œil à tout. Elle s'en ressent pour Alfred, la Grolandaise. Son charme rital qui agit su' ses glandes nordiennes, j'suppose. Dès qu'il arrive, il a pas l'temps de tomber l'bénouze qu'é lui biche le manche, la p'tite coquine ! Ça l'fait marrer, Alfred. Ça l'change d'mes manières distinguées, comprenez-vous-t-il ? Les hommes, même ceux d'sa classe, y z'aiment se laisser canailler un peu.

Notez qu'é m'le chauffe à blanc mais qu'c'est moi que j'l'éteins !

Elle pouffe, roucoule. Volière bourrée de tourterelles en émoi ! Grosse et conne. Sensuelle comme une vache en rut. Ça rejoint l'art quelque part. Ça te découvre des perspectives. Tu reprends confiance en la vie.

Elle me balance encore un tombereau d'inepties dont je te fais grasse (il s'agit de Berthe), car moi, tu me connais : j'ai la phobie du scabreux. Toujours rester à la lisière du graveleux. Sinon t'es entraîné, d'une description l'autre, tu peux plus arrêter la glissade sur le toboggan fatal.

Et bon, tout ce que je retiens de cet appel, c'est que le Mastar continue de vivre sa vie en dehors de nous et qu'il va bel et bien tourner pour le célèbre producteur Bennaz avec sa dulcinée. Ça nous promet un film familial qu'il fera bon se passer et repasser, dans la série « Voir et Revoir », le soir, à la veillée, en mangeant des châtaignes.

Constatant ma déconvenue, Jérémie sarcasme :

— Je t'avais déconseillé de prendre ce porc avec nous. Encadré dans les rangs de la Judiciare, il faisait illusion parfois, mais ce n'est qu'un...

— Pire ! coupé-je. Il est beaucoup plus que tout ce que tu peux me sortir. Mais il a une chose qui le sauve : il est mon ami.

M. Blanc rengracie. Son beau visage d'athlète olympique vire au gris. La vendetta entre lui et le Mammouth n'est pas près de s'éteindre.

— Bon ! égosillé-je, à présent, au rapport, mes enfants ! Que ramenez-vous de votre cueillette sauvage ? Toi, Marika, mon amour ! Ma merveilleuse, mon désir constant, la lumière de mes jours, le parfum de ma vie, le sexe enchanté de mes fantasmes les plus inavouables. Parle, lumineuse rencontre. Je t'écoute

comme Beethoven écoutait sa *Neuvième* dans le silence
de sa surdité, c'est-à-dire avec son âme !

Elle a un rire comme le lever du soleil sur une île
grecque.

Son fameux bloc est sorti de son grand sac en saurien
interprété par Hermès. Elle parcourt ses notes d'un
regard préhensile. Ses brèves révisions opérées, elle
jette le bloc sur la table et commence :

— Premier point : toute la population de Louveciennes tient les Lerat-Gondin pour des « originaux ».
On était au courant de leur remariage annuel et on en
faisait des gorges chaudes. D'autant que l'épouse
semblait portée sur le sexe. Elle aurait fait des avances
à des livreurs, au facteur, voire à des démarcheurs en
tout genre ; mais je n'ai pas pu savoir si ces tentatives
avaient été couronnées de succès.

Comme elle raconte bien, joliment, plaisamment.
Du Pagnol ! Danoise, et manier notre langue à ce point,
chapeau ! Pantalon ! Slip ! Slip ! slip ! Hourra !

— Lui, reprend mon Etourdissante, était un homme
réservé, un peu rêveur, parlant peu. Il vivait réellement
dans l'adoration de sa femme. Il passait son temps à
bricoler. Le serrurier de la rue Colonel-Branlud prétend que Lerat-Gondin a lui-même conçu et posé le
dispositif fermant les portes de la petite chapelle.
L'artisan a simplement forgé les pièces et fourni le
matériel annexe.

— Intéressant, applaudis-je. Le couple se précise.

Elle avance ses lèvres pour un projet de baiser.

— Tu permets ? fais-je à Jérémie.

Je franchis la distance me séparant de cette bouche
tentante, et lui rends l'hommage qu'elle mérite. Etant
le cousin issu de germain du singe de Pavlov, ce contact
buccal me déclenche l'irrésistible besoin d'un autre si
bien que ma main droite se faufile dans le décolleté de
Marika.

— Dois-je vous laisser? demande sèchement M. Blanc.

Ah! le rabat-joie de mes fesses! Le père Lapudeur de merde! Dis, il les lui a faits comment, ses chiares, à la Ramadé? Par télépathie, correspondance, insémination artificielle? Pourtant, ce grand veau noir, je lui ai déjà vu limer des frangines, non? A l'improviste, certes, mais il se laissait glisser quand même, le chimpanzé de charme! Pris par l'instant, il la larguait, sa pudibonderie, Mister La Brousse.

Je retire ma main, ma langue et le projet de référendum que j'allais déposer sur le lit de la Chambre.

Débarrassée de mon organe charnu, Marika poursuit son rapport:

— J'en arrive à la jeune Elise. Les Lerat-Gondin ont toujours prétendu à qui les approchait qu'il s'agissait d'une nièce orpheline qu'ils avaient recueillie par charité. Les avis sont unanimes: ils la traitaient avec rudesse et la contraignaient à exécuter les plus ingrates tâches ménagères. La petite fille ne se plaignait pas, mais elle avait l'air d'un chien battu.

— Ils lui faisaient donner néanmoins des cours de piano, objecté-je.

Marika hoche la tête.

Ma réflexion ne modifie rien à son topo. Les commerçants qu'elle a questionnés ont tous rapporté les mêmes impressions de chez les Lerat-Gondin.

— Un jour, personne ne l'a plus revue, conclut-elle. Aux gens qui demandaient de ses nouvelles, le couple répondait qu'un autre membre de la famille l'avait recueillie, et on s'est empressé d'oublier la gamine. La chose remonte à trois ou quatre ans.

Elle soupire.

— Voilà, c'est tout.

— Eh bien! bravo, mon bel ange! A toi, monsieur Blanc! Les voisins?

Il ricane :

— Les voisins ? Bourreaux d'enfants !

— A ce point ?

— Formel. Le plus proche, un directeur d'assurances, assure qu'il a failli signaler les Lerat-Gondin à la police. La vieille battait la petite Elise comme plâtre, parfois l'enfant poussait des cris de douleur.

— Seulement, il n'a rien dit, grondé-je. Il a failli dire seulement. Combien de gosses continuent d'être martyrisés parce que les voisins ont failli porter le pet ! Et pourquoi a-t-il fermé sa gueule, ton assureur, Fleur de lys ?

— Il tenait à rester en bons termes avec ses voisins.

— Et voilà ! Tant pis si une pauvre môme dérouillait ! Dites, on serait pas en train de vivre un mauvais feuilleton, mes chéris ? Ces dingues enfermés avec une petite Cendrillon souffre-douleur, y a de l'Eugène Sue, là-dedans. On rewrite les *Mystères de Paris,* mine de rien ! On batifole dans les livraisons à deux sous d'avant Quatorze : Paul Féval, Xavier de Montépin ! Quoi d'autre, Jérémie ?

— A plusieurs reprises, les gens d'alentour ont essayé d'entrer en contact avec Elise, mais elle ne répondait pas à leurs avances. C'était une sauvageonne. Certains se demandent même si elle était « normale »... Elle parlait à peine et en bégayant.

— Rien, à propos de sa disparition ?

— Si. Lerat-Gondin a dit un jour à une voisine, celle dont la propriété est située en face de la sienne, que leur nièce les quittait pour aller habiter à Bordeaux, chez une grand-mère à elle qui venait de tomber veuve et souhaitait de la compagnie. Il prétendait que ce départ allait les peiner, sa femme et lui, mais qu'ils acceptaient pour la fillette qui pourrait faire de meilleures études qu'en banlieue.

— Bon Dieu ! sursauté-je, à propos d'études, elle devait bien fréquenter l'école, non ?

— Non, déclare M. Blanc. Notre zèbre avait prévenu l'entourage que la santé d'Elise ne permettait pas qu'elle se rende en classe quotidiennement, et que c'était sa femme, ancienne institutrice, qui s'occupait de son instruction.

Il laisse filocher un silence pour balayer sa mémoire d'un rapide coup de projo avant de murmurer :

— Rien d'autre.

Je le remercie d'un hochement de tête.

Et puis voilà qu'on morfond un peu dans le clair-obscur du bureau. La nuit est tombée et l'unique loupiote qu'on avait allumée se montre maintenant insuffisante. On devrait augmenter la sauce, mais tout compte fait, on se sent bien et, d'un commun accord, on laisse flotter les rubans. Je pense à la mère Lerat-Gondin, cette vieille salope qui jouait « Mon cul en flammes » à longueur d'existence auprès de son bonhomme enamouré. Le savait-il qu'elle courait la bite, mémère, le vieux Roméo déclaveté ? Sûrement pas. Je revois la moulasse catastrophique de la vieille dans le champ de blé. La manière qu'il la ramonait fièrement, le Polak au *big* chibroque. Un vrai intrépide du muscle, ce type.

— Et M. Charles, mes chéris ? laissé-je tomber dans le silence. Personne n'a entendu parler de lui ?

Mes chers équipiers dénèguent. Ils me disent avoir questionné en pure perte. Pas de Charles homologué dans la vie des Lerat-Gondin. Alors on repart en mutisme incontrôlé.

Mais c'est pas toujours commode de rester inertes comme des cornichons dans un bocal. A preuve : voilà M. Blanc qui murmure, d'une voix comme on en prend dans les rêves pour baiser sa voisine sans réveiller sa femme ni détraquer son Epéda multi-soupirs :

— C'est donc qu'il avait bien une idée de derrière la tête...

On attend davantage, mais rien ne sort plus des deux gants de boxe superposés qu'il croit être des lèvres.

— De qui parles-tu, Ectoplasme ?

— Du vieux Lerat-Gondin, quand il a lui-même installé le dispositif électronique permettant la fermeture de la chapelle. On pose ce genre de truc dans sa maison, pas dans un local de quinze mètres carrés qui ne contient rien de précieux. Il mijotait un coup.

Le grand diable abandonne son fauteuil pour se dégourdir les paturons.

— Bon, on y va ou on n'y va pas ? demande-t-il.

— Où cela-t-il ? bérurié-je.

— Moi, ça me démange d'aller visiter à fond la maison de ces deux enfoirés, ne me dis pas que tu n'y as pas pensé ?

— Bien sûr que j'y ai pensé. Et pour tout te déballer, je ne pense même qu'à ça, en dehors des fesses supraterrestres de Marika, seulement, le commissaire Monlascart a posé les scellés ! objecté-je hypocritement (voire hypocondriaquement).

Il a un rire silencieux de guépard découvrant la photo de Canuet épinglée à un baobab géant.

— Tu te laisserais brimer par un bout de ficelle et un cachet de cire, toi ?

— Bris de scellés et violation de domicile, ça te vaut la correctionnelle, monsieur Blanc.

— Si tu te fais poirer !

Je regarde Marika, elle a un sourire angélique.

— Ne compte pas venir avec nous, chérie ! avertis-je. Je ne t'ai pas amenée en France pour que tu te retrouves au ballon !

Ce qu'il y a de heurff avec cette môme, c'est qu'elle sait toujours à quoi s'en tenir avec ma pomme. Jamais elle n'insistera si elle a compris que je ne céderai pas. Elle annonce qu'elle va rentrer à Saint-Cloud, mais qu'auparavant, elle passera chez Fauchon pour acheter des calissons d'Aix à Félicie, laquelle raffole de la pâte d'amandes.

Elle est déjà au courant de tout, Marika.

Il fait une nuit pour meurtre anglais, avec brume humide dans laquelle se diluent çà et là des lumières. Les bruits ont une résonance particulière, l'air poisseux te colle à la peau, puis aux bronches. La nature sent la feuille morte et la fumée prisonnière.

On avance à pas feutrés sur l'avenue conduisant chez les Lerat-Gondin. Par prudence, j'ai abandonné ma tire à quelques encablures. On va, Jérémie et moi, avec une trousse à outils sous le bras (celle de ma Maserati).

Mon compagnon dit :

— On est chiés, les deux, de prendre des risques pour la peau.

— Tu penses que c'est pour la peau, beau blond ?

Il réfléchit et murmure :

— Non.

— Eh bien, alors ?

— N'empêche qu'on joue les téméraires sans espérer grand-chose. Que pouvons-nous apprendre qui soit vraiment sûr : ils sont tous morts ! En gros, l'un des quatre a égorgé les trois autres, puis s'est donné la mort. C'est le *Boléro* de Ravel que nous interprétons. On est happés par l'entonnoir du tourbillon, Antoine. Tout ça s'est passé en plein grosso modo du Lion, ne l'oublions pas !

— Je l'oublie pas, fais-je sans rire.

On parvient à la grille. Suffit de la soulever un peu en
la poussant pour l'empêcher de grincer. Le parc, c'est à
lui seul un film d'épouvante. Des festons de brouillard
pendouillent des hautes branches. Nos pas précaution-
neux font néanmoins éclater des brindilles. On se paie
même le gazouillis d'une chouette ou d'un chat-huant.
Manque plus qu'un fantôme en vadrouille, des cris de
terreur et des lucioles vagabondes.

— Tu crois que Monlascart a laissé des mecs en
planque ? chuchote M. Blanc.

— Pour quoi fiche ? On manque d'effectifs dans la
Rousse, il va pas se priver d'un ou deux lardus pour
surveiller une bicoque dont les occupants sont clamsés
et qu'il a dûment explorée hier.

Nous voici devant la chapelle, sinistre sous la lune
avec sa double porte saccagée à coups de hache par le
Gravos. Le sang séché n'a pas été nettoyé et forme une
mare noire sur le dallage. Il y en a partout : sur les
murs, sur le petit autel et sur le perron.

On inspecte les lieux avec ma loupiote surperfor-
mante, d'une intensité de laser. J'imagine toutes ces
carotides sectionnées d'où jaillissaient, comme de
quatre sources, les flots rouges qui se rejoignaient, se
mêlaient pour former cette énorme flaque.

— C'est le plus grand mystère de ma putain de
carrière, balbutié-je. Je donnerais tes deux couilles
pour comprendre le pourquoi du comment du chose...

— Et moi, je donnerais ta saloperie de bite de goret
scatophage ! riposte le *Schwartz* mec.

Tout ça, gentiment, pour dire de se manifester car
nous sommes aussi impressionnés l'un que l'autre par le
lieu du crime crépi de sang séché. Quatre personnes ont
trépassé céans, bousillées par un fou (ou une folle)
survolté(e) par je ne sais quelle haine démoniaque.

— *Come, baby !*

Il me suit jusqu'à la vieille demeure. On s'approche
de la lourde pour tutoyer les scellés. Dans le faisceau

implacable de ma torche, je découvre qu'ils ont déjà été saccagés ; propre en ordre ! On les a scrafés avec un couteau ; c'est plein de brisures de cire à cacheter sur le perron, plus le morceau de cordonnet ayant uni très fugacement les deux battants.

— Il y a eu de la visite, note Jérémie.

— Et il y en a encore, ajouté-je dans un souffle.

Je dresse mon index pour solliciter les éventails à oiseaux-mouches du Noirpiot. Dans le silence de la maison, on perçoit, lointains, des coups sourds. Ceux-ci semblent provenir du sous-sol. Nous posons nos mocassins Jourdan et, en chaussettes, partons à la recherche de la cave. Généralement, ce genre d'endroit se situe sous les communs. Fectivement, il existe une porte dans le couloir menant à la cuisine, elle donne sur un roide escadrin de pierre. De la lumière filtre par le léger écartement, car elle est incomplètement close. Le bruit devient plus présent, puis cesse brusquement. J'écarte davantage l'huis. Au bas des degrés, un homme respire bruyamment car il vient de fournir un effort. D'un signe, j'intime à Jérémie l'ordre de dégainer. Moi-même, j'arrache l'ami Tu-Tues de son holster de cuir. Le holster est un élément de séduction vis-à-vis des femmes. Quand tu charges une friponne réticente, il suffit que tu ôtes ton paltingue, exhibant ainsi l'arme blottie sous ton bras gauche pour qu'elle cesse aussitôt d'ergoter. Cette espèce de fausse prothèse (si je puis dire) les impressionne.

Un julot sanglé et porteur d'un flingue à crosse noire se marginalise d'emblée. Elles peuvent plus laisser quimper l'occase de se respirer un guerrier. La solda-tesque la fait mouiller, la femme. Tout ce qui peut l'évoquer provoque en elle une pulsion sexuelle.

Bon, c'est pas le moment.

Donc, nos flingues en main, nous nous hasardons dans l'escadrin. Au tournant d'icelui, on découvre la cave voûtée à l'ancienne, située plein nord, donc fraîchouillarde à souhait.

Lors, nous apercevons ceci : un pan de mur revêtu de claies en bois, croisillonnées pour recevoir des boutanches. Celles-ci sont nombreuses et variées. Dans une autre partie du local, se trouve une accumulation de caisses d'eau minérale pleines ou vides. Puis des étagères supportant des paquets géants de lessive, des boîtes de cire, des piles de savons et autres denrées ménagères. Sur l'une des caisses, un homme, en bras de chemise, est assis. Il transpire, la sueur pleut de lui, telle une averse de printemps.

Il est aux prises avec une bouteille de rouge, prélevée sur la réserve qui, si j'en crois mes yeux, serait du Gevrey-Chambertin. L'homme vient de la déboucher avec son couteau et porte le goulot à sa bouche. Il ferme les yeux et boit longuement. Il a des claquements de glotte. Du picrate dégouline de ses babines. L'homme en question, quelque chose me dit que tu l'as déjà deviné, n'est autre qu'Alexandre-Benoît Bérurier. A deux mètres de lui, se trouve un monticule de terre, flanqué de son corollaire : un trou.

— Après toi s'il en reste, Fleur d'Eponge ! fais-je en rengainant ma ferraille.

Sa Majesté dégoulote, nous virgule une œillade critique et se remet à biberonner. A croire qu'elle redoute que nous lui arrachions son flacon des mains. Encore un superbe effort d'athlète de la picole et la bouteille devient complètement verte avec une étiquette prestigieuse mais inutile. Il la dépose à terre et s'essuie le front, puis les lèvres d'un revers de manche. Un rot d'opéra, répercuté par l'acoustique de la cave le déleste d'un trop-plein de gaz.

— Salut, les pompelards ! nous lance-t-il. V's'arrivevez après l'incendie, un' fois qu' la ferme a cramé !

Et de nous désigner le grand trou qu'il vient de confectionner.

Nous nous en approchons, et c'est pour constater que ce trou est en réalité une fosse.

Pas commune, puisqu'elle héberge un petit squelette habillé d'une robe blanche et portant une sorte de couronne. Au moment de son inhumation, on l'a enveloppé d'une espèce de toile goudronnée comme celle qui sert à étanchéifier une piscine ou une pièce d'eau. Le Gros a déplié cette enveloppe et le petit cadavre drapé de blanc ressort durement sur le linceul noir et luisant.

— La nièce ! s'exclame M. Blanc.

— Nièce mon cul, rectifie le Mammouth. Si t'aurais j'té un œil à leur arbre gynécologique, les Lerat-Gondin, tu saurais qu'y n'ont pas d' family, mec.

Il tend la main vers les claies à bouteilles et nous demande :

— Du rouge, du blanc ? Rouge, non ? V'là un Pommard qu'a la couleur des yeux à ma Berthe.

Mais nous ne partageons pas sa soif. Béants de noire stupeur, comme l'écrit Paul Claudel dans « Les Pieds Nickelés en Vacances », Jérémie et moi demeurons figés au bord de cette tombe. J'essaie d'évoquer l'affreux destin de cette petite fille martyrisée jusqu'à la mort, que le couple infâme a enterrée dans sa cave après avoir répandu la nouvelle de son départ pour Bordeaux. Les misérables !

— Qu'est-ce qui t'a poussé à venir faire des fouilles ici ? demandé-je d'un ton blessé.

Tchof ! fait la bouteille débouchée.

— J'ai pas d' verres et la flemme de monter en chercher, y a qu'à boire à la rigolade, déclare Béru en donnant l'exemple.

Ayant neutralisé la moitié de la dive, il répond enfin à ma question :

— J't' raconte ma journée, grand. Après que j'eusse eu signé un contrat av'c le produc, j'ai passé à la cabane annoncer la bonne nouvelle à Berthy, dont elle aussi tournera un rôle. Une babasse comme la sienne, c's'rait malheureux d'y laisser dormir dans une culotte ! Rien qu' sa cressonnière, déjà, elle mérite un détour. Quant au travail que j' la sais capab', y s'ront tous su' l' cul, au film !

« Chez moi, just'ment, y avait gala de trous de balle, av'c Samso-Nythe, la femme qu' j'ai gagnée en Grolandie, Berthe et Alfred l' coiffeur qu'est fermaga pour travaux. Ce con d' merlan, il a beau t'êt' chez les gens, faut qu' c'est lui qui commande ! Un Rital, merde ! Et c'est des mets-toi comme ça, Berty ! Lève ta jambe droite qu'on voye la forêt viennoise ! Couche-toi su' l' dos de Maâme Berthe, Samso-Nythe, non, pas sur l' ventr : su' le dos ! Moi, au bout d'un moment, ça m'a pompe l'air ses dirigeries ; y s' croive metteur en seins, Alfred ! S'prend pour l' Robert Hossein de l'empaffade ! Bientôt y monterera des partouzes géantes au Palais des Sports, ce con.

« En moins d' jouge, j' prends le mordant et saute à pieds joints dans mon bénouze. Salut la coterie ! Bonne bourre, à mardi ! Une fois dehors, je monte dans ma charrette et je branche la radio, histoire de me calmer la nervouze. Et qu'entends-je-t-il, sur Radio Moquette ? Un espèce de minable qu'est en train d' baver sur toi, Tonio. Tu m'connais. J'sors mon gyrophare dont j'ai conservé d' la Poule et à tombereau ouvert je fonce sur la rue Tartemolle que se trouve c'te radio. Plus l' gonzier en bavait sur ta pomme, plus j'astiquais l' champignon. En ch'min j'ai dû emboutir une dizaine d' bagnoles, plus l' chien d'un aveugle.

« J'ai parvenu à la radio pile qu'il v'nait de larguer son venin, le connard. Un certain Facsimilien Foirade. Tu verrais l'artiss, mec ! Y doit prend' sa douche dans un port' pébroques, tell'ment il est minuscule et maigrelet d' partout. J' m'annonce, il ricanait encore av'c des technichiens du poste. J'y fais : « C'est vous dont j' viens d'entend sur San-Tonio ? » « Moui, y m'ré-

pond, j'ai pas été par quat' chemins, hein ? » Tout
fiérot !

« Çu-là non plus, y n' y va pas par quat' ch'mins », je
lui dis. Et je l'en tire un au bouc, mon pote, qui l'a
raccourci l' menton de cinq centimètres, montre en
main !

« N'ensute j'l'ai sout'nu par sa crav'touze pour
l'laisser s'allonger en douceur su' la moquette. Puis j'ai
parti dans un silence à tout casser. »

Je lui tends la main.

— Merci, chevalier ! Je sais qu'avec toi, mon honneur est entre de bons poings, mais continue à nous
narrer, de grâce !

Il gorgeonne une lampée de Pommard 1982.

— Moi, ces déblateries à ton sujet, ça m'avait fait
l'effet d'un mégot d'cigare dans le fion d'un bourrin
d'course. J'peux pas t'dire qu'est-ce qui m'a pris. D'une
traite j'ai v'nu ici. Un b'soin de savoir. Y a trop
d'choses qu'on parvient pas à piger dans ce circus de la
chapelle. J'm'ai dit qu'y fallait perquisitionner à tête
r'posée. Alors, bon : j'm'pointe. Les scellés à Monlascart, t'auras vu c'qu' j'en ai fait.

— J'ai vu.

— Je m'mets à tout passer au peigne fin. Jusqu'à
soul'ver les tapis, bordel ! A crever les coussins du salon
av'c une aiguille à tricoter, manière d'les sonder.

— D'accord : le grand ratissage d'hiver, coupé-je.
Qu'en est-il résulté ?

— Des choses, répond le Mystérieux.

— Qui sont ?

— T'impatientes, mec ? rigole l'Enflure de Saint-
Locdu-le-Vieux.

— Joue pas les Pinuche auquel il faut arracher
chaque détail avec un tire-bouchon à air comprimé,
Gros. Tu es un homme de caractère : direct et spon-
tané. Alors vide ton sac à poubelle.

Il médite, avec dix kilogrammes de joues de chaque

côté du visage et son regard d'épagneul fourbu venant de déposer au pied du chasseur la dernière bécasse flinguée dans la plaine.

— J'ai trouvé une cassette vidéo, mec. *Les grandes craquettes sous la Lune,* c't-à-dire le film où qu'a tourné la vieille.

— Très intéressant ! exulté-je. Où se trouvait-elle ?

— A côté de l'appareil.

— Ce qui prouve que Lerat-Gondin en a eu connaissance ?

— *Probably,* Sœur !

— Continue !

— Dans leur chambre, y a un s'crétaire en orme loupé comprenant une chiée d'tireroirs. J'les ai inventés.

— Qu'entends-tu pas inventés ?

Il réfléchit.

— Pardon, j'ai eu un tumlasuce languette, j'voulais dire inventairié : dedans, rien qui fusse bézef ! M'rappelant que tous ces meub' ont des tireroirs secrets, j'ai cherché et trouvé.

— Tu as trouvé quoi, génial collaborateur ?

— Un paquet d'bafouilles d'amour, mon drôlet.

— Adressées à qui ?

— A la vieille ! Pour une tard'rie de guenon anguleuse, à la peau crêpée, elle avait du succès, faut conviendre ! Ces lettrouzes, ça vaut l'coup d'les lire ! Ell' f'raient goder un poisson rouge ! Charogne, c'tait une nature, le gonzier qu'écrivait ça ! C'qu'y lu pratiquait à la duègne, faut avoir une bite d'acier pour le réaliser ! Tu verras. Et t'sais qui les avait signées, ces babilles ?

— Son époux ? hasardé-je.

— Non, mon pote, t'es à l'amende d'un gueuleton chez l'père Finfin, l'roi d'l'andouillette au vin blanc. Elles sont signées « Charles » !

Mon admiration pour le Gros enfle à vue d'œil. Bientôt, elle ne pourra plus tenir dans la cave. M. Blanc

écoute en silence. Il enrage, mon Noirpiot, de ces
succès béruréens. Faut dire qu'il a sérieusement
dépoté, Babar. S'est montré poulardin d'élite ! En
quelques heures, comment qu'il a balisé la piste, oh
pardon ! Jérémie ressemble à une statue nègre dans le
clair-obscur du sous-sol. Ce qu'il est beau, le bougre !
Un bronze de Mayol.

— Charles ! répété-je.

Charles ! Enfin lui ! Jusqu'à présent, c'était l'Arlé-
sienne, ce mec. Un message de menace au dos d'une
carte postale représentant une tête de squelette ! Et
puis le voilà qui fait surface, tout à coup.

— Où sont ces lettres, Alexandre-Benoît ?

— Dans ma pockette, milorde, fait-il en désignant sa
veste accrochée à un clou planté dans le mur.

— Je peux voir ?

— Elles sont à toi.

Je plonge ma dextre dans l'une des vagues surgon-
flées du vêtement et ça me produit un drôle d'effet,
comme si je cherchais de la monnaie dans la poche
marsupiale d'une dame kangourou négligée. Un
contact animal, tu vois ? Y a tellement de tout là-
dedans : trognon de sauciflard, capote anglaise plusieurs fois utilisée, mégots de cigares trop mâchés,
tronçon de dentier brisé, bouts de crayons, papier cul
plié menu après emploi, etc. Je sélectionne quatre
lettres sur papier jaune maïs. Ecriture penchée, pointue. Les enveloppes portent comme adresse « Poste
Restante, Louveciennes ». C'est libellé au nom de Mme
Lucienne-Eloïse Lerat-Gondin.

Et alors, tu va voir comme je suis surpris : le cachet
de la poste de départ est le même que celui de la poste
d'arrivée : « Louveciennes ». Ce qui implique que ces
bafouilles furent postées d'ici et que donc, l'expéditeur
habitait la localité.

Je retire un double feuillet, le déplie.

Mon aimée, ma folie, ma vie,

Tel est l'attaque. Le reste s'en va dans les grands délires érotico-sentimentaux :

J'ai encore le visage ruisselant de ton indicible jouis-sance, ô ma régnante ! Et je refuse de le laver afin de conserver sur mes joues et mes lèvres le feu inoubliable de ton sexe savoureux.

Faut l'écrire, non ?

Mon regard caracole le long des phrases échevelées. Le mec qui a rédigé ce poulet, espère, il en tenait pour la dame ! Elle devait lui embraser les sens, Lucienne-Eloïse. L'essorer jusqu'à moelle. En sortant de ses bras, il avait plus de boutons, Charlot.

Ni à ses fringues ni sur la gueule !

Les quatre missives sont du même tonneau ! Epiques ! Le Cosaque du Gland est également un épistolier de première. Mme de Sévigné revue et corrigée par Sade. Avec des notes additives du Musset de *Gamiani* ! L'écrit avec du foutre, le Charles.

Je glisse les bafouilles dans ma poche à moi. Faudra examiner ça de plus près. Curieux qu'il lui écrive poste restante en habitant la même commune et en la tringlant à tout va. Mais enfin, chacun organise sa vie sexuelle comme ıl l'entend.

— Bon, dit le Gros patouillard qui vient de saigner la boutanche de Pommard, je peuve-t-il continuer ?

— Parce que tu as encore des historiettes plaisantes à nous raconter, Bonne Pomme ?

— Une dernière, mec. Quand j'ai passé au grenier (car j'ai tout exploré), j'ai trouvé un vieux bahut déglingué. D'dans, s'trouvait un grand carton ficelé. Moi, tu me sais ? Mon Opinel et claque ! j'ouv'. Que trouve-je-t-il dedans ? Des fringues de fillette, bien pliées et empilées. Des robes, des jeans, des culottes, des pullos verts, des chaussettes, des godasses, et n'en plus : une poupée. Pourquoi cela Mathilde filé un coup d'buis ? J'sais pas. Y a une sorte d'espèce d'angoisse qui m'a noué l'corgnolon, Sana. J'ai souv'nu c'te gamine qu'habitait ici et dont elle était partie. J'm'ai dit « Ça, Sandre, c'est tout son matériel d'existence, à c't' pauvrette. Si elle s'en s'rait allée, ell' aurait emporté son barduche, la môme : sa poupée, ses crayons d'couleur, ses slips, son p'tit collier d'perlouzes bidon. »

« Brusqu'ment, la certitude me biche qu'é s'trouvait dans l'secteur, morte et enterrée, c'te p'tite mère. Alors bon, mégnasse pâteux, dare-dare, la cavouze ! Toujours là qu'les pégreleux qui surinent quéqu'un l'enterrent. Déhors, y z'ont pas confiance, biscotte les bestioles fouineuses qui peuvent s'mett' à grattouiller l'sol. La cave, c'est plus fiable. Y veillent en d'sus, comprends-tu ? Y couvent l'cadavre. Alors bon, je dévale. J'examine. L'temps d'compter jusqu'à dix j'avais r'tapissé l'endroit. Sous des caisses et du chenil bricacabraqueux ! Y z'ont pas d'imaginance, ces croquants ! D'à partir qu'ils ont foutu trois salop'ries su' un trou r'bouché, y croivent que c'est du gâteau, effacé à tout jamais. Alors j'ai creusé, et puis v'là. »

— Remarquable travail, Gros.

— Mercille.

— Plus efficace que toi, je ne vois qu'un président de la République, le jour où il démissionne. Franchement, tu nous éblouis ; pas vrai, monsieur Blanc, qu'il nous éblouit ?

La frite du Noirpiot ! Presque verte, comme les monnaies romaines en bronze.

— Sa trogne, oui, est éblouissante, articule-t-il à grand-peine.

Bérurier le couve d'un œil triomphant jusqu'à l'incontinence.

— Remontons, fais-je, prudemment.

Un odeur de décomposition, fétide, sucrée, envahit le local. La présence de ce petit cadavre me démoralise.

— Ça fait un pansement au cœur, d'voir ça, hein ? murmura Gradube.

On ne répond rien. On regagne la cuisine. A toutes

fins utiles, le Mastar a biché deux boutanches dans les
casiers. Il les tient pressées sur son cœur altier.

Nous voici dans le salon des Lerat-Gondin. On se
laisse couler dans les fauteuils, exténués par l'émotion.

J'avise l'appareil téléphonique sur une table de verre
et, avec les talons, fais reculer mon siège jusqu'à
l'appareil. Je tire mon minuscule carnet où figurent des
noms et des numéros bigophoniques.

— Tu veux bien me passer les lettres? demande
M. Blanc.

Je lui lance le paxif. Jérémie entreprend illico de les
parcourir.

— Tu sais vraiment lire ou tu fais semblant? questionne Mister Bonbonne.

Jérémie — ô miracle! — reste impavide.

Mézigue, je compose un numéro. C'est une secrétaire ou assimilée qui me rétorque. Rogue, un poil
zozotante. Je crois voir de qui il s'agit : une gonzesse
blette, aux tifs faux-blonds-à-racines-grises, avec une
poitrine de pigeonne ramière, un rouge à lèvres en
forme de tréma cerise, et encore ses boucles d'oreilles
de première communiante aux lobes.

— J'aimerais parler au docteur Malypanse, madame
Aunissoit.

— C'est de la part?

— De San-Antonio.

— Il me semblait bien reconnaître votre voix. Je
vous le passe.

Pour t'affranchir : le docteur Malypanse est l'adjoint
du médecin légiste. Un jeune gars frisé, rieur, qui passe
sa vie à découper du cadavre comme ton louchébem des
bestiaux défunts.

Il est tout content de m'entendre, ce gentil scalpeur.

— Ça me fait plaisir, commissaire. On m'a dit que
vous aviez démissionné?

— Affirmatif! J'aurais néanmoins besoin de vous,
Doc. Un petit boulot marginal, à titre officieux. Il s'agit

du cadavre d'une fillette. Ça m'arrangerait vachement si vous acceptiez de venir jusqu'à Louveciennes. Je vous demande ça à titre purement privé et amical. Si ça vous chicane, dites-le-moi, ça ne m'empêchera pas de prier pour vous quand je fais mes dévotions.

Il pouffe.

— Au contraire, ça me fait plaisir de vous rendre service.

Merde ! Ça existe donc encore les chics types ? Je lui fournis les indications et je raccroche.

M. Blanc a disparu.

Béru a débouché un flacon de Richebourg ! Il se met bien, mon sac à vinasse.

Comme on ne boit pas au goulot un nectar de cette classe, je vais chercher des godets à la cuistance.

CHANT 12

En attendant la venue du docteur Malypanse, tu sais quoi ? On pique un somme, Bérurier et moi. Le vin qui embaume notre fatigue.

Nous allongeons nos échasses, croisons nos mains sur nos braguettes supeuplées et glissons dans un anéantissement décodant.

Un glissement ! Je soulève un bout de store : c'est Jérémie qui radine, tenant des papiers et une loupe de bureau. Il dépose son matériel sur la cheminée de marbre blanc, regarde sa montre et s'assied non loin de moi. Il a l'éternité pour lui, Six pions l'Africain. Le voici qui tire une lime à ongles de sa poche supérieure, et qui se fourbit les griffes. Je le contemple à loisir par la mince fente de mes paupières à peine décollées. Dis donc, il est loin de l'époque où sa *mother* pilait le manioc et où il grimpait aux cocotiers pour aller chercher sur place ses Bounty. Note qu'on n'est pas plus heureux manucuré qu'avec des pelles à feu en deuil ; peut-être même l'est-on moins !

Je le trouve beau comme un léopard, mon *black* pote. Majestueux, dans son genre. Intelligent aussi. C'est un rêve d'ébène.

Un sourire attendri me vient.

— Tu es vraiment un type superbe, je murmure. Si

un jour t'es en vente libre sur le marché aux esclaves, je me porterai acquéreur et je t'installerai sur notre cheminée du salon.

Il laisse filer des secondes et soupire :

— C'est vraiment parler pour ne rien dire, mec. Je vois pas la nécessité de déconner comme ça à tout bout de champ. Vous êtes chiés, avec votre marotte de jacasser pour rien. Les perroquets de chez nous disent des choses plus sensées !

Un temps, puis il ajoute :

— Tu as terminé ta sieste ? On peut essayer de parler sérieusement ?

— Je suis neuf, mon grand primate ; vas-y, je t'écoute, les tympans écartelés.

Il me désigne ses papiers et sa loupe.

— Je sais qui est le mystérieux Charles, mec.

Là, il m'intéresse haut comme la tour Eiffel !

— Pas possible ! Je le connais ?

— Oui. Mais je ne crois pas que tu devines. Charles, c'était la mère Lerat-Gondin.

Ce que j'articule alors pour marquer ma stupeur est difficile à écrire ; n'hésitant devant aucun risque, je vais cependant (d'oreilles) tenter de le faire.

— Quvouah ! dis-je.

L'homo des savanes ramasse ses fafs et me présente la loupe.

— Voici des notes ménagères rédigées par la vieille sur son carnet de cuisine. Compare avec les lettres du pseudo-Charles, tu découvriras vite qu'en dépit de ses efforts pour camoufler son écriture, c'est la même personne qui a pondu les unes et les autres.

— Ce qui revient à dire que cette tarderie s'envoyait des lettres d'amour poste restante ?

— Sans le moindre doute possible. Regarde ses « l » aigus, ses « i » dont le point se promène très décentré par rapport à la lettre, la façon dont elle double les « f » et surtout ses « J » majuscules composés d'un simple trait.

Je constate et dois admettre que le négus a authentiquement raison. Oui, les deux écritures ont été tracées, sinon par la même main, du moins par la même personne.

— Seigneur, m'interrogé-je, quelle idée de s'expédier des missives salingues ?

— Pour rendre son mari jaloux, propose M. Blanc. J'ai idée que leurs rapports étaient plus compliqués que nous ne l'imaginions. Quelque part, le vieux prenait son pied à regarder sa femme dans le film « X » et à lire des lettres délirantes sur ses prouesses sexuelles. Je me suis laissé dire que le cas était fréquent chez vous autres, les dégénérés. Vous êtes des pervers, les Blancs. Des dépravés, tous, plus ou moins. Partouzards et voyeurs ! Faussement compliqués. Vous mettez vos déviations sexuelles sur le compte de l'intellectualisme. Commode ! Réputer intelligent ce qui est faisandé donne bonne conscience à peu de frais.

Je le laisse continuer son réquisitoire. J'en reste au début : à un Alphonse Lerat-Gondin torturé du scoubidou, ne prenant son fade qu'en voyant mémère se faire escalader la Grande-Jorasse par des gros chibrés professionnels. Il vénérait sa lubricité, à la daronne ; l'aimait pour son dévergondage. Elle régnait sur lui par les coups de queue des autres !

Un pas sur les graviers. Je me lève pour aller accueillir le docteur Malypanse. Il confond par sa gentillesse, cézig. C'est un smicard de la médecine. Fringué as de pique ! Il claque des ratiches dans un vieil imper loqueteux et souillé, dont un garagiste n'oserait pas se servir comme salopette pour vidanger ses tires.

Pull à col roulé-déroulé, avachi, bâilleur, qui découvre son cou d'oiseau englué dans la merde noire d'une mer du Nord polluée par un naufrage pétrolier. Il a le cheveu noir et frisé, le regard à la fois préoccupé et cordial, un éternel sourire gentil aux lèvres. Il a des projets de barbe, mais elle reste adolescente et forme des touffes folles sur son menton.

Je lui presse la paluche. Ses mains puent la mort car il passe son temps à bricoler des cadavres, et ne se lave même pas les pognes pour passer à table.

— Vous êtes foutralement gentil, Doc.

— Mais non, pensez-vous, c'est avec plaisir...

Je le drive jusqu'à la cave et lui désigne la fosse.

— C'est pour mademoiselle ! fais-je.

Il mate. Ne cille pas. Rien ne l'étonne dans ce domaine.

— Il faut la sortir de là.

M. Blanc qui nous a filochés « s'aide » de son mieux. On saisit les coins de la toile plastifiée et on hisse le pauvre petit cadavre.

— Plaçons-le sous la lampe ! conseille Malypanse.

Bon, la pauvrette dans sa robe blanche, c'est beau comme un tableau de Dali. Surréaliste !

Le doc pose son vieil imper. Il a un jean pourri, des baskets. Il sort de la vague intérieure du Burberry une trousse de plastique roulée sur elle-même et fermée par un lacet. N'ensuite s'agenouille devant le cadavre et ouvre sa trousse.

— On va vous attendre en haut, Doc, soupiré-je. Ce genre de sport me flanque la gerbe. Manque d'entraînement.

Il acquiesce.

— Ça ne vous file pas le bourdon de passer votre vie à découper de la viande froide ?

— Quelle idée ! C'est passionnant.

En revalant (1) l'escadrin, Jérémie murmure :

— Chez nous, nous sommes davantage familiarisés avec les misères du corps. Nous réparons nous-mêmes nos avaries de machine.

_____

(1) Puisque pour le descendre on dit « dévaler » !

Il retrousse sa manche haut, me découvrant une cicatrice importante à l'intérieur de son bras.

— Ça, c'est le père de ma Ramadé qui me l'a soigné. Je m'étais ouvert le bras, étant môme, en coupant des cannes à sucre. Quand ç'a eu bien saigné, il est allé chercher des grosses fourmis rouges dans la forêt, de ces bestioles qu'on appelle des « magnans ». Il a rapproché de son mieux les lèvres de la plaie. Puis il a pris une fourmi et l'a placée face à la plaie de manière à ce qu'elle la pince. De l'ongle, il a décapité la fourmi. Il a continué avec d'autres, composant une espèce de fermeture Eclair, tu piges ? La fourmi en pinçant injecte de l'acide formique, qui est un puissant désinfectant. Ses pinces restent plantées dans la chair jusqu'à ce qu'elles tombent en poussière. A ce moment-là, la cicatrisation est faite !

Il est vachement fiérot de son sorcier de village, M. Blanc. En parle comme toi de Pasteur ou de Fleming.

Je lui tapote l'épaule.

— Et c'est ton beau-dabe également qui a fait disparaître le choléra, la variole, le typhus et la lèpre de vos contrées, Fleur de Fesses ?

Là, il coince. Je la lui cisaille au ras des burnes.

Boudeur, il sort dans la nuit fraîchouillarde. Un début de gel blanchit la pelouse du parc et rend les brindilles cassantes.

Bérurier ronfle comme toutes les usines de la Ruhr en temps de guerre. Dans son sommeil, il a un peu moins l'air d'un homme et davantage celui d'un animal. Un tel abandon, un si complet avachissement, y a qu'un bœuf !

Qu'est-ce qui me pousse à l'arracher de son néant à réaction ? Une impulse. Je lui tapote l'épaule. Il respire à reculons, comme un qui voudrait avaler sa cravate, s'étouffe, ouvre ses deux écrins pour nous livrer à nouveau l'éclat de ses rubis.

Il est ton sur ton, avec ces yeux rouges sur sa trogne
écarlate. Le voilà qui s'humecte les labiales en grand,
mais sa grosse langue râpeuse n'est pas suffisamment
lubrifiante, et il cherche du liquide à tâtons. Las! les
boutanches sont vides.

— Faut qu' j' vais descende chercher un coup à
boire, annonce-t-il. C'te fois, j' prendrerai du blanc, la
nuit, c'est plus smarte.

La posture qu'il occupait dans le fauteuil ayant
arraché sa limouille de son futiau, il dégrafe ce dernier,
le laisse choir sur ses godasses, en profite pour gratter
ses bonbons qui collaient au papier, redrape sa limace
et se culotte dans les règles.

— Elle était où, la hache? je lui demande, d'une
voix surnaturelle.

— Quelle hache, mon drôlet?

— Celle qui t'a servi à craquer la porte de l'oratoire?

— Dans un appendice, derrière la crèche. Là qu' se
trouve le bûcher.

— On peut voir la chapelle depuis l'appentis en
question?

— Je croive pas, pourquoi-ce?

— Je ne sais pas.

Il est presque sorti du salon, il se retourne. Sa bouille
fait songer à une boucherie.

— Comment ça, tu ne sais pas?

— J'ai des flashes, comme les médiums, Gros. Ça
me traverse l'esprit sans que j'aie le temps de voir de
quoi il s'agit. Trop rapide pour ma comprenette.
Vzoum! Ça fait des hachures dans ma gamberge. Des
zigzags au crayon feutre.

— Toi, t'as b'soin d' pinter un gorgeon, mec. M'a
semblé aperc'voir du chablis, en bas.

— Tu y verras également mon petit pote, le docteur
Malypanse, en train d'usiner sur la mouflette, ne le
dérange pas.

Curieux, comme nous avons investi la demeure des Lerat-Gondin. Me semble vivre un roman policier de ma jeunesse. L'histoire broderie, telle que mamie Agagatha les fignolait. Le château du crime, la nuit. Des gens qui stagnent, se regardent, s'entrecroisent, échangent des anodismes. Y a de la menace ambiante, du mystère qui suinte des murs. Des arrière-pensées à foison.

Je sors sur le perron. La nuit est noire, et pour y apercevoir Jérémie, faudrait qu'il s'habille en chef cuisinier. Qu'est-ce qu'il branle, mon moricaud? Tu sais que je ne peux plus me passer de lui? Malgré mon bout de somme, la fatigue commence à m'affûter le sensoriel. Cette crampe que je vais tirer en retrouvant Marika! J'échafaude des figures libres. Moi, les imposées, c'est pas mon fort (comme disait l'Amaury). Elle sentira le lit. Pour la réveiller, je promènerai mon casque de Néron sur sa figure : les jeunes filles de bonne famille en raffolent.

Merde! Ça me fait goder! Comme disait l'autre : mon braque, c'est ce qu'il y a de plus léger au monde, car une simple pensée le soulève!

Un cliquetis. Tu perçois des échos de transhumance. C'est Bérurier qui remonte avec une tripotée de boutanches à chaque main. Elle a des projets, la vache.

— C'est plus joyce ici qu'en bas! annonce-t-il.

— Malypanse en a encore pour longtemps? je demande.

— Non : il repliait bagages.

Tu parles d'un bagage! Quelques pinces et scalpels, des spatules d'acier chromé, un rouleau de sparadrap...

Il revient, fectivement, avec des remugles encore plus redoutables accrochés à ses hardes. Toujours souriant. M'est avis qu'un de ses ancêtres devait être antillais. Ça expliquerait son teint un peu bistre, ses yeux de braise et ses cheveux frisés serré.

— Vous voulez vous laver les paluches, Doc?

Tiens, il y. pensait pas. Comme il est difficile de refuser une telle offre, il opine mollement et se rend au cabinet de toilette situé dans l'entrée. Pendant qu'il s'ablutionne vaguement les phalangettes, je lui demande le résultat de son examen.

— Cette gosse est morte étranglée, dit-il, et on n'y a pas été de main morte car elle a le larynx écrasé. J'ai constaté également les traces d'un traumatisme crânien. Peut-être avait-elle perdu connaissance à la suite d'un coup porté à la tête ; on l'a jugée dans le coma et on aura voulu l'achever.

— Elle avait quel âge ?

— Une douzaine d'années.

— La mort remonte à combien de temps ?

— Difficile à préciser, probablement plus de trois ans.

Il s'essuie les pattounes avec son mouchoir, car le torchon suspendu à un crochet lui débecte.

— Venez boire un coup, Doc.

Il me suit.

— C'est vrai que vous ne faites plus partie de la Grande Maison, San-Antonio ?

— Tout ce qu'il y a de vrai : je me suis mis à mon compte.

— Et vos ex-collègues vous abandonnent le territoire ?

Il a un geste circulaire.

— Je le viole, Doc : j'ai toujours eu l'esprit de conquête.

Il s'approche de la grande fenêtre pour examiner le parc où se dresse la chapelle blanchie, dans l'ombre épaisse.

— Ainsi, c'est ici qu'a eu lieu le carnage d'hier ?

— Oui, mon cher, c'est ici.

Bon, va falloir lui tirer les vers du nez sérieusement. Car, pour dire vrai, je ne l'ai pas prié de venir seulement pour déterminer les causes de la mort d'Elise.

Le Mastar fait le service. Il a effectivement remonté du chablis et le débouche en grand sommelier pour table trois étoiles, reniflant le bouchon et s'enquillant un menu gorgeon au goulot avant de servir.

— C'est pas de la limonade! avertit le grand échanson.

Nous buvons.

— C'est vous, Doc, qui avez assisté le légiste pour l'autopsie des quatre cadavres?

— Vous voulez dire que c'est moi qui les ai pratiquées, commissaire; le légiste est à New York jusqu'à la fin du mois.

— Alors vous allez pouvoir me raconter ça!

Il me regarde à travers son verre, boit une gorgée prudente, toussote.

— C'est-à-dire...

— O.K., fils : secret professionnel, je sais. Mais j'espère que tu ne me considères pas comme un étranger! Tu as dû lire les baveux ou regarder la télé : cette affaire me cause un tort considérable, et j'ai à cœur de la débrouiller.

Voilà que je le tutoie, gagné par une véhémence désespérée.

Je pense que c'est cette familiarité spontanée qui le vainc.

— Que voudriez-vous savoir? demande-t-il.

— Qui, des quatre, a été frappé en dernier! Lequel s'est lui-même coupé le kiki! Un gars de ta compétence l'a fatalement établi, non?

— C'est le plus jeune qui est mort le dernier.

— Le musico! grommelle Béru.

— Cela ne signifie pas fatalement qu'il ait été frappé le dernier, corrigé-je. Tout dépend de la nature des blessures de chacun, pas vrai, Doc?

— Evidemment. Mais lui n'est pas mort d'un coup de sabre.

Là, il fait fort, Malypanse. Nous en tartine plein les coquilles. C'est de la farce parisienne pour escarguinches qu'il nous cloque dans les vasistas.

— Pas mort d'un coup de sabre ! je me crois-t-il obligé de répéter, bien notifier ma stupeur incrédulique.

— Non. Lui, il a eu la gorge proprement tranchée avec une lame courte, mince, pointue et effilée.

— On n'a rien trouvé de tel sur les lieux !

— Il paraît ! fait le jeune toubib nécrophage en éclusant son glass.

Il s'en branloche le panais. C'est pas son turf. Lui, il fait parler la viande morte, point c'est tout !

Depuis un bout de moment, M. Blanc a fait retour. Il écoute, debout, mains jointes devant son braque, tel un officiel d'Afrique recevant le président de la République française.

Je racle ma gorge tétanisée comme ils aiment écrire dans leurs conneries à eux autres, les crivains de la main gauche.

— Doc...

Mais ça ne passe pas. Je coince bulle et amygdales. La menteuse qui reste paralysée.

Et tu sais pas ?

Jérémie me prend le relais de la bouche :

— San-Antonio voulait vous demander si vous êtes parvenu à déterminer laquelle de ces quatre personnes est morte de sa propre main.

Bon, alors là, je te place mon effet de romancier-mort-subite, le popular écrivaillon. La fin de chapitre qui te fait gligli sous les burnes.

— *Aucune des quatre n'est morte de sa propre main,* mon cher ami, répond le jeune toubib. *Elles ont toutes été assassinées.*

CHANT 13

J'ai passé des années sans savoir qu'il se prénommait Jean-Pierre, le gentil docteur Malypanse.

Maintenant qu'il m'a fait confiance, et que Sa Majesté lui a servi quatre grands godets de chablis, il m'est acquis pour tout de bon. L'homme, surtout l'honnête, s'il commet une entourloupe professionnelle au bénéfice de quelqu'un, il ne lui reste plus d'autres ressources que de se donner audit quelqu'un. Il en rajoute pour se justifier à ses yeux. Allègue l'esclavage de l'amitié. Et moi qui pige tout, je pige bien entendu ses affres et soubresauts de conscience, à ce pauvre biquet, tu parles ! Une psychologie comme la mienne, oh ! la la ! le père Freud, en comparaison, il était juste bon à psychanalyser des terrassiers bulgares. J'aurais dû faire psychiatre ! Ça débondait pas de ma salle d'attente. Comment que j'allais introspecter les bourgeoises du seizième ! Avec le médius sur le clito pour les aider à se concentrer, ces chéries ! Bien leur faire étaler leurs gentils problos métaphysico-sexuels. Les accoucher de leurs pulsions et impulsions, répulsions ; la lyre ! Les comment qu'elles se gnougnoutaient la praire, au pensionnat des Cuisses Ouvertes. Et les arnaques matrimoniales perpétrées avec les potes de leurs époux ; tout ça, tout bien, avec détails, confidences languides. Je me sens la vocation tardive, d'à

force de côtoyer cons et connasses, je voudrais m'essayer à ces spéléologies spirituelles.

Mais je t'en reviens vite à Jean-Pierre Malypanse,
conquis, te dis-je, et à ma botte. La fréquentation de
ses macchabées lui a filé une nostalgie de la vraie vie
bien assumée.

— Juan-Pedro, mon chérubin, lui dis-je, tu sais ce
que tu pourrais encore faire pour moi ?

Non, il sait pas. Mais le bout de son pif remue et je
comprends qu'il est prêt à le faire.

— Si tu voulais être à tout jamais mon ami d'enfance, tu téléphonerais à la Maison Pébroque. Tu
réclamerais Chouravier, de l'Identité. Tu te ferais
connaître et tu lui demanderais quelles empreintes
figurent sur le manche du sabre.

— Il est tard, argue Malypanse.

— Pas suffisamment pour que Chouravier soit parti
de sa base. Il a une tare, son épouse, et pas de défauts
pour la compenser. Alors il fait des années supplémentaires au bureau.

De mémoire, je lui virgule le turlu du pauvre
homme. Docile, Jean-Pierre va au bignoche et le
compose. Il obtient l'homme que je lui ai indiqué,
raconte qui il est, parle de ses examens à lui et explique
que la blessure mortelle d'un des morts le chicane, qu'il
y verrait plus clair s'il connaissait la nature des
empreintes.

Le ton est franc, plaisant, direct. Le père Chouravier
ne fait pas de giries. Du moment qu'on cause boulot, et
que ça va retarder son retour chez mistress Sa Mégère,
ça lui fleurit l'âme.

La converse dure un bon bout. Mon gentil doc pose
des questions courtes, précises, des questions de pro.

— Vois-tu, murmure Jérémie, une chose m'appa-
raît : si nous voulons réussir dans notre nouveau job,
nous devrons constituer une équipe occulte avec des

auxiliaires de la P.J. Ce qui fait la force de la police, c'est son infrastructure, son organisation, la multiplicité de ses services. On ne peut rivaliser avec elle, sans elle...

Je contemple mon ami avec admiration.

— Ce que tu causes bien pour un...

— Pour un nègre ?

— Non, pour un ci-devant balayeur. Dire que tu aurais continué de promener de la pointe du balai des étrons sur les trottoirs, si nous ne nous étions pas rencontrés un beau jour. Expédier à l'égout des capotes anglaises farcies quand on possède ton intelligence et ta culture, quelle hérésie !

— Y avait mon emballage, mec ! Le boudin noir n'est pas un plat de fête, comme l'est le boudin blanc !

Il sourit et ça fait comme quand tu crèves un gros édredon rouge de grand-mère pour en retirer les plumes blanches.

Le doc vient de raccrocher. Il m'adresse une mimique déconfite.

— On n'a pas relevé d'empreintes sur le manche du yatagan, commissaire. Celui qui s'en est servi devait porter des gants.

Bédame ! Une seule personne portait des gants en peau de couille de suède, gris perle : Lerat-Gondin soi-même !

J'essaie d'imaginer la scène...

Le faux curé débite sa petite homélie de routine (Occupe-toi d'homélie !). Le marié porte le sabre dans la jambe gauche de son pantalon. En douce, il glisse la main sous son bénouze pour se saisir du manche. Le curé, *qui est de connivence*(!), comprend et actionne la fermeture des portes. Alors l'époux dégaine sa rapière, prend un pas ou deux de recul, et tranche la gorge de sa moukère. Le raisin se met à pisser dru et s'écoule le long du voile. Sans attendre, Lerat-Gondin bondit en avant et coupe la corgnolette de Serge Grokomak.

Et puis ?

Qu'a fait Valentin Le Ossé, derrière son harmonium pendant cette double action ? Aussi rapide qu'elle ait été, il a bien eu le temps de réagir, que diantre ! Il se précipite ! Il frappe Lerat-Gondin par-derrière. Estourbi, l'homme lâche son sabre. Valentin le ramasse et lui tranche la gorge. Bon, jusque-là, ça joue ! Le puzzle s'emboîte pile. Mais ensuite, c'est le seau de goudron, Léon ! Ne reste plus de vivant que Le Ossé dans la chapelle.

— Vous avez encore besoin de moi, commissaire ?

— Non, mon fils, tu peux rentrer chez toi. Tu es marié ?

— Pas encore.

— T'as une greluse sur le feu ?

— Non plus. Quand la chair me taraude, je vais rendre visite à une amie de ma mère qui m'a déniaisé lorsque j'avais quinze ans, et à laquelle je suis resté fidèle !

Il avoue cela tranquillement, sans fausse pudeur.

— Je suis un scientifique, vous comprenez ? Le cul, c'est pas ma tasse de thé.

Il a un rire doux. Je devine qu'il est dingue de la copine à maman. Elle a dû le révéler, comme on dit. Alors il ne va pas chercher plus loin, Malypanse : ses macchabées, ses bouquins et l'embroque superbe de la dame mûre si maternelle et expérimentée, ça suffit à son bonheur.

Je lui dis qu'on ira se faire une bouffe dans la semaine. Ce soir, j'aurais bien aimé, mais décidément je suis trop envapé par cette affaire. Je veux la résoudre coûte que coûte. Elle mitonne, sera bientôt à point.

Il repart dans les froidures de décembre, le brave petit gars.

— A conserver précieusement, murmure M. BLanc.

— Tu parles !

Mais je suis à nouveau dans la chapelle par la pensée.

Je reprends mon ciné en accéléré. Ça dandine façon
Charlot. Lerat-Gondin sabrant sa vieille! Oui. Et
ensuite le faux prêtre. Admettons. Valentin qui se
précipite et cogne sur la nuque du marié? Pourquoi
pas? Avec quoi? Ben, ses poings. C'était pas Hercule,
mais quand la glaglate te biche, t'es capable de marcher
rien qu'avec ta bite.

Il est fou de terreur, décolle le cigare du meurtrier
(auquel pourtant il a remis le sabre paternel!). Je veux
bien, mais « après »? Puisque mon petit pote Jean-
Pierre affirme « qu'aucun des quatre morts ne s'est
suicidé ». S'il le dit, c'est qu'il en est certain, le doc.
Dès lors, qu'imaginer de plausible? Que l'une des deux
victimes de Lerat-Gondin, sa femme ou le Polak, ne
serait pas morte sur le coup et aurait eu la force de se
saisir d'un couteau et de frapper Valentin?

Tu veux que je te dises? Ça ne tient pas debout!
C'est rien que de la fumaga. Des raconteries d'insom-
niaque trop imaginatif.

— Tempête sous un crâne! note Jérémie qui m'observe.

Je dodeline.

Bérurier a une espèce d'aboiement de chacal dans
son sommeil. Qu'est-ce que tu dis, Petit Louis? Le
chacal jappe? Et alors, quoi, merde! Tu vas pas me
plumer les os avec ce genre de rectificatif. Si tu veux de
la grammaire fignolée, t'as qu'à changer de crèmerie,
mon pote! Faut bouquiner Paul Guth, ou bien l'ami
Dutourd! Quand on bouffe des frites à la Foire du
Trône, on ne réclame pas des serviettes empesées!

Donc, Bérurier émet un jappement de chacal affamé
(je t'avais pas précisé « affamé ») et se réveille. Il lève
les deux capots de Volkswagen-coccinelle qui lui servent de paupières et se met à nous considérer avec
défiance comme si on posait dans nos combinaisons
vertes devant notre soucoupe volante.

— C'est vous qu'a fait écrouler la maison ? il s'inquiète.

— Non, le rassuré-je, ce sont les quatre ou cinq boutanches de picrate que tu as essorées. Dès que les chauves-souris qui font la ronde dans ton cerveau de merde se seront reperchées, tu viendras avec nous, Bazu.

— Où ce que ?

— Dans le parc.

— Quoi fout' ?

— Une reconstitution, Bébé Vache. J'ai décidé que de cette nuit jaillirait la lumière. Rince-toi la bouche à l'eau de Javel pendant que je vais préparer les lieux.

Je traverse le parc d'un pas rapide. Ouvre le portail à deux vantaux (ou un vantail après l'autre). Que n'ensuite je drope à ma Maserati et l'amène dans la propriété. Au bout de l'allée principale, je suis obligé de rouler sur la pelouse. Pas un véhicule fait pour, je sais, mais je n'ai pas le temps d'aller acheter une Range Rover. Heureusement, il gèle à pourfendre et je ne m'enlise pas.

Quelques manœuvres me permettent de placer mon capot face à l'entrée de la chapelle. Alors j'allume mes calbombes plein phares et ça crache épais. L'oratoire s'en trouve illuminé comme la scène des Folies Bergère au moment du final en cucul-plume.

L'effet est sinistros. On voit briller le petit autel et ses dorures ainsi que le sang répandu par litres. Les sièges renversés, l'harmonium éclaboussé sont tragiques dans cette lumière vive. Dans le fond, entre les deux étroites meurtrières, un christ saint-sulpicien paraît se demander si ç'a été une tant tellement bonne idée de Papa que d'inventer l'homme. Le Divin *Father* aurait pu s'arrêter aux poissons, voire à la rigueur aux oiseaux, ça suffisait amplement au bonheur de la nature. Mais alors, les hommes, tu parles d'une chierie de masse ! Et leur laisser leur libre arbitre, par-dessus le marka, c'était réellement à déconseiller.

Voilà ce qu'il semble gamberger, le doux Jésus avec ces vilains clous plantés dans les mains et les pieds.

Mes potes, alertés par ma manœuvre, radinent, en ombres chinoises. J'espère que les voisins ne mettent pas le pif à la fenêtre, à l'instar (comme on dit dans les journaux) de la belette. A travers les branchages dénudés (comme on dit dans les compos francs), ils assisteraient à un étrange spectacle.

Le Gravos, en simple veston, claque des gencives (car, Petit Poucet des Grandes Castagnes, il a semé ses chailles par les durs sentiers de son inexorable carrière).

— C'est la messe de minuit ? il ricane.

— Et c'est toi qui vas faire le bœuf de la crèche, dis-je. Bon, mes petits canaillous, nous allons procéder à une reconstitution de la tuerie.

J'ôte mon chrono de mon poignet afin de le tenir en main.

— Nous allons retrouver les positions que nous occupions au moment où les portes se sont brutalement fermées et disposer des piquets aux places du maire et de ses fillettes.

Des pieux, y en lulure sur la plate-bande voisine où le père Lerat-Gondin faisait pousser des saules pleurnicheurs.

Sans piper, Jérémie va en dépiquer trois et revient devant la chapelle illuminée. Il en enfonce deux au ras du seuil.

— Les gamines ! traduit Bérurier.

M. Blanc hésite.

— Leur père se tenait à deux pas en arrière, sur la droite. Nous trois, nous étions groupés à gauche, légèrement en retrait. Venez.

En bons perdreaux que nous sommes et resterons

6

quoi qu'il arrive, nous nous plaçons d'un commun accord dans notre formation de ce triste jour J.

— Ça boume, gentlemen ! complimenté-je. Lorsque je dirai « top », nous essaierons de reconstituer les faits et gestes qui furent les nôtres lorsque les portes claquèrent. Tenons compte des temps de stupeur, de nos atermoiements, des paroles que nous échangeâmes, etc. O.K. ?

— Tout c'qu'a d'jockey ! assure Mister Bibendum, et il éternue comme saute une mine, en produisant un bruit énorme et en balançant des éclats tous azimuts.

— Top !

J'oublie mes deux copains pour me concentrer, me voilà ramené deux jours en arrière. Les lourdes claquées ! Qu'est-ce que ça signifie ? Je regarde mes potes. Ils me défriment aussi. On regarde de nouveau cette putain de porte close. Le maire dit quelque chose, je ne sais quoi ! Et puis il y a des cris, du remue-ménage. On marque encore un temps. On se précipite sur la porte pour chercher un loquet, quelque chose... Rien. Alors le Gravos décide de nous interpréter « Béru, Roi de la Jungle ». Il prend son élan...

Pile que j'en suis là, le Gradube s'élance en direction de l'entrée. Mais il se gaffe de pas se laisser entraîner par son élan. Notre concomitance de pensée, notre synchronisme sont parfaits.

Sa Majesté attaque à deux reprises. Elle pige que la lourde lui dit merde une fois pour toutes. S'arrête.

— Faudrait un pied-de-biche, oui ! fait le Mastar.

Jérémie murmure :

— Là, le maire a dit que des démonte-pneus devraient suffire, et il est parti en courant.

— Pendant qu'y n'était plus là, un' d' ses mouflettes a piqué sa crise. N'hurlait comme une chatte en chaleur ! J'y ai dit d's'calmer et d'aller chercher des nids ! déclare le Colosse de Rhodes.

Il poursuit :

— Mais l'maire a r'venu presque immédiat'ment tout d'sute après. Là, on a escrimé avec les démonte-boudins, moi, lui et Blanche-Neige. Y avait pas mèche ! La manière que les vantails collent à la pierre, on pouvait pas glisser les forceps. Alors j'ai décidé d'aller chercher une hache.

Il s'élance en courant vers l'appentis situé derrière la maison.

— C'est là que nous sommes partis derrière la chapelle, Jérémie. Vas-y tout seul, reconstitue nos agissements et reviens au bout du laps de temps correspondant.

Il s'élance. Je demeure seul.

Seul ? Non : je suis en compagnie de trois piquets. Trois piquets figurant un père et ses deux fillettes.

Qu'ont-ils fait au cours de notre brève absence à nous trois ? Pas grand-chose, vu que le Gros radine déjà en courant, avec à la main une bûche censée représenter la hache.

Il court à l'ouverture de la chapelle et feint d'administrer de grands coups irrésistibles dans le bois.

Tandis qu'il s'escrime, je demande :

— Que faisaient les gamines et le maire pendant ce temps, Fleur de Tripes ?

Sans cesser de pourfendre, il halète :

— Le papa a ordonné à ses filles d'aller nous attendre dans la maison. Il gueulait si tell'ment fort qu'é z'ont fini par reculer. N'ensute, il m'a rejoint pour flanquer des coups de latte dans les vantails, au furet à mesure que je les cigognais.

Il feint de frapper encore de grands coups.

— Et ensuite, Gros ?

— Bon, ça y est, ça branle au manche ! C'te fois j'y vais d'une monstre épaulée et ça part !

— Raconte ce que tu vois, parle ! Parle ! hurlé-je.

Gagné par ma frénésie, Alexandre-Benoît en moud à tout berzingue.

Il est en état second !

Il dit :

— Putain d'merde ! Mais qu'est-ce y est-il arrivé ? Mais qu'est-ce j'vois-t-il ? Mais c'est pas Dieu possible ! C'est le massac' d'la Saint-Valentin ! C'est Verdun ! L'attentat d'la rue d'Rennes ! Bordel ! La mariée ! Naze ! Le marié ! Naze idem ! Le cureton ! Scrafé de première... Et l'harmoniumiste aussi est mortibus, m'sieur l'maire ?

Mon cœur s'est mis à cogner ! Mon sang à bouillir ! Ma vue à se troubler sous l'effet d'une nuée ardente !

— Attends, Béru ! Stop ! Pouce ! Une seconde. Ton attention s'est portée d'abord sur les époux ?

— Bédame, monseigneur ! Ce sont eux qu'étaient d'vant moi !

— Ensuite tu as regardé le prêtre ?

— Y s'trouvait dans l'axe.

— Et c'est seulement au bout de quelques secondes que tu as cherché le musicien du regard ?

— Moui, en somme.

— Si je me fie à ta question au maire, celui-ci se trouvait déjà auprès de Valentin Le Ossé ?

— Tesctuel !

— Dans quelle attitude ?

— A genouxe.

— Que faisait-il ?

— Je crois qui lu palpait la poitrine pour si des fois son guignol battrerait encore, m'a semblé, mais j'en jurerais pas.

— Et puis ?

— Et puis rien...

Jérémie est de nouveau avec nous.

— Voilà, dit-il.

Je consulte le chrono. Le tout a duré six minutes trente. Cela doit approximativement correspondre à la réalité.

Une âcre odeur se dégage du sang répandu. Il attend

quoi, le commissaire Monlascart, pour faire nettoyer ce flot coagulé ? Il a des projets, tu penses ?

— Bon, ça va, les mecs, soupiré-je.

Je vais couper mes loupiotes, pas décharger ma batterie. C'est son point faible, à ma Maserati. Si je l'abandonne quinze jours au garage, ensuite faut la foutre en charge.

L'obscurité nous paraît vachement intense, par opposition.

— On fait quoi ? demande le Mammouth. On fonde une chorale, ou on se lave la biroute ?

La maison éclairée paraît sinistros dans la brume hivernale. Frissons garantis ! Une couvrante toute composée pour un polar d'angoisse.

— J'aimerais poser deux questions, déclare brusquement M. Blanc, je peux ?

— On t'esgourde, Fils des Savanes, vas-y !

— La première question s'adresse à Béru, la seconde à vous deux.

Il déglutit et murmure avec les deux traversins noir et rose placés sous sa hotte de ventilation :

— Tu nous as bien dit que tu avais reconduit le maire et ses gosses à une station d'autobus ?

— Et j'confirme, mon vieux orange-outange.

Pour une fois, M. Blanc passe outre l'abject racisme du Goret.

— Si tu l'as déposé à une station de bus, c'est qu'il n'avait pas de bagnole. Alors, s'il n'avait pas de bagnole, où a-t-il été chercher les démonte-pneus avec lesquels nous avons tenté d'ouvrir la porte ?

Un ange passe.

Si vite qu'il va se faire gauler pour excès de vitesse, le con !

CHANT 14

Les humains me fascineront toujours, tant tellement leurs réactions sont inattendues ! Faut toujours qu'ils portent à faux, les bougres ! Fassent des éclats, voire des éclaboussures. Ainsi, après la mise au point (car c'en est une, et une très dure !) de M. Blanc, au lieu de s'exclamer comme moi « Bon Dieu, mais c'est bien sûr ! », le gars Bérurier se fout dans une rogne inextricable.

Le voilà qui vitupère au poing, M. Propre ! S'emporte on ne sait où ! De-ci, de-là, pareil à Allah ! Et que lance-t-il en ses invectives sanguines, l'Abominable Pote en Tas ? Il égosille comme quoi il se laissera pas chambrer par un enviandé de négro à peine descendu de son cocotier au sommet duquel ses cousins singes continuent de grouiller ! Il ajoute qu'il est assez grand pour tirer seul les conclusions des éléments d'une enquête, quoi, bordel ! Mais qu'est-ce y croive, ce niacouet de ses deux pour venir donner des leçons à des perdreaux couverts de chevrons, hein ? Il demande ! Exige une réponse immédiate ! On a attendu après ce chien panzé pour devenir universellement et presque mondialement connus ? Le cadavre de la pauvre momaque, enfoui dans la cave, c'est cette enfoirure chocolat qui l'a découvert ? Trop c'est trop, nom d' Dieu ! Faut lui rach'ter un balai fissa, à cézigo, et le remett' sur' l'trottoir, qu'il joue à la marelle av'c des merdes de chien !

M. Blanc, psychologue averti (donc qui en vaut deux), comprenant que la sale jalousie brûlante alimente cette sotte colère, se marre de plaisir, ce qui ne fait qu'attiser la rogne béruréenne.

— Marre-toi pas, sinon j't'effeuille les ratiches comme si c'serait des pétaux d'marguerite ! hurle Bérurier.

Ses yeux saignent, l'écume lui mousse aux commissures. Ses poings ressemblent à deux rotules de diplodocus mâle.

— Bon, interviens-je, tu devrais aller prendre une douche froide, Gros, pendant que j'approfondirai la question avec Jérémie. Si tu ne veux pas te rendre à pied à l'évidence, prends un taxoche, mec, mais force nous est d'admettre que notre *black* pote vient de lever un lièvre qui gambadait entre nos jambes depuis le début de cette affaire sans que nous l'ayons vu !

Vaincu, Béru se tait pour souffler dans le style des éléphants de mer.

— C'est pas ce qu'y dit, c'est l'ton qu'y prend ! finit-il par bougonner. Y bêche ! Et j'supporte pas les bêcheurs. Y m'courent.

Et puis alors, très vite, il enchaîne :

— Moi, j'ai la soluce. Le maire et ses pisseuses, y sont v'nus ici dans la tire au Polak qui chiquait l'curé. C'est dans la tire qui s' trouvait d'vant la maison qui l'a été chercher les démonte-pneus. N'ensute, l'autre étant canné, y m'a d'mandé si ça m'ennuillerait d'les cracher à une estation d'bus.

— Bravo ! applaudis-je. Vous avez tort de vous tirer la bourre, tous les deux, car je vous trouve drôlement complémentaires !

— Complémentaires ? rigole M. Blanc. Lui pour faire l'âne, et moi le cavalier !

Déjà, je me place entre eux, tel un arbitre de boxe

s'interposant entre les combattants quand le gong final vient de retentir en pleine chicorne.

— Calmos ! écrié-je. Dites donc, la tire du Polak doit être encore dans la rue. Vous pariez que c'est la Golf décapotable stationnée à deux mètres de la grille ?

Je m'élance, suivi de mes compagnons, provisoirement réconciliés par le feu de l'action.

J'ai vu juste.

Pas bileux, il n'avait même pas verrouillé ses portières, le beau Serge au paf impressionnant.

L'intérieur de la guinde est plutôt bordélique. Un flacon de vodka jonche le sol à l'arrière, de même que des préservatifs neufs, des Kleenex et des photos représentant le grand comédien, chibre au ventre, en train d'accomplir ses subtiles performances. Une vraie poubelle, sa guinde. Je déponne le coffiot et j'aperçois effectivement la trousse en toile cirée défaite et privée de ses démonte-pneus.

— Avais-je-t-il vu juste ? questionne Bérurier d'un ton rogue.

— Fabuleusement, le rasséréné-je.

Jamais chipoter sur les adverbes ! Ils constituent nos meilleurs auxiliaires dans les contacts humains.

Tandis que j'explore le coffre, Jérémie inventorie la boîte à gants. Béru, lui, se contente de collationner les photos pornos de feu Serge Grokomak. On dirait trois piranhas dépeçant un animal. On est là, silencieux, fouineurs, acharnés, cherchant on ne sait quoi avec l'espoir de le trouver. La circulation est faiblarde dans le secteur. De très rares bagnoles rejoignent leur base, pilotées par des mecs fatigués.

Au plus intense de nos chercheries, nous ne remarquons pas une Renault 14 noire qui stoppe de l'autre côté de la *street*.

— Bon appétit, messieurs ! claironne une voix sarcastique.

Je m'extrais le buste du coffre, et que vois-je ? Je ne te le donne pas en mille, non plus qu'en cent, je te l'échange simplement contre un paquet d'Ariel double action : le commissaire Monlascart, propre en ordre, saboulé dandy avec un lardeuss en imitation poil de chameau tellement réussie qu'on croit l'entendre blatérer (pas Monlascart : son pardingue !).

Monlascart, lui, il déblatérerait plutôt.

Planté sur ses jeunes guibolles agressives de footballeur du dimanche, les pattounes dans les vagues, un coquet foulard Hermès noué à la diable vauvert, il nous toise avec jubilance et mouillage garanti. Deux de ses sbires l'imitent servilement, comme il est de mise (en garde, à pied, à la retraite) quand on est subalderne (j'ai bien écrit subalderne) et que le hiérarche rigole.

— Alors, monsieur Santantonio, on est devenu roulottier ? il demande.

Quelle diarrhée verte, ce gus ! Je voudrais le faire manger par Jérémie, mais chez les Blanc-Sénégal, on s'est converti depuis lurette, non à la religion du missionnaire mais à celle de l'entrecôte-pommes frites.

Je referme le coffre posément et m'essuie les mains avec mon mouchoir. Béru décarre en balançant un pet ostentatoire dont l'onde de choc fait vibrer les vitres de la Golf. Y a que Jérémie à s'attarder, probablement parce qu'étant noir, il se perd dans l'ombre.

— Qu'est-ce que vous fichez à Louveciennes, monsieur Santantonio ? demande le blanc-bec enfariné.

— Votre travail, commissaire, je rétorque du tac au toc.

Là, pas content, le chosefrère. Ça lui fume par les naseaux et son regard minéralise.

— Violation de domicile, fait-il.

Il réfléchit cherchant d'autres chefs d'accusation, mais sa rage l'empêche d'appréhender la situation en toute sérénité.

— A qui est cette voiture ? demande-t-il.

— A feu Serge Grokomak, réponds-je, celui qui tenait le rôle du prêtre dans ce sanglant mariage bidon. Vous voyez bien que je fais votre boulot, mon cher, car cela, vous auriez dû le savoir.

Il hennit que tu croirais un bourrin de course en train de se faire niquer dans la dernière ligne droite.

— Et naturellement, vous avez folâtré dans la demeure des Lerat-Gondin où j'avais apposé les scellés ?

— Folâtré est un mot trop plaisant pour qualifier une exhumation de cadavre.

— Pardon ?

— Cher ex-collègue, pourquoi vous faire raconter ce qui est constatable ? Entrez et descendez à la cave, une surprise vous y attend.

Il donne un coup de talon rageur et lance :

— Touccont, tenez compagnie à ces messieurs pendant que je fais une visite domiciliaire en compagnie de Jean Naideux.

Un signe à l'un des sbires et ils engouffrent dans le parc. On entend s'éloigner leurs pas craquants dans la nuit brumasseuse.

L'inspecteur Touccont, je le connais depuis des millénaires. Il est vendéen, et a une façon très spéciale de prononcer les « a » en les étalant comme de la confiture sur une tranche de *bread*. Une fois son supérieur parti, il se hâte de larguer son reste d'expression sardonique. Bien emmouscaillé de jouer les traîtres avec une ex-sommité de la Poule.

— Je suis navré, commissaire, il se risque à blablabutier.

— Y a pas de quoi, mon bon, le rassuré-je. Ces jeunots caracolent, c'est de leur âge. Comment se fait-il que vous vous pointassiez ici dans la soirée ?

— Il avait parié que vous viendriez sur les lieux, de nuit, et il s'est mis en cheville avec un voisin dont les fenêtres donnent sur la maison : un vieil officier en retraite qui ne sait quoi branler. Le bonhomme nous a lancé un coup de turlu, il y a une heure environ.

L'intérieur de la Golf s'éclaire : c'est M. Blanc qui a déclenché le plafonnier en ouvrant la lourde pour sortir.

— Vous savez, commissaire, reprend le brave Touccont, Monlascart est fort capable de porter le pet et de vous attirer des ennuis ; c'est un teigneux.

Il baisse le ton et ajoute :

— On chuchote qu'il serait amputé de la défonceuse et que ça lui cognerait sur le ciboulot. Effectivement, il n'est pas marida, et les belles gonzesses qu'il affiche n'ont droit qu'à du platonique pur fruit car il a jamais vu une femme enjamber sa culotte !

— Eh bien, s'il veut nous chercher du suif, qu'il le fasse, fais-je. Seulement, s'il y a des éclaboussures, il ne devra pas se plaindre.

Et tu vas voir que Touccont parle bien en connaissance de cause car, une vingtaine de minutes plus tard, Monlascart réapparaît, seul. Vachetement hermétique. Anguleux de trop se concentrer. Un peu pâlichon aussi.

— Flagrant délit ! il murmure, comme pour se persuader lui-même.

Et de déclarer, désignant la voiture de service.

— Vous allez conduire en prenant le gros Bérurier à votre côté, Touccont, moi je monterai derrière avec M. Blanc et San-Antonio.

— Et ma voiture ? demandé-je candidement.

— Nous la laissons sur place : pièce à conviction.

Je ne lui fais pas le plaisir d'ergoter. Docile, je m'installe à l'arrière de la Renault. Jérémie en fait autant.

Manière de marquer se réprobation, Béru y va d'une louise qui nous oblige à baisser les vitres, nonobstant le froid.

— Bougre de gros dégueulasse ! aboie Monlascart.

Bérurier déclare :

— Inspecteur Touccont, monsieur Blanc, monsieur Santantonio, je vous prille de noter que cet individu vient de m'injurerier grav'ment. Comme je compte entreposer une plainte cont'lui, vous s'rez cités comme témouins.

Là-dessus, il rabat son bitos sur son front de bouvillon, croise ses énormes mains sur son ventre et s'abîme dans l'une de ces intenses méditations qui font progresser l'intelligence humaine.

Curieuse impression ! Acre ! Violente ! Fouailleuse ! Retrouver la Grande Taule après plus d'un mois d'absence, et en qualité de prévenus !

A n'y pas croire, hein ?

Moi, San-Antonio, l'ancien as des as ! Le Guynemer de la Poule ! Moi qui l'ai fait vibrer de mes exploits ! Qui ai haussé sa réputation ! Doré son merdique blason ! Les Héros sont Fatigués ! qu'écrivait la gentille Christine Garnier.

Tu veux dire « exténués » ! Rompus, vannés, moulus, cocus !

Je retrouve l'odeur qui ressemble un peu à celle d'un groupe scolaire. Les sonorités ! Celles qu'éveillent nos pas dans l'escalier de pierre. La lanterne ronde qui pend de très haut. L'air pesant. La peinture hostile des murs, surchargée de mille angoisses répétées.

On grimpe. Mon bureau se trouvait sur la gauche. Monlascart marche devant, tel le glorieux Bigeard à la tête de ses troupes ! Les vrais chefs marchent devant et ne meurent pas davantage que ceux qui attendent loin derrière l'issue du combat.

Je me retourne pour mater la porte fermée de mon ancien P.C. Triste, moi ? Avec mon Damart Thermolactyl ? Tu rigoles ! Moi, en tout cas, je rigole. Mal. Ça coince. Bérurier, à certains moments, tu le croirais intelligent. Ce coup de saveur qu'il me balance. Un vrai

regard d'homme, tu comprends ? Puis, pudiquement, il
se retient de soupirer ; mais un voile de tristesse passe
sur ses flamboyantes prunelles (d'Alsace).

— Entrez !

C'est l'ancien burlingue de Manissier, parti « en »
retraite en mars. Il y a encore des photos de lui au mur,
car il était passionné par le clic-clac. Il fignolait dans les
gros plans d'objets inanimés qui ont-ils donc une âme.
Une pochette d'allumettes d'un mètre carré, une tasse
à café, une feuille morte, un couteau planté dans un
camembert. De toute beauté ! L'éloquence de la nature
morte. Le silence de l'hypergrossissement. L'univers
qui branle au manche, tout soudain. Faut peu pour le
faire broncher, celui-là !

Y a que trois chaises chez Monlascart. Une derrière
le bureau, deux devant. Le commissaire nous dit
qu'asseyons-nous, il va revenir, et s'éclipse.

Touccont répète :

— Asseyez-vous donc !

Comme il est brave mec, il va dégager le siège de
derrière pour le placer devant. On se dépose. Lui se
contente de se carrer dans les miches un angle de la
table en guise de support. Tu croirais un chasseur à
l'affût du canard sur son siège-trépied au bord d'un
étang.

On reste là à peigner la girafe.

Béru dit :

— Vous fussiez témoins, tout l'monde, qu'y m'a
traité d'gros dégueulasse. J'vas disposer une plainte en
diffamation (dix femmes à Sion).

Touccont hoche la tête :

— Tu ne devrais pas faire ça, Bérurier.

— C'est la lutte du pot de fer contre le pot de merde,
laisse tomber Jérémie.

Le Mastar ne relève pas le propos. Buté, il déclare :

— Et comment t'est-ce j'vais l'faire ! Lui, y vient pas

de comporter av'c nous comme si on s'raient des malfaiteurs ?

Mais on cesse de parlementer avec Alexandre-Benoît. Dérisoire ! J'en ai ma claque de la minablerie des hommes. Tous des ramoneurs noircis par les saloperies de la vie, avec juste une queue blanche mais qui ne bande pas.

Au bout de dix broquilles, la porte s'ouvre en force, à écailler du pommeau la peinture tuberculeuse du mur.

Je ne bronche pas.

Un craquement de gaufrettes brisées, produit par des lattes vernies. Une senteur d'eau de toilette Guerlain.

Le Dabe contourne la table. Etincelant dans un smoking noir coupé dans un tissu pour music-hall qui scintille dans les lumières.

Achille ! Ça me noue la tripe de le retrouver. Il a la gueule austère d'un physicien russe en train de recevoir le Nobel. Tout brille chez lui : son crâne, son regard bleu, ses joues archirasées, sa chevalière agrémentée d'un solitaire gros comme une noix (de coco).

Debout derrière le bureau de Monlascart, il nous fixe d'un regard qui nous transparente.

— Qui sont ces gens, monsieur le commissaire ? demande-t-il au jeune bêcheur.

Monlascart laisse échapper un rire de courte durée car le Dabe ne l'encourage pas, et même le réprouve.

Alors il entre dans le jeu cruel du Vénérable. Faut bien faire carrière, non ?

Sévère, professionnel, hostile, il annonce :

— Le grand que voici (il montre ma pomme) s'appelle Antoine San-Antonio ; le gros individu (devine de qui qu'y cause ?) est le dénommé Alexandre-Benoît Bérurier, quant à l'homme de couleur, il a pour identité Jérémie Blanc.

— C'est cela, oui, marmonne le Vieux. Ont-ils une profession ?

— Ils s'occuperaient d'une agence de protection, monsieur le directeur.

— De protection ? ricane le Fossile. Protection de qui ? Protection de quoi ? Dans la République française, il n'y a qu'un organisme qui en protège les citoyens, c'est la police !

Quelqu'un toque à la porte restée ouverte : une superbe créature enveloppée d'un manteau de vison blanc et qui porte dessous un pantalon de soie noire. Des boules d'escadrins fixées à ses lobes accaparent la lumière que la calvitie du Vioque ne mobilise pas totalement. Cette bouche, ma douleur ! Pis que sensuelle : vorace ! Elle boufferait trente bites à la fois ! Le regard est ardent, la chevelure rousse. Probablement s'agit-il de la dernière Mlle Zouzou d'Achille ?

— Nous allons être en retard, Biquet ! lance-t-elle d'une voix claironnante de fumelle n'ayant peur ni des mouches ni des flics.

— J'arrive, mon Ineffable, j'arrive, mon cœur enrubanné.

Alors, Bibi, qui n'y tiens plus, de virguler :

— Toujours aussi bon goût, monsieur le directeur. Quand on veut admirer les plus belles femmes de Paris, c'est pas à la *Tour d'Argent* qu'il faut aller, mais à la Tour Pointue !

— Silence ! hurle Monlascart ; je ne tolérerai pas qu'un prévenu prenne M. le directeur à partie et l'abreuve de propos qui...

— Fermez votre putain de gueule, Monlascart ! tonne tout à coup Achille.

Il tend la main en direction de Mlle Zouzou pour l'inviter à le rejoindre. Elle s'en empresse, comme l'écrit Canuet dans ses *Mémoires* préfacés par la comtesse de Ségur.

Il lui tend la main en un geste très dix-septième siècle ou seizième arrondissement. Elle y dépose sa senestre.

Le Vioque lui soulève alors le bras et l'oblige à pirouetter.

— Et cette taille, hein ? Ces hanches, San-Antonio, vous avez-vu ces hanches ? Un violoncelle ! Dites, mon petit vieux : et les jambes ? Un galbe pareille ! Ouvrez votre manteau Zouzou, exquise guenille ! Voilà ! On croit rêver, non ? Monlascart, Touccont, qu'est-ce que vous fichez là ! Allez m'attendre dans le couloir et fermez la porte en sortant ! Vite !

Exit les deux incriminés, sonnés par ce revirement prodigieux.

— Moi, ce dont je trouve, si vous voudriez m'permettre de dire, m'sieur l'directeur, c'est le cul ! Deux fesses pommées d'ce niveau, y aurait d'quoi s'tailler une plume si on s'rait pas du monde outillé en plein, côté d'la tringlette, affirme Bérurier. Vous croilliez-t-il que Mad'moselle Miss permettrait qu'j'touchasse ? J'sus sûr qu'c'est plus dur qu'vot'crâne !

— Mais cela va de soi, Bérurier ! consent le Vétuste. N'est-ce pas, Zouzou ? Ce bon Bérurier est un amateur éclairé, et je sais de quoi je parle. Il possède le plus gros sexe de France, n'est-ce pas, mon ami ?

— Qui peut jamais dire ! modestise l'Enflure. On s'croive champion, et puis y s'en pointe toujours un pour vous faire la pige. J'm'escuse d'vous d'mander pardon, mad'm'selle, juste que je vérifille. A charge d'revanche. Putain ! ces miches ! Mais grand Dieu, vot' papa, c'était l'bonhomme en bois des Galeries Barbès, et vot' maman, une diane chiasserêche en marb' ! Sana ! Palpe-moi ces noix, par curiositance. Du jamais vu ! Et pourtant non : é porte pas d'slip en zinc ! Moi, un fion commak, j'résiste pas. Visez un peu ma ligne d'flottation, P'tit Loup ! Imaginez-vous pas qu' j'fisse la contr'bande d'aubergines. Touchez : c'est tout d'la viande crue véritable, ma belle ! J'vous cloqu'rais ça au bon endroit, vous disloquez du frifri illico, ma poule ! Alors là, patron, j'espère qu'v's'êtes à la hauteur, et que vous vous contentez pas d'régaler c'p'tit lot à la menteuse, ça m'f'rait pitié ! Si vous s'riez naze du panais, dites-le-moi-le ; j'entrerais en piste pour un tour d'honneur.

Tu sais quoi ? Il se marre comme un fou, Achille. Il en glaviote son caviar de midi ! Le voilà tout rubis, tout con, tout rubicond. Il se tient les côtes, il met son bras devant ses yeux glaciaires pour se soutenir l'hilarance. Sûr qu'il risque de clamser à ce train-là. Le battant peut pas assumer longtemps un effort pareil. Il hurle « Oh la ! Oh ! Oh ! Oh la la ! Il me tue ! Je meurs ! Je m'étouffe ! »

Et c'est vrai qu'il s'étouffe et se meurt et Mozelle. Boudiou, la scène !

Ses cris et halètements paniquent le commissaire Monlascart et l'inspecteur Touccont, lesquels se risquent à entrouvrir la porte, voir qui tue qui. Ils croient que d'autres hécatombes sont en cours. Mais l'hilarité du Vieux achève de les assommer. Mlle Zouzou rit à gorge d'employée, elle aussi. Subrepticement, elle palpe la braguette de Mister Béru et s'étrangle de saisissement, si je puis dire (le puis, le dis).

Y a que M. Blanc qui reste d'ébène. Puritain, le chéri. Hostile à ces dépravations mondaines. Allergique à cette hilarité malséante. Il regarde les photos du père Manissier, mains aux poches, nous disant merde avec son dos.

Le Dabe finit par exclamer :

— Seigneur, comme c'est bon de vous retrouver !

— On devrait les emmener avec nous au gala ! suggère Mlle Zouzou.

— Impossible, interjeté-je, nous sommes en civil et nous avons du travail.

— Au fait, réagit Achille, racontez-moi un peu tout ça, Antoine.

Je me crois revenu aux beaux jours d'avant. Le rapport ! C'était toujours un moment savoureux.

Achille, yeux rivés aux miens, écoutant, assimilant, accaparant, pour qu'après ma disance, l'affaire soit devenue sienne. Il la répétait par bribes : les points forts. S'en drapait.

Je lui bonnis tout par le menu. La visite de Lerat-Gondin avec sa carte de menace signée Charles. Le faux mariage. Le quadruple drame, sanguinolent de partout ! Notre enquête privée qui nous a conduits chez Gaston Bézuquet, le faux maire ; puis chez Grokomak, le faux prêtre. La carrière dans le film hard de ce dernier, avec pour partenaire occasionnelle, mamie Lerat-Gondin. Ensuite notre visite chez Valentin Le Ossé où Bertrand Guesclin, sa pauvre petite veuve, pleurait toutes les larmes de son corps en écoutant ses enregistrements. Puis notre rencontre avec la maman qui nous a confirmé la disparition du yatagan.

Une auréole sombre marque la braguette d'Achille. Ça le fait mouiller à mort, l'Ancêtre ! Faut dire que je raconte bien. Il entrouvre parfois ses lèvres minces afin de les humidifier aussi de sa langue faite pour cacheter des messages galants.

Sa gonzesse. la Zouzou dernière parution, participe en émettant des interjections, des brins de mots. Elle dit « Par exemple ! », « Quelle horreur ! », « Se peut-il ? » car elle a de la conversation.

Je raconte la petite fille morte et ensevelie dans la cave. Je raconte les lettres d'amour rédigées par Lucienne Lerat-Gondin et signées Charles. Et puis je dis comme quoi le zigo à l'harmonium n'a pas eu la gargane sectionnée par le sabre, lui !

Et puis, il n'y a pas d'empreintes sur le manche du yatagan, ce qui indique qu'on les a effacées ou bien que le meurtrier portait des gants.

Là, Pépère place sa botte secrète :

— De qui tenez-vous ces précisions concernant les empreintes, San-Antonio ?

Dis, il vigile, le Dabe ! Faut pas le repasser à

l'amidon, cezigo. Coincé, il est, le bel ex-commissaire de ses grosses deux !

Là, M. Blanc se retourne.

— J'ai demandé le compte rendu d'expertise en me faisant passer pour le médecin légiste ! dit-il.

Un qui côtoie l'asphyxie, c'est le Chenu ! Sa coupole se met à lancer des éclats lumineux comme un gyrophare.

— Vous ! Lui ! hargnit-il. Il se fait passer pour le légiste ! Un Noir ! Non, mais pourquoi pas pour moi, du temps qu'il y est ! Ça va pas, la tronche, Blanche-Neige ! Vous pédalez dans les flocons d'avoine, mon pote !

On écoute le dirlo, siphonnés par son langage. Il se plante devant Béru et lui présente son médius.

— Tirez-moi ce doigt, Gros !

Berlué complet, Alexandre-Benoît tire sur le *finger*. Achille balance alors un gros pet diplomatique, sec comme un coup de talon sur un parquet.

Il se claque les cuisses en voyant la stupeur de Bérurier, la nôtre...

— Elle est mélodieuse, cette perlouse, pas vrai, Béru ? pouffe-t-il. Et vous pouvez renifler, elle rougnotte pas comme les louises que vous lâchez, Gros !

Mˡˡᵉ Zouzou doit être accoutumée à ces incongruités car elle reste impénétrable (ce qui est dommage avec un châssis pareil !).

— Eh ben, ça alors, m'sieur l'dirluche, vous m'sciez ! clapote l'Entonnoir ! Qui m'eusse dit qu'un jour vous n's'arrosereriez les tympans au mistral de fayots ! Comme quoi faut jamais désespérer !

Achille retrouve son sérieux.

— Vous me manquiez, tous les deux, assure-t-il. Sans vos pets, Bérurier, cette maison est devenue une nécropole, et sans vos actions d'éclat, San-Antonio, j'ai l'impression de filer du mauvais coton. Des idées de retraite anticipée me taraudent. Si je n'avais pas le sexe exquis de cette enfant à savourer, je me retirerais dans un monastère, très loin : au Tibet ou en Savoie. Alors, pour compenser, je vous imite, tous les deux. Si je vous disais que, deux fois la semaine, je prends des cours d'incongruité et deux autres fois encore des cours d'argomuche. Maintenant, je rote à volonté, constatez plutôt.

Il lâche un cri que seul pourrait émettre un animal hybride issu du croisement d'un tigre et d'une vache.

— Chouette, non ? Les loufes également, je les interprète sur commande.

Il lève la jambe droite et adopte l'attitude d'un lanceur de poids. Nouveau pet, moins marqué que le premier.

— Votre avis, Béru ?

L'expert prend un air doctoral :

— Y a du sentiment, y a même d'la force, m'sieur l'dirlo, ça, j'dis pas, moui : d'la force ; question des gaz vot' turbo vous chicane pas ; mais ce que j'reprocherais, c'est l' manque de moileux. Ça cogne trop sec, c'est pas v'louté, vous comprenez-t-il ? Un vrai beau pet, j'vais vous espliquer.

Il se soulève de son siège, se concentre, lève un doigt pour requérir l'attention générale et largue les amarres. Un vent venu d'ailleurs balaie le burlingue de Monlascart.

— V'sentez la différence, patron ? C'bruit-là, si on devrait l'écrire, on l'écrirerait presque qu'avec des « o ». V'v'lez savoir c'qui fait la différence ?

— Accouchez, mec !

— La nourriture, boss ! Vous bouffez pas assez gras. Vos louises, é sont pour ainsi dire farineuses. Les miennes, t'au contraire, baignent dans l'beurre. J'sais c'que vous allez m'dire : y a des risques pour l'calcif. On a parfois des surprises. On tire un' pt'ite slave en rigolant et on s'retrouve assis su' du v'lours ; mais quoi : faut savoir viv' dangereusement, non ? Mais découragez-vous pas, surtout : c't'en loufant qu'on d'vient pétomane. Y vous prend chérot, vot prof ?

— Cent cinquante francs de l'heure ! révèle Achille.

— Oh ! l'misérab' ! On peut dire qu'y n's'ennuille pas ! Moi, je vous en donnerai gratis, des cours, patron. Des vrais. C't'escroc v's'a-t-il s'lement emmené claper du cassoulet avant la feurste lessone ? Non ? Alors c'est pas un vrai pro, Chilou ! Il empaille ! Un homme comme vous, qu'a passé un d'mi-siècle à s'contenir les vents et marées et qui s'met en tête d'apprendre le lâcher de pets, y n'peut pas entreprend' des études sérieuses sans gurgiter deux bonnes assiettées de flageolets, j'mets au défi. Dès d'main, j'vous prends en main et j'ferai d'vous un vrai bombardier, ma parole de donneur. On ira tortorer chez Finfin, vous trouveriez pas meilleur cassoulet sur la place de Paris. N'ensute, on vient dans vot' bureau. Vous vous filez aux Japonais absents, et la séance démarre. Si j'aurais un bon conseil à vous donner : mettez pas un cal'çon blanc, biscotte les avatars possib'. D'ailleurs, j'ai jamais été partisan des slips blancs vu qu'vous avez beau prende toutes les précautions du globe, au bout d'huit jours y n' ressemb' plus à rien !

Pliés en douze, ils sont, Achille et sa donzelle. Et moi, franchement, je la trouve baroque, la vieille (1). Voilà qu'on s'est quittés, le Dabe et nous, pleins de ressentiments et de fureur. Qu'on s'entre-répudiait à tout jamais. Ce soir, il arrive pour nous coincer, nous plonger le nez dans le caca ; avantageux, sûr de lui et dominateur. Mais on cause, on déconne, on rit. Et tout reprend comme par le passé.

Seul, Jérémie obstine dans les farouches rancœurs. Ses lèvres à pneus ballons restent soudées, et la hotte de son barbecul géant pompe des quantités d'air telles

(1) Synonyme de « la vie », pour Santonio.

qu'il n'arrivera jamais à toutes les transformer en gaz carbonique.

Puis le Vieux retrouve sa sériosité.

— Monlascart! hèle-t-il.

L'avoineux qui devait rester près de la lourde, les baffles braqués, entre dare-dare, suivi de Touccont. Sourire de maître d'hôtel en exercice. Il attend un pourboire d'amabilité réparatrice.

— Monlascart, commence le Vieux, j'ai lu avec attention votre rapport sur l'affaire Lerat-Gondin.

— Je n'en doute pas, monsieur le directeur, émolliente le commissaire.

— Ce rapport, poursuit le Dabe, ce rapport, Monlascart, ne contient pas le dixième des faits que vient de me relater San-Antonio, qui, lui, est un vrai professionnel!

Pour lors, il devient pâlichon, le jeunastre.

— Mais, monsieur le dir...

— Fermez votre triste gueule de castrat, Monlascart! aboie tout à coup Chilou. Car il paraît que vous ne vous intéressez pas aux filles, si j'en crois la rumeur? Un homme de mes services! Niqué du panoche! Le paf en portefeuille! La zézette en torche! Je refusais de le croire; mais devant vos résultats affligeants, force m'est d'admettre que vous ne valez pas tripette, mon garçon! Vous n'êtes qu'un petit bureaucrate asexué! Un branleur de vent! Quand vous vous adressez à la Veuve Paluche, il ne sort que de la fumée, c'est bien ça? Votre carte de flic vous sert de sexe! Juste bon à emmerder les gars qui marnent comme des princes! Ces messieurs se tuent à accomplir votre travail et vous, tout ce que vous trouvez malin de faire, c'est de les arrêter! Vous savez que vous me défrisez, Monlascart? Vous savez que vous puez le renfermé et que je n'ai plus envie de vous voir, fût-ce de dos? Dites, vous n'auriez pas un reste de vacances à prendre? Une tante mourante à aller assister dans l'Ardèche ou le Puy-de-Dôme?

— Mais, je... vous... ils...

— On se tait, Monlascart ! Dessaisi ! Je vous retire l'enquête ! Et cette enquête, Monlascart, tenez-vous bien : je vais la terminer moi-même. La main à la pâte, ça me rajeunira ! Oh ! Vous pouvez pleurer, ça ne m'impressionne pas ! Car il chiale, ma parole. Non, mais je vous jure, regardez-le ! Qu'est-ce qui m'a pris de confier un travail pareil à un gamin ? Je suis fou, moi ! Allez, rentrez chez vous, mon petit ! Faites un peu de tapisserie au point de croix, ça vous calmera les nerfs ! Nous, nous resterons entre hommes ! Demain je m'occuperai de votre mutation. La Lozère, dites-vous ? Non, pas suffisamment loin ? Vous préféreriez la Réunion ? Et pourquoi pas ? Va pour la Réunion, Monlascart. Vous savez, gamin : flic, c'est un métier, ça s'apprend. On commence par mettre des pévés aux chauffards, ensuite on matraque les étudiants, et puis on passe aux choses sérieuses : l'évacuation des locaux insalubres habités par des nègres de couleur, excusez-moi, Blanc, je ne dis pas ça pour vous. Après quoi on s'occupe des vols dans les grandes surfaces, des loubards, tout ça... Mais des enquêtes de cette dimension ! Oh ! la la ! Quatre morts, une énigme en vase clos ! Il y faut la main du maître ! Et pas sa gauche, Monlascart. Sa droite ! Je lâche tout et je prends ! Mon devoir, Monlascart. Vous reviendrez me voir quand vous saurez péter. Vous pétez à volonté, Monlascart ? Non, n'est-ce pas. Essayez pour voir ! Juste une vesse de jeune fille qu'on se rende compte. Impossible ? Le cœur n'y est pas ? Vous constatez, messieurs, la dernière cuvée de commissaire ? Ils sont licenciés en droit, mais incapables de loufer ! Il y a des moments où je souffre. Mais où ça va, ça, messieurs ? Quel avenir pour la Police ? Déjà qu'on n'a plus droit aux bavures ! Voilà maintenant que mes collaborateurs ne peuvent plus péter. Bérurier, mon grand, pour montrer à ce blanc-bec : une belle louise, *por favor !*

Le Gravos ne se fait pas tirer l'anus.

Vlaoum !

— Vous entendez ça, Monlascart ? Encore, Béru, *please !*

Vlaouoummmm ! fait cette fois-ci le Gros par sa face sud.

— Gé-nial ! trépigne Achille. Prenez-en de la graine, Monlascart. Ça, c'est un mec ! Vous réalisez la détermination du gars ? La force expressive qui se dégage de sa tripe ? C'est son âme, Monlascart, qui s'exprime. Il communique, ce faisant ! N'est-ce pas, Bérurier, que vous communiquez ? Pour vous, le pet est un langage. Je l'ai compris lorsque vous n'avez plus été là. Un dernier, un beau, pour que ce jeune con réalise bien quel fossé vous sépare.

— Çu-là, j'vais le balancer à vot' santé, patron, déclare Alexandre-Benoît, ému. C't'un hommage dont j'vous rends.

Il ferme les yeux, gonfle son ventre, se penche en avant.

Tu veux que je te dise ?

La Cinquième !

Plus beau, encore ! Plus intense. Plus noble.

— Voilà, balbutie Achille, n'ajoutons rien. Tout est dit. Au revoir, Monlascart ; soyez tenace. Un jour, si vous vous montrez persévérant, vous parviendrez à éteindre une bougie à trois mètres, et nous sablerons le champagne !

Ça s'est décidé en deux coups les gros de cuiller à pot. Une fois Montlascart sorti, titubant de honte, flétri de partout, avec des idées suicidaires plein la tronche, le Vieux a pris place derrière le bureau du commissaire. Mlle Zouzou s'est placée sur la table, les jambes un peu écartées, ce qui nous permettait de constater qu'elle portait des bas, des jarretelles authentiques et un slip noir si mignon que si elle avait été brune on ne l'aurait même pas remarqué.

Achille a déclaré :

— L'heure est grave. Devant la carence de mes services, je me dois d'assumer cette enquête, messieurs. Jusque-là, et à titre privé, vous y avez participé avec assez de bonheur pour que je vous propose de vous joindre à moi. D'ailleurs, et là, messieurs, j'ouvre frileusement une parenthèse, j'entrevois pour nous une perspective de collaboration. Vous voici dans le privé ? Fort bien : restez-y ! Mais continuez de travailler pour moi sur des causes exceptionnelles. Enterrons cette dérisoire hache de guerre qui était en caoutchouc, comme les haches de théâtre. Feignons de nous tirer la bourre, mes petits potes, mais, en réalité, collaborons secrètement. Jamais les fonds secrets n'ont été aussi abondants dans la République. Je vous rétribuerai largement, croyez-moi. Dupont de nombreuses années,

pardon, je voulais dire durant, je vous ai façonnés avec
amour. Que vous le voulussiez ou non, vous êtes et
resterez toujours mes disciples ; les exceptionnels fleu-
rons de ma couronne de chef. J'ai pour vous l'amour
que De Gaulle portait à la France, en plus chaleureux.
Êtes-vous d'accord pour que nous passions un tel
accord, mes petits ? Mes chérubins ?

Je me sens poindre un pleur, et ma gargane se laisse
garrotter par une filiale émotion.

— D'accord, patron ! N'est-ce pas, vous deux ?
demandé-je à mes féaux.

Bérurier, luxuriant, murmure :

— Si j'sus d'accord ? V'v'lez qu' je vous l'esprime à
ma façon, Chilou ?

Il se penche de côté pour propulser un pet d'honneur
dans les étoiles.

— Merci, balbutie le Dirluche, ému à s'en compisser
le kangourou.

M. Blanc, lui, hoche la tête.

— La comedia dell'arte ! ricane-t-il. Ah ! ils ne sont
pas simples, les Pâlichons !

— Toi, la Bronzette, écrase ! fulmine Bérurier. Tant
qu' t'auras pas z'eu une converse sérieuse av'c Ariel, tu
pigeras ballepeau aux grands sentiments.

Mais l'instant est trop porteur de suaves sentiments
pour que ces deux tocassons dégénèrent dans les
castagnes.

Achille croise ses superbes mains de pianiste sur la
table.

— Zouzou, mon tendre amour, mon rossignol de la
nuit, ma compresse brûlante, ma source de jouvence,
ma chattounette délectable, verriez-vous d'un mauvais
œil que nous annulassions notre participation à ce gala
pour nous lancer à bride abattue dans l'enquête ?

Elle est sympa, la chérie.

— Du moment qu'on ne me jette pas, je ne demande
pas mieux.

Et puis elle se dit que dans une équipée nocturne, y aura peut-être une queue à ramasser sur le parcours. Entre nous trois, il s'en décidera bien un pour la chausser fébrile entre deux lourdes ou à l'arrière d'une tire !

Alors c'est dit, on va faire un brin d'enquête avec notre dirlo retrouvé ! Chère Baderne stupéfiante ! C'est vrai qu'on l'idolâtre, avec ses redondances, ses injustices criantes, ses colères en peau de zob ! Un personnage pareil, quand tu le retrouves après l'avoir perdu, c'est comme si tu retrouvais une vieille maîtresse aux initiatives irremplaçables. Le petit adjoint du légiste, mon pote le docteur Malypanse, c'est ça qui le fait rutiler lorsqu'il va s'essorer l'intime chez l'amie de sa daronne. Au moment qu'il pose son grimpant dans la chambre de la dame, il est heureux, le gentil, se sent à l'abri de toutes les menaces et de tous les besoins.

— Messieurs, attaque Achille, d'après toutes les données de ce grave problème qu'il m'a été donné de rassembler... (ça y est, il commence à se dorer le nombril, le vieux forban !), il serait opportun que nous nous rendissions chez ce comédien qui tenait le rôle de maire. Car, mesieurs, qu'est-ce qui saute aux yeux dans ce casse-tête chinois ? Qu'il paraît improbable que l'une des quatre victimes se soit suicidée. L'une a tué les trois autres, mais c'est quelqu'un de l'extérieur qui, à son tour, l'a supprimée. On me suit ?

Nous opinons à bouilles rabattues. Banco : il jacte d'or, le Vénérable. C'est cousu bronze, son discours. Note qu'il ne me révèle rien à proprement parler vu que, depuis la visite du petit doc à Louveciennes, tout ça s'était déjà inscrit dans ma carafe. Je me le chuchotais depuis pas mal qu'il y avait peut-être eu une « intervention postérieure ». Dans les énigmes de meurtres en vase clos, c'est toujours ce genre de soluce que l'auteur te propose. Ça, ou alors le passage secret, mais pour les châteaux écossais seulement. Jadis, on le

prenait pour un glandu, M. le lecteur. On lui réchauf-
fait des restes de choucroute ou de blanquette et il s'en
contentait. Moi, je me pointerais avec une dalle pivo-
tante dans la chapelle, tu me la virgulerais sur la pipe,
officiel ! Les temps ont changé, se sont durcis. Tu
tolérerais jamais ce genre de pirouette arnaqueuse. Et
c'est bien ainsi. Faut qu'on se respecte, les deux. Je
t'écris, tu me lis, on s'aime. Si je t'écris des nouilleries à
l'eau, sans beurre, tu rogneras et nos étroites relations
s'arrêteront là. Fini notre belle histoire d'amour, notre
connivence forcenée !
    On deviendrait veuf l'un de l'autre...
    J'en chiale de perspectiver de la sorte. Un ménage
comme le nôtre ! Des années de déconne ! On s'est pris
des pieds d'éléphant, toi et moi ! Des fous rires pas
extinguibles du tout !
    — Vous paraissez rêveur, San-Antonio ?
    — Du tout, monsieur le directeur, j'apprécie votre
raisonnement.
    Il me sourit avec bienveillance. J'aurais froid, il me
nouerait lui-même son écharpe de soie blanche au cou.
    — Je poursuis ! annonce-t-il. Qui se trouvait aux
abords de cette chapelle ? Vous trois, le pseudo-maire
et ses petites filles. Exact ?
    — Exact.
    — Vous m'avez expliqué, mes chers amis, que vous
vous êtes séparés à un certain moment. San-Antonio et
Blanc se sont rendus derrière le bâtiment pour tenter de
regarder par une meurtrière ce qui se déroulait à
l'intérieur ; le brave Béru, lui, est allé quérir une hache.
Il s'est servi de cet outil pour démanteler la porte. Je
suppose, cher Alexandre-Benoît, que lorsque vous
eûtes raison de celle-ci, vous dûtes arracher les mor-
ceaux de bois la composant pour vous frayer un passage
et que le maire vous assista dans cette dernière partie
de la besogne ?

— En effesse, boss. C'est même lui qui s'est effrayé le premier passage, dont j' le suvis aussitôt.

— Bien. Effaré par le spectacle, vous n'avez pas observé les agissements du bonhomme ?

— Sûr qu' non, Chilou. Sûr qu' non ! Comme locomotion cérébrale, ça s' posait là, non ? Quat' personnes sabrées et saignées à blanc, à la vôt' ! On a beau avoir été commis charcutier dans son village de Saint-Locdu-le-Vieux et tourné l' sang en baquet av'c un bâton pour préparer l' boudin, une vision pareille, c'est pas du Mickey Mousse, Dabe !

— C'est parce que je le conçois que j'entrevois cette hypothèse, mes petits. Le maire va droit au pianiste, lequel feint d'avoir été agressé comme les autres, il a un couteau prêt dans sa manche et lui tranche la carotide : couic ! Subrepticement, il essuie la lame aux vêtements de sa victime et rempoche l'arme. Il lui aura été aisé de s'en débarrasser au cours de l'effervescence qui a suivi.

Nous opinons.

Mais pas Jérémie.

— Selon vous, monsieur, fait-il, toute cette action aurait été préméditée ?

— Bédame ! fait le dirlo, usant d'une exclamation surannée mais que je n'ai aucun scrupule à remettre au goût du jour.

Le *coloured man* hausse les épaules.

— Gaston Bézuquet, le comédien qui jouait le maire, a proposé ses gamines comme demoiselles d'honneur. Vous trouvez normal qu'un père de famille, sur le point de perpétrer un assassinat, emmène ses fillettes sur les lieux de son prochain forfait ?

Chère belle âme ! Comme elle est blanche, elle !

— Naturellement, fais-je, car ces deux gosses le cautionnaient. Il a prévu que la police aurait ta réaction. On n'emmène pas ses enfants avec soi lorsqu'on va égorger quelqu'un. Alors, comme on n'emmène pas ses enfants, lui a pris les siens. Un salaud est sans limites, tu l'ignorais encore ?

Mais Jérémie n'est pas pleinement convaincu et hoche la tête.

Le Vieux n'a même pas tenu compte de son objection. Il masse le postérieur de Mlle Zouzou, tout en réfléchissant de sa main restée libre.

Et tout à coup, il décroche le téléphone.

— Léquipage ? grince-t-il.

On doit lui répondre qu'oui car il paraît soulagé.

— Heureux de vous avoir encore sous la main ; il me faut dans un délai d'un quart d'heure, le curriculum complet d'un zèbre dont mon cher ami San-Antonio va vous communiquer les coordonnées. Comment ? Ben oui : San-Antonio, pourquoi ?

Je chuchote au Dabe :

— Ne devons-nous pas feindre de nous haïr pour mieux nous aimer en secret, Patron ?

Il sursaute.

— Parbleu ! (1)

Et, dans l'appareil :

— Je plaisantais, Léquipage. J'ai dit San-Antonio ? Lapsus. Cette horreur de mec, ce bâtard ahuri, ce paltoquet de merde, heureusement, ne fait plus partie de la Maison.

Pendant ses stances, je lui ai écrit les renseignements concernant Bézuquet. Lors, il les lit en les tenant à un mètre de soi, car il est trop coquet pour chausser ses lunettes en présence de la ravissante personne qui le mâchouille.

— Vous faites rapidos, mec. Remuez-vous le fion et tubez-moi au poste 194, vu ?

Il raccroche. Le dénommé Léquipage (que je n'ai pas

---

(1) Toujours ces beaux mots séchés dans l'album du temps, comme l'a écrit la semaine dernière le cher Jean-François Revel dans *l'Humanité Dimanche.*

l'honneur de connaître) doit se demander si Mgr l'ar-
chitrouduc est ivre ou totalement gâtochard.

Il darde sur moi un petit regard de lézard en train de
se faire chatouiller l'homme, Achille.

— Vous ne connaissez pas ma dernière création?
jubile-t-il. Un service de renseignements éclair réalisé
par ordinateur cette fois. La France entière est fichée,
mon vieux : votre concierge, votre boucher, la petite
pute qui vous turlute la guiguite. Je balance n'importe
quel blase à Léquipage, et hop! quelques minutes plus
tard, je sais tout de la personne qui m'intéresse : si elle
a payé ses impôts, la couleur de ses poils pubiens, ses
vices. Ah! vous croyez que j'ai perdu mon temps
depuis votre départ? Zob, Antoine! De l'avant!
Progrès! J'ai enfin réalisé le rêve de tous les flics depuis
que la profession existe : tout savoir sur tout le monde.
Si je vous disais... Il m'est arrivé de demander ma
propre fiche, pour vérifier l'efficacité du service. Marrant, non? Je l'ai sur moi. Tenez...

Il sort un larfouillet de croco, en extrait un papelard
chiottard, genre pelure, sur lequel courent ces caractères irréels imprimés par des claviers pas catholiques.

Nous en lit un passage seulement, jugeant le reste
incomestible.

— « ... homme d'une grande galanterie, très porté
sur le beau sexe bien que, depuis un certain temps... »

Il cesse de lire, murmure :

— Nanananère... Tout ça sans importance... Attendez! Voilà! « Toujours accompagné de superbes créa-
tures qu'il couvre de gâteaux... pardon, de cadeaux,
desquelles il exige la pratique de la fellation, étant
donné qu'il ne... Nanananère... Ah! Voilà! Possède
une vaste culture. Homme d'un tempérament tyrannique, exigeant beaucoup de ses collaborateurs, mais
sachant, le cas échéant, leur témoigner de manière
expansive sa sympathie. » Très important, non? Et si
juste!

Il relit, en phrasant bien, style Comédie française :

— « Exigeant beaucoup de ses collaborateurs, mais sachant, le cas échéant, leur témoigner de façon expansive sa sympathie. » C'est tout moi ! C'est archi moi !

Il essuie ses yeux pour le cas où des larmes y déferleraient, mais la précaution est superflue. Avec un soupir, il remise le document.

— La France entière sur ordinateur, fait-il. Beau, non ? C'est du résultat, ça ! Mon ministre était fou de joie lorsque je lui ai montré ce nouveau service. Personne ne peut passer à travers les mailles de mon filet géant, mes amis ! Le président de la République lui-même y est fiché. Je vous montrerai sa petite partition, à titre confidentiel. Il y est question de ses fameuses bergeries, de ses balades à vélo... Quel homme ! J'aime qu'un chef d'Etat baise, messieurs, ça me rassure quand je pense à ces cons d'Américains qui écartent les virils du pouvoir ! Ah ! les tristes gueux ! Pour lors, qu'ont-ils à la Maison-Blanche ? Des non-bandants avec leurs tristounettes bobonnes ! Ou des Pères la pudeur qui enfilent des gants de caoutchouc pour se laver les testicules. En France, heureusement, nos dirigeants sont des tendeurs, gauche et droite confondues ! Compulsez l'agenda d'un politique si vous en avez l'opportunité. Vous y découvrirez d'obscures mentions à la rubrique « après-midi » : soins esthéti-ques, séance de culture physique, essayage tailleur, etc. Zouzou, ma chère âme, cessez d'écarter vos ravissantes cuisses à l'intention de ces messieurs pour les tourner un peu vers moi. Soyez *fair-play*, ma douce, et n'ou-bliez pas que, chaque fois que vous me demandez l'heure, je vous offre une montre, gourgandine chérie !

Le téléphone vrille nos tympans. Achille dégoupille.

— Ah ! Léquipage ! Déjà ! Bravo ! Alors ?

Il écoute et, poussant un bloc vierge dans ma

direction, m'invite nettement à prendre des notes. Il
lance, par saccades :

— Bézuquet Gaston... né à Charleville-Mézières...
le... On s'en branle, mon grand. Entrez dans le gras. Ça
urge... Les études, on s'en tartine également la peau du
zob. Sa carrière ? Les fourberies de quoi ? De quel
calepin parlez-vous ? Ah ! les *Fourberies de Scapin !* Au
théâtre du Lumignon ? Qué zaco ? De la roupie de
sansonnet ! Je vois : un traîne-lattes ! Des doublages de
films, oui. De la synchro. Un minus. Un sous-con !
Plusieurs fois poursuivi par le fisc. Des chèques en
bois ? Ben voyons... Trois mois avec sursis pour caram-
bouille. Il avait revendu des marchandises achetées à
kroume et non payées ? Je situe le gonzier ! Vous dites ?
Il a été marié. Un enfant... Une fille ?

Là, je sursaute.

— Deux ! soufflé-je.

— Vous êtes certain que ce n'est pas deux filles,
Léquipage ? Votre ordinateur de mes deux n'en aurait-
il pas omis une ? Non ! Certain ? Aucune bavure
possible ? Zouzou, mon cœur ! Vous n'allez pas faire
une pipe à Bérurier devant tout le monde ! Comment ?
Non, Léquipage, ce n'est pas à vous que je m'adresse.
Donc, une seule fille ? En résumé, nous avons affaire à
un minable. Il vit de la pension de veuve de sa mère, la
plupart du temps. C'est la vieille qui paie la location et
le boucher. Et ses vices, Léquipage ? Ses vices, à
Bézuquet Gaston ? Vous dites ? Les putes ? Il tire rue
Saint-Martin avec d'affreuses pouffes ? Des obèses ?
Bottes de cuir, culotte noire, fouet ? Mazette ! môssieur
ne se refuse rien. Moi, le fouet, je n'ai jamais été
partant, Léquipage. Ça fait mal quand on le reçoit et ça
fatigue quand on le donne. Rien ne vaut la pipe, mon
cher. Zouzou ! Vous n'allez pas me sucer ce gros porc
en public ! Un peu de tenue ! Mais non, Léquipage, ce
n'est pas à vous que je parle, combien de fois faudra-t-il
vous le répéter ? Bon, rien d'autre sur cette basse

racaille de Bézuquet Gaston ? Merci, nous ferons avec ce que vous nous offrez !

Il raccroche.

— Intéressant, messieurs, n'est-il pas vrai ? Votre traîne-patins n'a qu'une fille, or il en a emmené deux à la fausse noce, en prétendant que c'était les siennes. Ça cache quoi ? Il espérait palper un cachet supplémentaire et a emprunté la gosse d'un voisin ? Venez, tous en selle ! Nous allons le lui demander.

— Ce n'est pas l'heure légale, allègue Jérémie.

Mais le Daron se vrille la tempe.

— Ecoutez-moi cette fleur des neiges ! Il est permis de rendre visite à un ami à toute heure du jour ou de la nuit, non ?

CHANT 16

Tu nous verrais, empilés comme sardines en Rolls dans la Royce du Vieux, tu penserais à un film du muet. Son vieux chauffeur britiche, à Achille, impec, centenaire, rosbif à ne plus en pouvoir, drive comme un robot revu et corrigé par le musée de la mère Tusseaud. Béru et Blanc, faisant contre promiscuité bon cœur, sont tassés sur le siège passager. De l'autre côté de la vitre coulissante, t'as le Dabe, sa Mlle Zouzou et ma pomme, le bras passé dans l'accoudoir garni de velours. Phantom, la tire. Haute sur pattes. On y « monte », quoi ! Carrosse pour Cendrillon de Buckingham. Elle sent le très vieux cuir, le parfum délicat, la *higth society* qui se lave bien le fion, et change de linge de corps trois fois par jour.

On a expédié l'inspecteur Touccont à Louveciennes afin d'y récupérer ma Maserati. Le Dabe lui a bien précisé que si on la retrouvait avec une éraflure, ce serait lui qui carmerait les dégâts, et qu'en suce, il aurait droit à une mutation dans un commissariat périphérique.

On roule en direction de Courbevoie. Une petite pluie noctambule poudraille le pare-brise, mais les balais silencieux des essuie-glaces tracent deux larges éventails de « visibilité » sur la vitre.

— Je ne pense pas que ce soit Lerat-Gondin l'assassin, murmuré-je soudain.

— Ah! oui? répond le boss d'une voix qui s'intéresse mal à ce qu'on dit.

Faut t'expliquer que la Zouzou est en train de lui fourgonner le futiau, tenter d'éveiller le cochon qui pionce. De sa seconde main, c'est le mien qu'elle fourbit. Mais comme je suis amoureux fou de Marika, je bande d'une queue distraite.

— Il me revient que le bonhomme était affligé de la maladie de Parkinson, fais-je. Il tremblait comme un perdu.

— Et alors?

— Cela ne doit pas aider au maniement du sabre.

— Qu'en savez-vous? L'autre jour, je me trouvais en avion assis à côté d'un gonzier qui sucrait, San-Antonio. Au point qu'il ne parvenait pas à se verser du vin; j'ai dû l'aider pour la sauvegarde de mon pantalon. Eh bien, pour boire, le bonhomme prenait son verre à deux mains et ne tremblait plus.

Mlle Zouzou lâche ma protubérance afin de partir à la conquête de la tirette de ma fermeture Eclair (phrase un peu lourde, pardon, mais va voir chez Robbe-Grillet si j'y suis!). L'ayant dénichée, elle l'abaisse, manière de me composer un chouette décolleté. La voici maintenant qui me tirlipote le Nestor à bout portant. Je pense fort à Marika et décide de conserver ma virginité.

— Ne faites pas ça! lui chuchoté-je à l'oreille.

Elle décramponne mon manche de pioche mais c'est pour m'empoigner les frangines. Et moi, une dame qui me serre les couilles, même ce serait à l'Opéra, je peux pas résister. Vaincu par l'effet de surprise et saisi en traître, je laisse quimper.

Béru qui se tient de guingois, file un coup de saveur sur l'arrière et, grâce à un lampadaire qui passait par là, réalise la chose. Il coulisse la vitre et lance :

— Faites-vous pas d' souci, braves gens : après vous s'il en reste !

Vingt minutes d'un peu plus tard, nous voici voilà devant l'humble pavillon des Bézuquet.

Curieux équipage que ce commando formé d'une dame en robe de soirée, d'un vieux bonze en smok, d'un Noir athlétique, d'un obèse hirsute et d'un Santonio en parfait ordre de marche. Le chauffeur profite de la décarrade générale pour aérer son sapin et y vaporiser un spray à base de fleur de citronnier : entre un Béru et un Noir, ses narines sont malmenées.

Au bout de la sente-jardin, la presque masure est obscure. Je sonne, mais personne ne vient déponner, et aucun cygne de vie ne se manifeste à l'intérieur.

— Ils ont dû z'été au cinoche, manière d' changer les idées à ces gamines, émet le Mastar.

Pour la forme, je m'obstine encore à carillonner ; en vain.

Déconfits, nous sommes.

— Peut-être pourrions-nous attendre un peu ? suggère Jérémie.

Je consulte ma Pasha : elle dénonce dix heures vingt. Mlle Zouzou dit :

— Vous savez que la porte n'est pas fermée à clé ?

Comme preuve, elle tourne le loquet et l'huis s'écarte docilement.

— Voilà qui n'est pas cathodique, assure Sa Majesté.

On s'entre-dévisage. Le Vieux me chuchote, d'un ton provocant :

— Eh bien, monsieur du privé ?

Coquinet, va ! Il consent à ce que je me mouille, mais lui tient à conserver le nez au chaud.

Bon, j'entre. Béru sur mes chausses. Et puis aussi Jérémie après un temps d'hésitation. Mlle Zouzou nous file le dur itou. Curieuse comme une belette. Y a que Chilou à piedegruer devant la porte.

J'actionne la luce. La cuisine est en désordre. On y trouve quatre couverts dressés. Il reste du frichti dans les assiettes. Des reliefs d'œufs au jambon, figés dans la graisse. Visiblement, le repas a été interrompu, et les occupants ont mis les adjas précipitamment. Pour lors, le mystère se fait violent, moi je trouve. T'imagines ces quatre personnages bâfrant leur humble tortore lorsque, brusquement, un incident extérieur les contraint à se débiner rapidos.

Une crème au chocolat en boîte a été préparée dans un plat à dessert et tourne en eau.

— Il s'est passé quelque chose dans cette bicoque, fait Jérémie.

— Rheus'ment qu't'es laguche, mec. J'eusse jamais pensé à ça tout' seul, ricane Bérurier.

Face à la cuistance, est le salon où nous fûmes reçus, avec le poste TV, le pauvre canapé râpé, le carillon Westminster, le grêle guéridon supportant un vase empli de fleurs artificielles recouvertes de poussière et de chiures de mouches.

Je le parcours du regard. Il y flotte un parfum délicat qui n'existait pas naguère.

Pourquoi ne parlons-nous pas ? Nous sommes comme intimidés par ces humbles lieux désertés. M. Blanc fait le tour de la pièce. Au moment où il contourne le canapé, il se penche et ramasse quelque chose qu'il se met à brandir comme un drapeau sans hampe. Il s'agit d'un « carré » Hermès, dans les teintes jaune et bleu, dont le motif représente une rose des vents.

Putain, mon palpitant me fait le coup de la fusée Ariane (celle qui a foiré). Il chute grand V dans mes profondeurs.

— C'est pas l'foulard à ta souris ? questionne Béru.

Oh ! que si. Je le sais d'autant plus mieux que c'est moi qui le lui ai offert, il y a trois jours.

— Elle l'a oublié quand c'est qu'vous êtes venus? interroge le pot de vinasse.

Je m'efforce de mémoriser notre départ de la maisonnette.

Jérémie déclare :

— Elle ne portait pas ce foulard hier, mais aujourd'hui.

Et s'il le prétend aussi catégoriquement, c'est qu'il en est certain car sa mémoire visuelle est confondante, au Teinté.

Moi, j'avais déjà reconnu le parfum.

Je furète dans la taule, à la recherche du bigophone. Le découvre dans la cuistance, sur le vieux bahut de noyer hérité d'une grand-mère bressane. Fissa, j'appelle à la maison. M'man décroche au bout de peu.

— Oh! mon grand! Rentreras-tu pour dîner? J'ai justement une épaule de mouton roulée et un gratin de macaroni...

— Non, m'man, je ne pense pas. Mais l'épaule froide avec une mayonnaise, c'est superbe. Quant au gratin, plus il est réchauffé meilleur il est. Est-ce que Marika est près de toi?

— Non. Elle a passé la fin de l'après-midi avec moi. Elle écrivait des notes sur des feuilles de papier, les biffait pour en tracer d'autres. Et puis, sur le soir, elle m'a dit qu'elle sortait pour aller vérifier quelque chose et qu'elle en aurait pour deux heures à peine. Elle m'a demandé par où il fallait passer pour gagner Courbevoie depuis la maison. J'ai cherché sur mon guide Paris-Banlieue.

— Elle n'a rien ajouté d'autre?

— Non. Elle semblait préoccupée. Simplement, elle a dit que si ce qu'elle croyait se confirmait, tu risquais d'avoir une bonne surprise en rentrant. Il n'y a rien de fâcheux, Antoine?

— Non, non, m'man, ça baigne.

Pour dire de lui embellir le moral, car maintenant je lui ai flanqué la redoute, j'ajoute :

— Tu peux préparer ta mayonnaise tout de suite, des fois que nous aurions une dent creuse en rentrant.

Un bisou coulisseur, de ceux qui te chicanent les trompes d'Eustache et je raccroche.

— Les événements se précipitent, dirait-on ? remarque le Vieux qui m'observe et m'écoute depuis l'encadrement de la porte.

Je fais une grimace lourde de perplexité.

Chilou demande :

— Qui est Marika ?

Le Mastar éclaire sa lanterne.

— Mad'm'selle Euréka, c'est la plus bioutifoule frangine qu'Tonio aye jamais z'eue au bout de la queue, boss. Une Danemarkaise blonde, av'c des châsses couleur de belons bien fraîches. En comparaison d'cette déesse, vot'copine Zouzou, qu'est pourtant loin d'êt' dégueuse, ressemb' à un calandos de huit jours affalé dans une assiette.

« Un vieux salingue comme vous, vous la verreriez, vot' chipolata s'mettrait à ressusciter comme la gare Saint-Lazare. C'te nière est tell'ment belle qu'é s'rait dans mon plumard, j'oserais même pas y toucher tant tell'ment j'craindrerais d'y défoncer l'trésor av'c mon féroce mandrin. Si vous sauriez le chou dont elle possède ! Et ce cran qu'elle a ! Intrépide, j'ajouterais. La chicorne, c'est son prunier mignon. Donnez-y un flingue et ell't'vous cartonne un méchant comme ce s'rait une pie-panthère à la fête foraine. Et quant à ce qu'est du frifri, faut s'adresser à Santonio ! Ces panards giants qu'y s'prendent, les deux ! Vous vous croireriez à l'Opéra, Chilou ! J'défie un mec d'entend' ça et d'pas avoir instantanément trois kilos d'bite dans son calbute. Les moments qu'passe c't'apôtre, j'vous jure ! Et pourtant, quoi, merde, il est pas plus beau garçon qu'moi !

Jérémie pousse un glapissement comme dans ses

savanes, quand il vient de piéger un phacochère et qu'il alerte sa tribu.

— Seigneur ! hurle-t-il dans la face du Gravos, crois-tu que ce soit le moment de nous casser les pieds avec tes sornettes de demeuré ?

Le Massar se tait, son regard devient davantage sanguignolent.

— L'v'là qui m'appelle Seigneur, ce nègre de mes fesses ! Et qui gueule comme un puma. J'voudrais pas jouer l'oiseau d'mauvaise inauguration, mais un d'ces jours j'vas encore élargir l'omelette aux morilles qui lu sert de nez : y pourrera s'en faire une aile delta !

— Béru, soupiré-je. Marika est venue ici ce soir. Elle avait dû parvenir comme nous à des conclusions positives concernant Bézuquet et a voulu en avoir le cœur net. Seulement ce salaud de Bézuquet l'a enlevée, et il a foutu le camp avec elle et sa famille. Quand on sait que ce type a joué un rôle dans l'affaire la plus sanglante de cette décade, je tremble de frousse. Alors, sois gentil : respecte mes craintes, et si tu ne parviens pas à te taire, dis-le-moi franchement : je t'enfoncerai ton chapeau dans la gueule !

Mon air tragique, plus que mon ton courroucé le réduit au silence.

— Maintenant, fait Achille, allons interviewer les voisins ; mais inutile de nous y prendre en groupe : venez avec moi, Antoine, pendant ce temps les autres chercheront des indices. Compris ?

Il promène sur notre maigre assemblée un regard de chef. Tout le monde acquiesce. Mlle Zouzou se laisse tomber dans le canapé et croise ses jambes. A nouveau, nous jouissons d'une vue imprenable sur sa culotte de rêve.

La plaque d'émail blanc est décorée de pensées. Et c'est écrit, en jolie anglaise un peu écaillée par les gnons du temps : « Villa Mon Rêve ». Plus, en tout petit « Mme et M. Grojoly ». Touchant.

L'heure commençant d'être avancée pour une visite, les occupants de la villa « Leur Rêve » mettent un bout d'inquiétude avant de venir chuchoter « Qui c'est ? » derrière la lourde.

— Police, réponds-je. Nous souhaiterions un renseignement.

— Montrez votre carte ! réplique M. Grojoly qui n'a pas envie de se faire suriner dans sa crèche par des farceurs.

Moi, une brème de police, finito ! J'ai un geste d'impuissance à l'intention du Vieux qui en profite pour ricaner : « Grand malin, va ! ». Mais lui non plus n'a pas de brémouze pro sur soi, tout de smokinge vêtu comme il est, le vieux nœud !

Il dit :

— Nous avons laissé nos cartes au bureau, mais vous pouvez ouvrir sans crainte, je suis le directeur de la police.

— Et moi, je suis le pape, répond M. Grojoly, lequel me paraît doué d'un esprit à l'étiage très moyen.

— Ecoutez, monsieur Grojoly, interviens-je, nous

allons nous placer devant la fenêtre de votre cuisine et ainsi vous pourrez constater que nous ne sommes pas des malandrins. Par ailleurs, vous avez la possibilité d'appeler le commissariat de Courbevoie pour réclamer aide et protection si nos physionomies ne suffisent pas à vous rassurer.

Nous nous écartons de la porte afin de nous planter face à la croisée. Une frime de méduse, dans les tons jaunasses vient s'insérer derrière les vitres. Notre apparence doit nous cautionner car l'huis ne tarde pas à s'ouvrir.

Ils sont deux, frileusement pressés l'un contre l'autre. Le mari tient un tisonnier à la main et la femme une bouteille de spray contenant un insecticide puissant.

Nous sourions au couple. Et pourtant, il est pas bandant ! Lui, il a la gueule comme un aquarium dont on n'a pas changé l'eau depuis quinze jours. C'est trouble, c'est glauque, et deux misérables poissons exotiques qui sont les yeux nous font face. Quant à mémère, elle a la frite de traviole, le cheveux rance, l'expression apeurée. Ces deux krooms ont l'air de deux verbes défectifs qui ne se conjuguent pas à la première personne.

Achille le Grand, Achille le Somptueux, prend l'initiative :

— Mes hommages, madame. Navré de devoir troubler votre respectable quiétude bourgeoise mais des événements importants nous y contraignent. Ils concernent vos voisins immédiats, les Bézuquet avec lesquels, si j'en juge par l'emplacement de vos deux maisons, vous êtes en contact permanent.

Le voilà parti dans la tartine sous emballage, Chilou. Le phrasé élégant. Le rond de mot. Les concordances. Nos deux éberlués s'apprivoisent lentement, comme se dégivre le pare-brise de ta tire capturé par le gel nocturne. Ils nous font entrer dans leur salon de retraités, là qu'ils se préparent doucettement à mourir en regardant la téloche et en comptant des gouttes de digitaline Nativelle. Répondent aux questions du Dabe. Impressionnés au plus haut point par le smok juteux. Les boutons de perlouze, le nœud pap', les tartines vernies et, plus que tout, par la rosette dont le Vénérable ne se sépare jamais (il prendrait une génuflexion de poitrine, sinon, sans elle !). Elle lui tient chaud mieux qu'une canadienne de mouton. Le froid, c'est dans la tronche qu'il siège, oublie jamais, rarement dans les pieds.

Moui, en effet, ils connaissent bien les Bézuquet. La maman surtout, une femme bien méritante, veuve d'un employé des chemins de fer tué dans un accident. Y a du drame dans cette famille. Le fils et sa femme qui se fraisent à moto, la bru morte sur le coup ! Laissant une petite fille qui boitille un peu du cervelet. Le gars Gaston, si vous voudriez nos avis, messieurs : un bon à nibe ! Comédien raté. Bricoleur. Maille à partir de rien avec la Justice. Des conneries : chèques, la lyre... Un petit faisan à la manque ! Un sous-escroc à la godille. A ramasser des chaudes lances avec des putes (la maman qui leur a raconté). On attend le Sida pour bientôt. Ça lui pend au nœud, à ce saligaud. A force de viander des radasses pas comestibles, il décrochera le grelot, l'artiste !

Comment dites-vous, m'sieur le directeur ? Moui, il n'a qu'une fille : Marinette. Pas cuite, on vous répète. Ses notes à l'école, je vous dis pas ! Et encore elle rame dans une classe d'arriérés mentals ! Une autre gamine ? Effectivement, depuis quelques jours. Mais ils n'ont pas eu l'occasion de causer avec Mᵐᵉ Bézuquet, ces derniers temps, alors ils ignorent qui c'est-il. Moche à pleurer. Drocéphale, ils en jureraient ! Une tronche de saladier. La bouille ingrate.

On en arrive à ce soir. Là, ça se fait palpitant. Au moment qu'il va pour raconter, Grojoly, des cris nous parviennent de la maison voisine. Je cours ouvrir la

fenêtre. Je perçois plus clairement des suppliques
féminines. Me semble identifier l'organe de
Mlle Zouzou :

— Arrêêête ! Pousse plus, je te dis ! Mais il est fou,
ce mec ! Vous, le Noir, empêchez-le, bon Dieu !

Je ne perçois pas la réplique de Jérémie, mais elle ne
doit pas abonder dans le sens souhaité par la camarade
du Dabe.

Heureusement, voici l'organe (si je puis dire) du
Mastar qui se fait apaisant :

— Dites, mon p'tit loup, v'z'allez pas nous péter une
pendule ! J'le sais que Coquette a pas la taille manne-
quin mais c'est justement ce qui la fait apprécier des
dames. Une fois en place, vous n'en voudrez plus
d'aut'. Attendez, bougez pas, j'vais voir si y aurait pas
un peu d'beurre en cuisine pour faciliter nos r'lations,
poulette.

Je referme la fenêtre.

— De quoi s'agit-il ? s'informe Achille.

— Blanc et Bérurier qui se chamaillent, pieumen-
songé-je ; ils ne peuvent pas se souffrir.

Le dirluche hausse les épaules.

— J'aimerais assez les voir se flanquer une peignée.
Salingue, le Vioque ! Voyeur sur toute la ligne !

Grojoly *and* gerce se mettent tout de même à
raconter les tribulations du jour de la famille Bézuquet.

En fin de journée, leurs voisins ont reçu la visite
d'une ravissante jeune femme blonde. Ils pensent avoir
déjà aperçu cette dernière l'avant-veille, en compagnie
d'un beau gosse qui me ressemblait (tu parles !).

La visiteuse est restée longtemps à la maison. Puis
une deuxième auto est arrivée, une grande chignole
noire aux vitres teintées. Deux hommes en sont sortis
qui ont foncé droit sur le pavillon des Bézuquet (note
que les deux constructions contiguës sont rigoureusement semblables, mais que celle des Bézuquet est un
« pavillon », alors que celle des Grojoly est une

« villa »). Dix minutes plus tard, tout le monde est reparti : les Bézuquet, la « personne » blonde, les deux bonshommes. C'est un des deux derniers arrivants qui s'est mis au volant de la voiture de la fille blonde.

Bon, je lis dans le texte, cette sombre histoire. Elle est claire, malgré les apparences. Ma téméraire Marika ayant dûment phosphoré, est arrivée à la conclusion que Gaston Bézuquet était coupable. Au lieu de m'attendre *at home,* elle a voulu, en bonne petite aviatrice qu'elle est (1) voler de ses propres ailes. Mal lui en a pris car, se voyant confondu, Bézuquet a prévenu des gens malencontreux qui sont arrivés en renfort. L'équipe a décidé de filocher en emportant ma Suprême ! Sale affaire ! Et qui tourne bizarroïdement à la cagate ! On déborde du cadre de la chapelle et des drôles de gens de Louveciennes pour déboucher sur « autre chose ».

L'Achille, il est parfait. Assis, les jambes croisées, le pli de futiau de sa guibolle supérieure tiré au cordeau, un bras passé sur l'accoudoir de son siège, les mains chastement croisées. Il est relaxe, élégant, à l'aise dans sa peau et dans son smok, le vieux singe savant. A le regarder, je pige qu'on ne pouvait pas se quitter, les deux. Pas « comme cela », toujours est-il.

Il questionne, badin :

— Les Bézuquet, en partant, étaient encore accompagnés de leurs « deux » fillettes ?

— Moui, moui ! que répond l'aquarium mal tenu.

— La dame blonde marquait-elle quelque réticence à les suivre ? enchaîné-je.

— Non, non.

— Vous avez eu l'occasion de vérifier les plaques minéralogiques des deux autos ? demandé-je encore.

Pourquoi cette question saugrenue, mon cher Bazu ? Je vais t'expliquer. Dans ces banlieues sous-cutanées,

_____

(1) Cf. : *Les morues se dessalent.*

non lacustres et parfois insalubres, les retraités, surtout
en couple, n'ont plus qu'un sport en dehors de la télé,
c'est de guigner ce qui les entoure. Le va-et-vient
extérieur constitue leur pâture. De plus, j'ai avisé,
accrochée au radiateur de chauffage central placé sous
la fenêtre, une paire de jumelles sans étui. Elles
pendent par leur dragonne au bouton de réglage, ce qui
montre qu'on s'en sert à tout moment et qu'elles font
partie intégrante de la vie de la maison.

Ma question déconcerte un peu Isidore (je viens de
décider de l'appeler Isidore, mais je ne voudrais pas te
heurter, et si ton vieux père se prénomme ainsi, je peux
te le débaptiser à l'œil !) car elle sous-entend qu'il laisse
se développer une curiosité proche de l'espionnage.

Pour le convaincre, je désigne les jumelles.

— Un ancien sous-officier comme vous, ça ne laisse
rien échapper et ça demeure vigilant.

Pourquoi sous-officier ? Parce qu'une croix de quelque chose est encadrée dans le salon, flanquée de l'état
de services l'ayant valu à son récipiendaire (récipient
d'air).

— Effectivement, attaque l'aquarium. En ces temps
d'insécurité et compte tenu de… du… des…

Le voilà qui me pompe l'air avec une laborieuse
préface à la syntaxe mordorée, pour justifier l'emploi
des jumelles.

Faut pas le troubler. Quand il se sera fourni à soi-
même les meilleures raisons du monde d'être un infâme
pipelet nauséabond, il crachera le morcif.

On perçoit, provenant de chez les Bézuquet, une
nouvelle rafale de cris. Mais de liesse cette fois. Encore
une manifestation vocale de miss Zouzou qui clame
qu' « Oh ! oui ! Oh ! oui ! Oh ! oui… Plus vite, gros
cochon ! ».

Le Vieux, distrait par la clameur, soupire :

— Blanc et Bérurier ne sont pas sortables, décidément !

Est-il dupe ? Je ne le pense pas. Il assume comme il peut. Ne sait que trop bien qu'à son âge les tringlées épiques, la charge cosaque, l'empaffade gauloise c'est plus de son ressort (à boudin). Qu'il n'a droit qu'aux restes ou aux hors-d'œuvre. Et encore parce qu'il porte beau, roule carrosse et a de la fortune personnelle.

Mais dis, tu penses aux démunis ? Aux grands vieillards sous la lune, perdus dans les froidures de l'âge, et dont le panais pend, pend, pend sempiternellement, pend à ne plus en pouvoir, à ne plus jamais contempler le soleil au fond des cieux, pend comme le balancier d'une pendule arrêtée, pend, pend, pend, sans esprit de retour, sans la perspective d'une turlute professionnelle, sans l'espoir d'une réanimation momentanée, un jour, un seul, juste pour dire, juste pour voir, juste pour se souvenir ! Ah ! infortunés vieillards non fortunés, qu'on ne mâchouillera plus et dont aucun doigt expert ne titillera le gland ni les bourses pour un ultime adieu à l'espèce ! Ah ! chers vieux génaires démunis qui n'ont plus de rigide que l'impuissance, comme je pense à vous ! Quelle joie j'aurais à vous payer une pute. Ce serait ma tournée ! Mon aide et assistance à personne âgée en danger d'inertie ! Comme je voudrais lever une armée de filles courageuses, valeureuses, pour vous gloutonner les roustons, vous pomper, vous carrer, si besoin était, le doigt dans le fion afin de rétablir des déclics salvateurs. Ah ! souffler dans vos braguettes rances pour les faires gonfler ! Changer en os vos peaux mortes ! Vous redonner l'éclat du beau zob joufflu, rubicond, dodelineur et raide, raide, raide à en casser les noix de coco ! Ne renoncez pas, vieillards sans ressources. Ne faites pas de votre slip dépenaillé un mausolée. Il ne faut pas « qu'ici repose ». Oh ! que non ? Jamais ! Ici remue, ici s'agite, ici frétille Mister Dupaf. *The king !* Le membre à tout jamais régnant de vos attributs. Amen.

Et je laisse Pépère à ses mélancolies de l'âge, à ses sombres acceptations, pour me consacrer à l'aquarium.

Isidore Grojoly (de la villa « Mon Rêve »), le guigneur, le veilleur, la vigie du quartier.

Il parle :

— La première voiture (en conséquence, celle de Marika) était une 205 Peugeot rouge, immatriculée dans les Yvelines. L'autre, une grosse Volvo noire immatriculée dans l'Oise, car le 60, c'est bien l'Oise, n'est-ce pas ?

Je le lui confirme.

— Telle qu'elle était stationnée, je n'ai pas pu lire la plaque minéralogique. Je n'ai aperçu celle-ci qu'au moment du départ, brièvement. Le 60 final, j'en réponds. Mais les autres chiffres, tout ce que je peux vous assurer, c'est que c'était des 1 et des 7, impossible de vous préciser combien il y en avait et dans quel ordre. En outre, je n'ai pas distingué les lettres car il y avait une feuille morte plaquée dessus.

L'aquarium se tait. Je l'embrasserais bien, tant est vive mon allégresse, mais je n'ai pas d'alcool à 90° sur moi pour me désinfecter postérieurement. Aussi me contenté-je d'une poignée de main valeureuse, de celle qu'on réserve aux héros qui n'ont pas été tués.

Il s'enorgueillit ; et comme je le comprends !

— Eh bien, monsieur le directeur, nous avons bigrement progressé, grâce à votre magistrale initiative, fais-je, en regagnant le gîte des Bézuquet.

Mais ma basse flatterie ne le sort pas de sa torpeur turpide. Il marche dans ses désilluses, le cher homme. Et sa Légion d'honneur, pour lui, est comme la nuit. Avant que de nous engager dans le passage bordé de plates-bandes conduisant au logis du comédien foireux, il s'arrête, me saisit le bras.

— Antoine, chuchote-t-il, d'homme à homme, les

yeux dans les yeux, vous allez me jurer une chose : plus jamais cela !

— Plus jamais quoi, monsieur le directeur ?

— De démission, d'abandon. C'est lâche. Il faut me pardonner mes éclats, voyez-vous, mon petit. Je vais vous confier une chose que vous ne répéterez à personne : je suis vieux, Antoine. J'ai droit au pardon, voire aux excuses. Sans votre présence, je périclite. Je me fane, m'étiole, me gomme. Vous êtes ma vigueur, Antoine. Mon soleil de minuit ! Je tiens à vous comme au fils que je n'eus jamais. Les affaires ne m'intéressent qu'à travers votre énergie, sinon elles me font chier, Antoine. Profondément ! Cette histoire du massacre dans la chapelle de Louveciennes, mais j'en ai rien à branler, moi, mon petit. Qui a tué qui, et pourquoi, ça vous intéresse, vous ? Moi ? Regardez ?

Il tire un bras d'honneur si violent que le fermoir de sa montre en *gold* s'ouvre. Mais comme c'est une Cartier, elle ne quitte pas pour autant son poignet !

Il est émouvant, soudain, le Vieux, dans cette venelle de banlieue où l'air pue le produit chimique et la morte saison complètement morte.

Alors je le saisis dans mes bras, comme on le fait avec un père longtemps quitté et enfin retrouvé. Le berce contre moi, embrasse son crâne lisse qui sent l'eau de toilette à cent mille balles la bonbonne. Il me chiale contre, Achille. Tant tellement l'existence coince, cette nuit. Tant tellement il se rend bien compte de l'insanité de tout ça, bordel à cul ! Et ce qu'il faut d'impossible courage pour rester en activité à son âge, même pour vivre bonnement. Parler à des gens, brancher la radio, prendre de l'Alka-Seltzer, traverser la rue, prier le Seigneur, écouter se délabrer son corps... Et continuer de faire croire, se montrer péremptoire, bouffer des chattes ! Tout le reste, encore ! L'harassement le prend dans sa tête, ce vieux mec. Naturellement qu'il s'en bat l'œil de l'affaire Lerat-Gondin. Et toutes les Mlles Zou-

zou de la planète, attifées sublimes, oh ! la la ! ce qu'il
leur passerait outre, mon Chilou ! Des nostalgies de
charentaises le remue-méningent ; il voudrait enfin lire
la Pléiade devant un feu de bûches en suçant des
bonbons au miel ! Vérifier l'à quel point ils avaient déjà
tout pigé et tout dit, les classiques en perruque. Et
qu'on est là, comme des petits cons, à s'efforcer sur nos
pots de chambre de misère, les grands écrivains d'aujourd'hui.

Il presse mes bras, l'Achille.

— Tu ne me quitteras plus, mon Antoine.

— Non, non, patron, plus jamais.

— Quand je te vois privé de ta carte de police ! Un
homme comme toi ! Ça te ferait plaisir que je licencie
cette sous-merde de Mathias (1) ?

— Même pas, patron. Il n'y a rien de plus débectant
que la vengeance. On en rêve, mais quand il vous arrive
de l'assouvir, ensuite on se sent con et désemparé
comme après un enterrement.

— T'as raison, Toinou. On va se contenter de le
faire chier.

— Là, je ne dis pas non, car je ne suis pas un saint.

— Il faut récupérer ta gerce, grand.

— Ça s'impose.

— Elle est si choucarde que le dit Béru ?

— Plus !

— La pointe ?

— Fabuleuse !

— Tu l'aimes ?

— Il me semble que oui.

— Ma nouvelle Zouzou, tu la trouves comment ?

— Superbe.

— Mais pétasse à ne plus en pouvoir, non ?

(1) Lire absolument *Les morues se dessalent*, sinon t'auras l'air
glandu pour le restant de tes jours !

San-A.

— Je la connais mal, monsieur le...

— Mon œil ! Tu l'as compris au premier regard, un type de ton expérience, tu penses ! Le Gros l'a tringlée pendant qu'on était chez ces crevures, d'accord ?

— Oh ! vous croyez ?

— Ne fais pas l'hypocrite, Antoine. D'ailleurs, toutes les connasses que je lève sont des demi-mondaines, comme l'on disait de mon temps. Des péteuses qui aiment les bains de champagne et les bijoux. Quand on a de l'âge, grand, et qu'on lime en se tenant la queue, on ne peut pas prétendre au premier choix, comprends-tu ? Je me suis fait une spécialité de bouffeur, comme tous les croulants. Croquer du clito, ça devient une passion. Lorsque t'as fait reluire une sœur à plusieurs reprises avec ta menteuse et qu'elle est bien béante et lubrifiée, tu hasardes ton pauvre paf ; mais il se fane en trois allers et retours : il y a une incoercible mésentente entre lui et ta volonté. Quand je pense au temps pas si lointain ou je régalais une polka des heures durant sans dégoder, mec ! Elle grimpait aux rideaux et appelait sa daronne en chinois. Et puis te voilà repassé, vieux con mollasson. Ah ! profites-en, mon gamin ; profites-en bien, c'est pas durable. Goinfre-toi de fesses, Antoine, pendant que tu peux opérer des prestations de concours.

— Vous parlez bien l'argot, patron, complimenté-je.

— Pour vous recréer, chère bande de loustics qui m'êtes devenus indispensables, uniquement pour vous recréer. Bon, allons usiner ; le temps presse, ta souris doit paniquer.

— Pas elle, patron, jamais. C'est la petite mère-grand la plus courageuse que j'aie jamais rencontrée.

On retourne au pavillon des Bézuquet. Mlle Zouzou gît sur le canapé, anéantie, le pot dévasté par un séisme nommé Béru. Le Gravos, quant à lui, se refait un foutre en éclusant une boutanche de gros rouge d'épicemard. Il a l'œil et la pommette luisants ; ce grand contentement du mâle qui vient d'en caramboler une nouvelle est étalé sur son beau visage d'être tellement inculte qu'il ne s'en aperçoit pas. Un sourire de maquignon donne une expression sinistre à cette face de pourtant brave homme.

— Alors, les cracks, nous lance-t-il impertinemment, du nouveau ?

Achille qui ne peut supporter sa suffisance de biteur essoré ne répond rien et va tuber à son fameux service pour lui demander à qui appartient une Volvo noire immatriculée dans l'Oise dont le numéro minéralogique ne se compose que de 1 et de 7.

— Tu as une seconde ? me demande Jérémie, renfrogné.

Il m'entraîne à l'écart d'un hochement de tête et sort de sa poche une minuscule figurine haute de cinq centimètres à peine, représentant Satan, fourchu, cornu et grimaçant. L'objet est en jade. Au dos de ce supposé démon, est gravée une formule latine que je ne peux déchiffrer, n'ayant jamais pratiqué cette langue morte (mais rassure-toi : je suis resté très simple malgré mon inculture).

— Qué zaco ? fais-je en espagnol.

Le Noirpiot déclare :

— J'ai trouvé cette babiole dans un coffret simili persan, lui-même placé dans l'armoire de la chambre qu'occupe Gaston Bézuquet.

— Fort bien. Et il offre un intérêt quelconque ?

— Je n'y aurais pas pris garde si, tout à l'heure, à Louveciennes, je n'avais trouvé le même, que voici (il en sort un de son autre poche) dans la chambre à coucher des Lerat-Gondin.

— Tiens donc ! murmuré-je, assez sottement j'en conviens, mais si tu avais l'air génial vingt-quatre heures sur vingt-quatre, tu finirais par faire chier tout le monde et ta femme !

J'admets que ces deux figurines semblables et pareillement démoniaques ont quelque chose de fort troublant.

— Attends, ajoute froidement mon sombre pote. Attends, ce n'est pas terminé.

Et ce *black* magicien d'extirper d'une troisième vague, une troisième figurine.

— Celle-là, je l'ai dénichée dans la boîte à gants de la bagnole du sieur Grokomak.

Trois bons petits diables sur la toile cirée de la table ! Avec des petits yeux cruels, des bouches torves. Et la même inscription gravée dans le dos.

Jérémie en chope un, le retourne, me le montre et déclare :

— Tu as lu, grand ? « Les Disciples de l'Ange Rebelle ».

— Tu connais le latin ? je murmure.

— Ben oui, pourquoi ?

— Pour rien.

CHANT 18

— Doré de l'avant, faudra que je vais porter des slips Téfal, annonce le Gravos ; ceux qu'empêchent les poils de coller.

Et il se déculotte pour remettre de l'ordre dans ses sous-vêtements malmenés par ses derniers exploits.

Mlle Zouzou est morose, le frifri tout endolori. Elle est de ces femelles uniquement organiques pour qui une contrariété physique suffit à désorganiser le rythme d'existence. Un bout de grippe, un tampon mal amarré, une légère brûlure d'estomac perturbent dangereusement leur journée. Grevées de ces minces hypothèques, elles ne savourent plus rien de ce monde et marchent loin de leurs pompes, en faisant le grand tour.

Achille revient du biniou, un faf en main. Lui, par contre, semble avoir récupéré de son coup de flou.

— Voilà, j'ai le renseignement ! déclare-t-il.

— Vous permettez, patron ?

Il me tend sa note manuscrite. Je lis à mi-voix :

— Albert Satana, Château de la Damnation, Anfer-sur-Oise.

Dis-moi, Eloi, ça cadre bien avec les *Disciples de l'Ange Rebelle,* ça, non ? Depuis le départ je flairais confusément une histoire de secte, dans ce bain de sang.

— Qui est l'Ange Rebelle ? murmuré-je au bout d'un instant de semi-réflexions.

— Lucifer, répond le Vieux.

— Oui, dis-je, Lucifer. Donc, reprends-je, il existe des disciples de Lucifer.

— Ça n'est pas d'aujourd'hui, fait le Dabe. L'esprit du Malin a toujours hanté une certaine catégorie de gens. Philosophiquement, je les tiens pour des couards qui se consacrent au mal pour le conjurer, un peu comme on se ferait naturaliser russe par crainte d'une invasion soviétique. Pourquoi abordez-vous ce sujet, Antoine ?

Je l'affranchis sur la triple découverte des figurines, faite par Jérémie Blanc.

— Intéressant, affirme le Dabe. C'est bien, mon jeune ami, assure-t-il à mon pote mâchuré. Pour un Noir, c'est même très très bien. Vous savez, Blanc, j'ai toujours pensé que vous pouviez, dans certains cas, être des gens comme les autres. Foin de ce racisme, source d'exactions. J'en parlais l'autre soir avec mon ami Le Pen ; il était écœuré de voir infliger de la prison à de braves petits gars du contingent, accusés d'avoir chahuté à mort un Arbi de merde qui buvait dans le même bistrot qu'eux. Je vous demande un peu : ils étaient allés le chercher, ce melon, nos petits gars ? Non, mais répondez-moi, Blanc ! On se permet d'aller narguer nos chers militaires dans des débits de boisson lorsqu'on est un raton buveur de limonade-grenadine ? C'est pas de la provocation, ça ? On aurait dû les neutraliser, tous, que voulez-vous.

« Oh ! attention ! Attention ! Pas de sévices, de massacres à la nazi, ne me faites pas dire ce que je n'ai pas dit. En douceur ! Dans la dignité et la fraternité. La piqûre ouatée. Bonne nuit, les petits ! Une injection de quelques millilitres et vous m'endormez cette racaille sans tapage. Ah ! si notre cher ministre avait les pleins pouvoirs .. Ce régal ! On en trouverait, des volontaires ! Des secouristes dévoués ! Des zélés qui ne rechigneraient pas à faire des heures supplémentaires.

Médecins de nos frontières, pour lors ! Juste une petite piquouze ! Ou bien, mieux encore : l'ampoule de cyanure, façon Goering. Le cric te croque. Ouvrez la bouche ! Fermez ! Au tapis ! Ni vu, ni reconnu. La mort douce. Le néant dans un fauteuil ! Nous sommes des humanistes incompris, Jean-Marie et moi ! Tout ça pour vous montrer, Blanc, que je ne suis pas raciste du tout !

« Vous vous imaginez peut-être que je vous en veux d'être noir, mon petit vieux ? Foutaise ! Donnez-moi votre main ! Allons, votre main, vous dis-je ! Là ! Qu'est-ce que je fais, Blanc ? Hmmm ? Dites à nos amis ce que je suis en train de faire ! Je… ? Dites-le bon Dieu ! Je vous serre la main, Blanc. Vrai ou faux ? Regardez, tout le monde : je lui serre la main. Est-ce que je serrerais la main à un enfoiré de moricaud si j'étais raciste ? Non, n'est-ce pas ? Conclusion, je ne suis pas raciste. Où sont les lavabos que j'aille me laver la main ? »

Jérémie reste perdu dans des humiliations indicibles. Quand il était môme, dans son village, sur la rive du fleuve Sénégal, il ignorait que l'humanité ressemblait à ça. Il grimpait au sommet des cocotiers, ou bien il allait ramasser des plantes aromatiques pour vendre aux touristes qui se hasardaient jusqu'à lui. Il avait même dressé un petit cochon noir, lequel pouvait marcher sur ses pattes de derrière, et le faisait photographier par des Belges ou des Japonais. On lui donnait une pièce de monnaie. Il pensait qu'à Paris, il gagnerait des gros billets. Mais à quel prix, doux Seigneur ! En côtoyant qui ? En entendant quoi ?

— On tient le bambou, lui dis-je, car le moment m'est venu de te faire une révélation, mon vieux.

Il s'arrache à sa tristesse.

— Quelle révélation, blanc de blanc de céruse ? demande mon copain.

— Ayant rendu visite au notaire des Lerat-Gondin,

je me suis arrangé pour découvrir en faveur de qui ils avaient testé, puisque sans héritiers.

— Et alors ?

Je prends mon temps, m'humecte les labiales, souris finement, cligne de l'œil, toute la sauce avant-coureuse des révélations choc.

— Ils lèguent tous leurs biens aux Disciples de l'Ange Rebelle. Sur le coup je n'ai pas trop bien pigé de quoi il s'agissait. J'ai cru à quelque organisation de bienfaisance...

— De bienfaisance, l'Ange Rebelle ? T'es chié, mon vieux ! ricane Jérémie. Des types chiés...

— Je sais : tu en as déjà rencontrés des fagots, mais des aussi chiés que moi, jamais !

— Exactement.

Sais-tu qu'il est plus de onze heures lorsque nous atteignons Anfer-sur-Oise ? C'est une exquise localité typiquement française, avec une église basse, ventrue, des maisons prénormandes où courent du colombage, des bacs de géraniums (sans géraniums, vu la saison) aux fenêtres. Une fontaine sur la place, près du monument aux morts 1914-1918 et 1940 (il reste encore deux faces vierges pour les prochaines qui tardent).

L'Oise, languissante (toujours sur les guides et dans les bons romans) décrit une boucle autour du village. Un vieux pont de pierre l'enjambe. Depuis ledit, on aperçoit des jardins le long des rives, qui doivent être pleins de fleurs à la belle saison. C'est le coin béni où il fait bon vivre quand on y est vétérinaire, notaire, curé, ou qu'on y possède une résidence dite secondaire.

Un troquet est encore ouvert. Celui de la Mairie. Quelques jeunots, mi-ploucs, mi-raisin, malmènent un baby-foot tandis que le pionard du coinceteau, trogne écarlate et casquette de marinier, écluse (justement) des verres de rouge, seul à une table, en se racontant son passé qui branle au manche de la mémoire.

Derrière le rade, un obèse asthmatique lit dans *Paris Match*, la vie édifiante de Stéphanie, dont à laquelle la France entière est suspendue depuis son premier Tampax.

Je viens, sur la pointe des pieds, troubler sa lecture laborieuse.

— Le château de la Damnation, je vous prie ?

Il achève posément son paragraphe, car, étant semi-analphabète, il ne retrouverait plus la phrase en cours de décryptage s'il la lâchait. N'ensuite, il pose *Match* sur le rade, appuie son gros doigt majuscule sur la dernière ligne lue et me considère d'un œil pas tout ce qu'il y a de bienveillant.

— Y a messe noire de minuit ? il fait d'une voix d'eunuque enrhumé.

— Pourquoi ? je rebiffe.

— Pour rien, répond-il. Le château, c'est au bout du chemin de l'abreuvoir, rue de l'abreuvoir, derrière l'abreuvoir. Je vous sers ?

— De guide, réponds-je, ce dont je vous remercie. Mes respects au prince Rainier s'il se trouve dans l'article.

Et je retourne à la Rolls.

Moi je veux bien appeler « château » ce genre de bâtisse, mais je trouve quelque part le terme usurpé. Il s'agit en fait d'une maison de maître, avec une façade tarabiscotée, un étage, des combles aménagés et un parc en bois d'hiver. Avant toute chose, j'aperçois la 205 Pigeot de Marika sur un parking couvert, à droite de l'entrée, en compagnie de la Volvo noire et de quelques autres véhicules courants. Je jubile intérieurement : nous n'avons pas fait long pour retrouver ma Danoise bien-aimée, décidément !

Achille murmure :

— Par quel bout attrapons-nous ce problème, selon vous ?

— Quel problème ? s'insurge Béru.

Il dégaine son feu, un vieux Ceska tchèque, calibre 7,5 dont il est seul à pouvoir se servir, tellement qu'il déporte à droite (ce qui est pas catholique pour une arme d'un pays de l'Est).

— Blanc, Béru et moi allons nous présenter au château, fais-je. Avant une demi-heure, nous vous donnerons de nos nouvelles, patron. Si ce n'est pas le cas, usez de votre téléphone de bord pour réclamer des renforts. Vous dirigez depuis votre P.C., ce qui est normal.

J'ai eu la phrase déterminante.

— En effet, San-Antonio, je dirigerai depuis ma Rolls. Avez-vous besoin que mon vieux chauffeur vous assiste ? Il est britannique, mais c'est un homme efficace, et qui sait cartonner lorsque ça s'impose.

— En ce cas, qu'il vous couvre si besoin est, patron, dans l'hypothèse où les gens du château nous auraient neutralisés et qu'ils opéreraient une reconnaissance à l'extérieur.

Avant de nous manifester, je vais couler un regard par l'une des fenêtres éclairées. La scène que je capte par une maljoignance des rideaux n'a rien qui fasse peur. Je distingue un salon très classique : sièges rembourrés cuir, style pseudoanglais, cheminée de marbre blanc, avec une Diane-pendulette dorée dessus, et une glace à la con dans son cadre à la con. Vieux tapis, vieux meubles d'acajou, lustre à prétention hollandaise, des tableaux à se cagater dessous. La morne bourgeoiseté dans toute sa pompière hideur. Le truc qu'on se transmet de père à fils jusqu'à ce qu'on tombe sur un loustic qui joue au con, se came, fait la foiridon et bazarde le foyer avec encore le grillon dans la cheminée, pour s'acheter quelques joints.

Les personnes présentes ? Deux hommes pas très jeunes, avec des frimes un chouia bizarres, Gaston Bézuquet et Marika.

Je respire en constatant qu'elle n'est pas entravée et qu'elle a pris place dans un fauteuil, devant la cheminée où flambe un grand feu de belles bûches. Futée comme je la sais, ma Merveilleuse a réussi à inspirer confiance à ces tocards et je me demande si j'ai tort ou raison de tenter un coup de main pour la délivrer. Je suis convaincu que, seule, elle s'arracherait de ce guêpier !

Pourtant, maintenant que nous sommes à pied d'œuvre, je ne m'imagine pas remballant mes troupes d'élite, tels des soldats de plomb dans leur boîte, pour rentrer me coucher. Surtout sans elle !

Mes deux lascars m'observent, placardés derrière un gros massif de buis taillé en forme de bouteille.

Je gravis le perron et tire mon cher sésame, ce délicat engin que m'offrit, voici lurette, un malfrat de la Santé qui m'avait à la chouette. Je lui avais rendu visite au parloir afin de lui annoncer, avec ménagement, le décès de sa mère, et, en guise de reconnaissance, il avait sorti de sa fouille cette chose qui n'aurait pas dû s'y trouver, en me disant : « Prenez ça, commissaire. Dans votre job, je suis certain que vous en avez l'emploi. Je l'ai fignolé pour essayer de m'arracher d'ici, mais maintenant que plus personne ne m'attend... ». Il y avait des larmes sur sa pauvre gueule de voyou, je me souviens. L'une d'elles a dégouliné jusqu'à la fossette qui marquait profondément son menton, comme à Kirk Douglas. Une autre l'a rejointe, ça a formé comme un minuscule cratère empli d'eau de pluie. Moi, gêné, je tripatouillais le sésame. Et lui, raffermissant sa voix, m'expliquait de quelle manière on devait l'utiliser. Ça fait des années que je te parle du charmant outil, sans t'en préciser la provenance. Et puis, tu vois, c'est ce soir, au tournant d'une phrase. On s'épièce selon des caprices intérieurs, des élans imprévisibles. Faudrait pouvoir s'offrir en bloc, se livrer en entier, bien complètement ; mais on suit le vent des instants, qui vous pousse selon ses humeurs.

Alors j'enquille la petite tige modulaire dans le trou de la serrure, je gravite le bougnazal landolfi de jugulation douce. Deux tours à droite. Ça résiste. Un tour à gauche. Puis encore à droite en donnant du jeu à la molette trépignante mixte. J'espère que ça va jouer! Il n'a qu'un ennemi, le petit sésame : le verrou. Là, il déclare forfait ; à moins que ledit ne soit commandé par une serrure, auquel cas il cesse d'être véritablement verrou. Mais non, tout s'opère juste. La porte exhale un soupir ; y a plus qu'à la pousser.

Avant d'entrer, je coule un coup de périscope dans le hall : *nobody*. J'adresse alors un signe à mes deux loustics pour leur signifier qu'ils devront intervenir en différé, après avoir suivi mon comportement par la fenêtre. Jérémie opine.

J'entre.

Une sale odeur m'outrage l'olfactif. Une puanteur de gibier faisandé et de plumes brûlées. J'avise, au fond du hall, une espèce de chapelle ardente qui ferait frissonner un hippocampe. Une toile de deux mètres sur trois représente Lucifer dans son environnement naturel, c'est-à-dire des flammes. Il est d'autant plus terrifiant qu'il a un visage humain et qu'il ressemble peu ou prou à une bonne douzaine de personnes que je connais. Un arceau d'ampoules électriques rouges avive ses couleurs flamboyantes.

Devant la peinture, il y a un brûle-cierges d'église ; les bougies forment une rampe de feux vacillants. Au-dessus de leurs mèches allumées, on a suspendu des chouettes en putréfaction, et ce sont ces oiseaux morts qui dégagent cette puanteur insoutenable.

Un spasme me conduit aux abords de la dégueulanche. Si je sortais de table, sûr et certain que j'irais de mon voyage.

Le sentiment d'être observé me pousse à lever la tête en direction du premier étage. J'avise, embusquée derrière les gros balustres Louis XIII, une étrange créature, naine, à coup sûr, avec des yeux intenses, d'un bleu insoutenable. Je lui adresse une espèce de salut de la main et je me dirige vers le salon, le camarade Tu-Tues fiché dans mon bénouze, à gauche du nombril.

La porte n'étant pas fermée, il me suffit de la pousser légèrement. Je pénètre dans la vaste pièce que termine le grand feu de bûches. Mon arrivée mobilise l'attention, sans toutefois créer le moindre mouvement de panique.

— Pardonnez cette visite nocturne, mes frères, dis-je en m'avançant, le sourire aux lèvres, je voulais seulement vous éviter la peine de ramener mon amie à la maison.

Je continue d'avancer. Marika me contemple en souriant. Bézuquet se ratatine dans son fauteuil. L'un des deux hommes que je ne connais pas encore se lève et s'approche de moi, la main tendue, plein d'urbanité.

— Albert Satana, se présente-t-il.

Je serre sa dextre brûlante. Il a un regard comme sur les affiches de films d'épouvante, tu sais, l'iris est cerné de rouge et l'intensité du regard forme laser.

— Voici notre Maître des Maléfices, Eloi Dutalion.

L'autre mec ne bronche pas. Lui, il a l'air sculpté dans un bloc de gelée blanche. Il est chauve, la bouille en poire, les pommettes plates avec des reflets bleuâtres. Il a un œil qui surveille Moscou, tandis que l'autre fait du charme à Washington, si bien que lorsqu'il porte le regard sur toi, t'as envie de te déplacer sur la droite ou sur la gauche pour qu'il puisse te capter.

— Ravi! laissé-je tomber.

Je m'approche de Marika. Elle me tend ses beaux bras voluptueux pour m'attirer à elle.

— Comment as-tu su que j'étais ici, mon amour? roucoule ma tourterelle du Nord.

— L'enfance de l'art, chérie. Je suis retourné chez ce bon Bézuquet et j'y ai retrouvé le châle que tu portais aujourd'hui. Comme notre ami est flanqué de voisins curieux, j'ai appris que tu étais repartie à bord d'une Volvo noire immatriculée dans l'Oise à l'aide de 1 et de 7 uniquement. Dénicher l'adresse de Satana n'avait dès lors rien de sorcier (si j'ose dire, compte tenu des idées philosophiques qui sont développées ici).

Satana me darde de son surprenant regard de science-fiction.

— Puis-je vous offrir un verre ? demande-t-il.

— Vous voulez dire un philtre ? plaisanté-je. Non, merci, cher monsieur.

— Vous êtes venu tout seul ? questionne le dénommé Eloi Dutalion.

— Qui, pourquoi ?

Il ne me précise pas la motivation de sa question, encore que je la devine.

Bon, il se fait tard, faudrait voir à s'orienter vers le positif.

— Vous êtes le fondateur des « Disciples de l'Ange Rebelle », monsieur Satana ? lui fais-je aimablement, comme un qui demanderait à une mercière si elle a créé ou racheté son fonds de commerce.

— Cofondateur.

— Il s'agit d'une secte, d'une religion ?

— D'un mouvement de pensée.

— Basé sur le culte du Malin ?

— En gros, oui, mais une démarche spirituelle comme la nôtre ne se résume pas aussi sommairement. Si vous êtes intéressé, je peux vous proposer notre catéchisme, voire vous faire donner des cours initiatiques.

Y a-t-il de l'ironie dans sa proposition ? En tout cas elle ne transparaît pas sur son visage et il garde son expression grave, presque soucieuse.

— C'est extrêmement gentil de votre part, monsieur Satana, mais pour l'instant, je suis davantage axé sur le matérialisme.

Je me suis assis sur l'accoudoir du fauteuil où se tient Marika et lui caresse doucement la nuque en parlant. Ces lascars à demi siphonnés m'inspirent une obscure répulsion. Je sais qu'il s'agit de gredins de la pire espèce, de ceux qui jouent de la dinguerie pour éponger leurs semblables, les écrémer jusqu'au trognon. Un peu « dérangés » eux-mêmes, ils savent rendre leur folie opérationnelle. Et moi, bien posé sur mes paturons, la gamberge rodée (ce qui est blanc est blanc, point à la ligne !) je laisse se dérouler mon moulinet.

— Ainsi, monsieur Satana, poursuis-je, je n'ai en tête qu'un objectif : découvrir ce qui s'est passé à Louveciennes, dans la curieuse chapelle des Lerat-Gondin.

« Vous êtes au courant de cette étrange affaire ? insisté-je. Elle a dû porter un coup à votre « mouvement de pensée » puisque plusieurs de vos membres ont succombé. »

Satana continue de me fixer comme s'il cherchait à m'hypnotiser ; et tiens : tu veux parier qu'il est en train de se défoncer le sub, l'apôtre ? Il doit disposer d'un pouvoir, ou croire qu'il, ce qui est pareil. Je dois me montrer sujet rebelle, comme l'Ange, car ses yeux de chat en train de déféquer ne me font ni chaud, ni froid.

Mais il y a des sujets sur lesquels ça doit marcher. Des personnalités perméables qui se laissent violer comme des filles de ferme. Note que j'ai connu une fille de ferme, jadis, que j'essayais de pointer et qui n'a jamais rien voulu chiquer, malgré mon charme certain et mon physique de théâtre. J'ai beaucoup médité sur cet échec, par la suite, et j'en ai conclu que j'étais trop intelligent pour lui plaire. Je lui faisais peur, comprends-tu ?

Satana doit réaliser que son fluide est inopérant et qu'à tout prendre, il aurait plus de succès avec du fluide glacial, car un certain « relâchement » se produit dans sa personne. Son énergie se débande, son regard lâche prise.

— Histoire plus que singulière, fais-je, pour ne pas dire histoire de fous ! Ce couple de gens âgés qui, chaque année, reconstitue ses noces ! Le mari est éperdu d'amour, et pourtant sa bonne femme est nympho. Elle va même jusqu'à tourner des horreurs dans un film porno ! Et il visionne la cassette. Elle s'écrit des lettres érotiques signées « Charles » et les lui fait lire. Peut-être même se laisse-t-elle trousser devant lui. Mais enfin, quoi : chacun prend son pied comme il peut, n'est-ce pas, monsieur Satana ? La vie est une triste errance, une quête lamentable. Donc, le 10 novembre de chaque année, la même cérémonie a lieu à Louveciennes, avec pratiquement les mêmes acteurs. Qu'ont-ils en commun, ces gens ? Nonobstant un point d'interrogation pour le pianiste, tous font partie de votre secte de mes fesses, monsieur Satana.

Je tire une figurine de jade de ma vague.

— Les Lerat-Gondin.

Une seconde :

— Grokomak, le faux prêtre.

Une troisième :

— Bézuquet, ici présent, le faux maire... Intéressant, non ? Chaque année, le simulacre de mariage réunit les mêmes interprètes, sauf cette année ou cinq personnes supplémentaires assistent à la « cérémonie ». Ces cinq personnes sont par ordre d'importance : moi, deux de mes collaborateurs, la fillette de Bézuquet, et une autre petite qu'il donne pour la sienne mais qui ne l'est pas, car vous n'avez qu'une seule enfant, n'est-ce pas, cher Gaston ?

Pas faraud, le mec. Renfrogné, pâle et muet, tout tassé dans son fauteuil, il garde obstinément le menton sur sa cravate et le regard sur sa braguette où, pourtant, il ne se passe rien. C'est un ballotté, cézigue. Le bouchon sur la crête des vagues. Il fait ce qu'on exige de lui, à condition que ce ne soit pas trop pénible.

— Une question intéressante vient à l'esprit lorsqu'on a une vue d'ensemble de l'affaire, et c'est la suivante : pourquoi, ce 10 novembre-ci, date de l'hécatombe, y avait-il cinq personnes de plus que l'an passé ? Réponse : parce que la tuerie était programmée.

« J'en viens alors à scinder ma question en deux : pourquoi les petites filles et pourquoi l'équipe San-Antonio ? Pourquoi les petites filles ? Sans aucun doute parce qu'elles étaient indispensables au parachèvement de la tuerie. Pourquoi l'équipe San-Antonio ? Parce que quelqu'un redoutait cette tuerie ; ou tout au moins un incident grave. Vous me suivez, messieurs ? »

Leur devise est la même que celle du Munster : « Qui ne dit rien, qu'on sent. » *No* bronchement ! Mannequins figés ! Cireux, marmoréens, tout ce que tu voudras pour marquer l'immobilité sans faille. Etrange ambiance ; situation un peu tendue, mais pas au point qu'on pourrait craindre ! Que se passera-t-il lorsque je pousserai les feux jusqu'au bout et que je leur aurai déballé ma conviction, qui est que les « Disciples de l'Ange Rebelle » sont un ramassis de filous et probablement aussi d'assassins ?

Dehors, mes deux compères doivent morfondre. Je sens le regard vigilant de Jérémie Blanc, de l'autre côté de la fenêtre : ombre parmi les ombres. Et Pèpère qui, certainement licebroque derrière son massif en attendant le signal de l'attaque. Mais y aura-t-il attaque ?

Alors, pour en avoir le cœur net, je passe la surmu.

Chilou et sa pétasse poireautent dans la vieille Rolls solennelle qui sentira le cuir neuf jusqu'au moment où César en fera un dessus de cheminée !

J'ai bien aimé le moment d'épanchement du Vieux, à Courbevoie, devant le pavillon de Bézuquet. Cette mise à nu de son âme. Il m'aime bien, le vieil égoïste. Je suis son balancier. Sans moi, sa pendule se détraque et il tente n'importe quoi, comme de péter ou d'apprendre l'argot, pour se constituer une forme d'équilibre.

Je t'ai dit que je passais la surmu. Et puis, tu vois, c'est la délirade intime. Je vogue.

— Est-ce que Valentin Le Ossé est également membre des Disciples de l'Ange Rebelle, monsieur Satana ?

— J'ignore de qui vous parlez.

— Oh ! non, nous n'allons pas entrer dans les ergoteries, soupiré-je. Des gens comme nous, voyons ! Vous ne pouvez pas ignorer un homme que vous avez chargé de tuer et que vous avez fait tuer !

Il a un léger sourire. Sa gueule est franchement pas sympa. Y a des rides profondes, de part et d'autre de sa bouche. Ses sourcils paraissent s'épaissir.

— Car, dans la chapelle, les choses se sont passées de la façon suivante, poursuis-je : Grokomak s'est chargé de la fermeture des portes. C'était le signal. Aussitôt, Le Ossé a dégainé le yatagan fauché à la panoplie de ses parents, il s'est jeté sur le couple et a coupé le kiki aux mariés. Ensuite, il s'est tourné vers le « prêtre » et l'a égorgé dans la foulée, tout cela en moins de six secondes ! Puis il a lâché l'arme après en avoir essuyé le manche et s'est écroulé dans le sang. Et alors, je vais vous dire pourquoi il a agi de la sorte, monsieur Satana. *Parce qu'il était en état d'hypnose !* On l'avait conditionné, minutieusement préparé, comme on règle une bombe.

« Au *top* convenu, il est entré en action, ce freluquet. Une fois sa besogne programmée accomplie, il est tombé évanoui, ou en catalepsie, ou tout ce que vous voudrez. Dehors, ç'a été l'effervescence. Chacun des assistants s'est remué le derrière pour tenter d'ouvrir la porte. Bézuquet est allé chercher des démonte-pneus. Moi, j'ai couru à la meurtrière percée à l'arrière de la chapelle, en compagnie d'un de mes hommes. Et j'ai distingué, dans la pénombre, les quatre corps baignant dans des flots de sang ! *Ainsi pouvais-je témoigner que les quatre personnes étaient mortes à cet instant !* Et puis la porte a été défoncée et mon second compagnon est entré, suivi du sieur Bézuquet. Dans la confusion de la tragédie, Gaston a discrètement tranché le gosier de Valentin. »

— Non ! C'est faux ! se met à hurler Bézuquet. C'est faux !

Eloi Dutalion le calme d'une tape sèche sur le genou. Cézarin la ferme, hébété, mais il continue de dénéguer de la hure.

— Voici des meurtres parfaits, poursuis-je. Un être faible, préalablement travaillé à bloc pour qu'il zigouille trois personnes le moment venu dans un espace clos. Quand on rouvre et qu'on fait les comptes, on dénombre quatre morts ! Le jeune commissaire qui mène l'enquête conclut à l'acte d'un dément homicide. Reste à déterminer lequel des quatre a perpétré la chose, mais quelle importance, dans le fond ?

Un long silence. Brusquement, la porte s'entrouvre et un minuscule bonhomme pénètre dans le salon. Un nain, celui que j'ai aperçu dans l'escalier. Un mètre au garrot ! Peut-être un mètre cinq avec ses talonnettes ! Il n'a pas tellement les caractéristiques du nanisme. Ou du moins sont-elles peu marquées. Certes, sa tête est grosse et ses jambes torses, mais pas de manière excessive. Il tient à deux mains une arme (je dis que c'est une arme car il la dirige contre moi) bizarre. Ça ressemble à un revolver, ça à la forme d'un revolver, mais ce n'est pas du Canada Dry. Ainsi, le canon est-il en réalité une espèce de gorge. Et ce qui pourrait passer pour un chargeur une sorte d'éventail horizontal. La chose tient vaguement de l'arbalète et de l'instrument chirurgical.

Le nain annonce à Satana :

— Il n'est pas seul, il y a un gros type dehors.

On dirait que, grâce à sa couleur, M. Blanc, lui, n'a pas été repéré par le petit homme.

— Je m'en doutais un peu, assure Satana.

Il me dit, désignant l'arme du nain d'un hochement de tête :

— Cet appareil est chargé de mort subite. Je préfère vous avertir. Il distribue des crises cardiaques à une allure terrifiante.

Donc, on joue cartes sur table, à présent. Je préfère ça à des palabres oiseuses.

— Vous avez d'autres choses à dire ? murmure Satana après un silence.

— Bien sûr ! A dire, et surtout à demander ! Ainsi je...

Et soudain je fais claquer mes doigts.

— Ça y est ! Ça y est ! exulté-je, je viens de piger !

Ils sont déconcertés de me voir conserver mon humeur enjouée et mon ton badin en ayant un appareil à tuer braqué sur moi.

— C'est en voyant monsieur, poursuis-je !

Je désigne le petit Léon (que je baptise ainsi parce qu'il est nabot).

Je fais, à Gaston Bézuquet :

— Pardonnez l'accusation que j'ai portée à votre encontre tout à l'heure, mon cher. Ce n'est pas vous qui avez sectionné la jugulaire de Valentin, mais cet être déguisé en petite fille !

Touché ! Au regard qu'ils échangent entre eux, je réalise que je viens de mettre dans le mille.

La vie est une aventure dangereuse. Les pires avatars nous guettent, nous cernent. Ne t'est-il jamais arrivé, par exemple, te trouvant aux chiottes, de constater, à l'instant suprême, que le porte-papier était vide ?

Je poursuis mon raisonnement :

— Voilà pourquoi, Bézuquet a eu deux fillettes, l'espace d'un matin : la sienne et ce bout d'homme travesti. L'une accréditait l'autre ! La vraie faisait passer l'anormalité de la fausse. Bien conçu ! Maintenant, reste à savoir l'objet de cette tuerie. Est-ce parce que les Lerat-Gondin léguaient leur fortune à votre confrérie satanique ? Je ne crois pas qu'elle soit suffisamment considérable pour motiver une décision de cette importance. Non, il y a autre chose. Continuez de me fixer, monsieur Satana, vous obtenez le contraire du phénomène escompté ; c'est-à-dire qu'au lieu de prendre le pas sur ma pensée, c'est vous qui me confiez la vôtre. Devrais-je en conclure que ma personnalité psychique est plus forte que la vôtre ?

Je ris.

— Et puis d'abord, dites à votre bouffon-tueur de remiser son engin. Me supprimer ne réglerait rien pour vous.

« S'il n'a vu qu'un homme dehors, c'est que sa vue est aussi basse que sa taille ! Je vous le prouve. »

Là, je prends des risques.

Enormes !

Car il suffirait d'un mouvement d'énervement du nain pour qu'il me virgule ses petites saloperies mortelles.

Mais n'est-ce pas mon style ?

Je vais à la fenêtre et l'ouvre.

— Vous pouvez venir, Béru et toi, mais dites aux autres de continuer d'attendre ! lancé-je à Jérémie dont j'aperçois le regard blanc.

Gagné ! Du moment qu'ils ne m'ont pas seringué, c'est qu'ils admettent ma suprématie. Comme quoi, l'autorité tranquille paie.

Je reprends ma place sur l'accoudoir du fauteuil où se tient Marika. Elle m'inquiète quelque peu, ma belle amazone, car elle n'a pas son brio ordinaire. Elle se tient tassée au creux du siège capitonné, le regard mort et bas.

— Ces messieurs t'auraient-ils fait avaler quelque substance calmante, du genre narcotique, ma chérie ? lui chuchoté-je.

Elle secoue la tête :

— Non, rien. Pourquoi ?

— Je te trouve abattue.

— Mais pas du tout !

Le Gravos et Jérémie radinent. Béru éternue en entrant, si puissamment que les pendeloques du lustre s'agitent comme à une secousse sismique, et s'adornent de nouveaux motifs verdâtres et filandreux.

— Salut, la coterie ! lance-t-il. C'est pas pour me vanter, mais y fait moins cinq dehors et je m'ai morflé un rhume qui tiendrait pas dans une musette ! Pas toi, l'Négus ? Non ? J'sais pas comment y s'arrangent, ces chiens panzés, y z'arrivent d'leurs baobabs où qui fait une chaleur d'enfer et les v'là qu'acclimatent nos régions mieux qu'si s'serait des Esquimaux.

Rond de jambe à destination de Marika.

— J'sus très content d'vous r'voir, mam'zelle Euréka. On n'a pas fait long pour vous r'coller au fion, hein ? V's'avez, Sana, d'en c'qui vous concerne, épris comme il est, lu suffit d'suve sa bibite, telle une braguette d'sourcier, pour vous joinde.

Il aperçoit un flacon de cristal taillé dans la roche sur un plateau portant une petite plaque d'argent marquée « Whisky ». S'en verse un demi-verre.

— Pour mes bronches ! annonce-t-il en éclusant.

Et c'est une ambiance très étrange. Ces gens réunis autour d'un feu de cheminée, armés mais immobiles. En train de regarder ce gros lard d'Alexandre-Benoît, toujours identique à lui-même. Souverain. Puissant de son insouciance jouisseuse.

Les mecs capables de vivre au premier degré : j'ai froid, j'ai soif, je bande, j'ai sommeil, sont les garants de l'équilibre existentiel. N'ayant pas d'autres problèmes que les seuls *vrais* problèmes physiques, ils calment le jeu effréné où nous tournoyons.

— T'as fais avancer le schmilblick, mec ? me demande-t-il juste avant de balancer un rot au pur malt douze ans d'âge.

— Pas mal, et je vais continuer. En gros, c'est le nabot ici présent qui s'était déguisé en fillette pour servir de demoiselle d'honneur et qui a coupé le kiki au pianiste.

Jérémie demande :

— Lequel avait assassiné les trois autres ?

— Lequel avait assassiné les trois autres, en effet, mais en état d'hypnose. C'était un être faible que l'on a longuement conditionné, n'est-ce pas, monsieur Satana ?

Je me lève, les mains aux poches, mais ce n'est pas pour me dénerver les cannes. Juste histoire de balancer un monstre coup de talon dans la gueule du nain, de dos, au moment qu'il peut pas s'y attendre, le ptit sagouin. Ça craque et le voilà foudroyé. Je saute sur son appareil bizarre et vais le balancer par la fenêtre, le plus loin possible dans le parc. On le récupérera plus tard.

— Je déteste discuter sous la menace, dis-je aux deux dirigeants des « Disciples de l'Ange Rebelle ». Votre avorton de merde pouvait perdre les pédales d'un instant à l'autre et s'il m'avait tué au détour de la conversation, je ne me le serais jamais pardonné.

Je me penche sur Marika :

— Mon tendre amour, laquelle des « deux petites filles » t'a dit que c'était Grokomak qui a actionné le commutateur de fermeture ?

Elle reste muette, prostrée. Ils me l'ont bricolée, ça y a pas d'erreur et j'en suis alarmé.

Je poursuis néanmoins :

— C'est cette délicieuse fillette à la mâchoire disloquée qui t'a révélé la chose, n'est-ce pas ? Elle t'a menti car, en réalité, je suis convaincu que Valentin s'est chargé de fermer les portes. Il était devenu une sorte de robot mis en mémoire ! Beau travail. Je suis allergique à vos manœuvres, heureusement pour moi, monsieur Satana, mais vous avez des dons et je plains ceux qui tombent sous votre coupe. Donc, il était prévu qu'au moment du sermon, Le Ossé fermerait les portes, dégainerait le yatagan pris chez ses parents et massacrerait les trois autres. Il a consciencieusement rempli son office. Restait alors à prévoir sa mort à lui. L'histoire du nain déguisé en petite demoiselle d'honneur résolvait le problème. Cet homuncule doit jouer dans votre organisation le rôle d'exécuter des basses œuvres, je présume. C'est le nettoyeur de tranchées.

« Mais, j'en reviens à ma question demeurée encore sans réponse : pourquoi ce massacre ? J'ai déjà renoncé à la thèse de l'héritage. Non, décidément, il fallait une motivation beaucoup plus importante, telle que la crainte d'un danger ! D'un danger qui aurait menacé toute votre putain de confrérie de merde ! Quel danger ? Regardez-moi, Satana ! Ne vous dérobez pas ! Vous avez trouvé votre maître et c'est moi qui domine vos pensées. Un peu de courage, cher pape des Ténèbres ! Voilà... Je lis en vous sans m'en rendre compte, comme on conduit une voiture. La petite fille, n'est-ce pas ? Elise. Celle qui a été enterrée dans la cave de Louveciennes. La Cosette de ces Thénardier d'un nouveau genre que furent les Lerat-Gondin.

« D'où venait-elle, cette pauvre innocente ? C'est les « Disciples de l'Ange Rebelle » qui l'ont enlevée un jour et placée chez les Lerat-Gondin, où elle devait servir à vos honteuses messes noires ? Ils gardaient à votre disposition cette agnelle destinée au sacrifice. Qu'a-t-elle enduré comme sévices avant de mourir de vos infernales manigances ? Il va bien falloir le révéler maintenant que l'heure de la justice a sonné ! (1) »

---

(1) La colère de l'auteur est vertueuse, belle et justifiée ; mais question grandiloquence, l'Antonio ne se refuse rien ! « L'heure de la justice a sonné ! » Mazette, Sana ne nous avait pas habitués à ça !

Jérôme GARCIN
(de *l'Académie française*)

Il a détourné les yeux, me privant ainsi de *connaissances* plus poussées. Mais qu'importe ! Tout est clair, à présent.

— Les choses se sont gâtées à cause de « frère » Grokomak, n'est-ce pas ? Ce type cupide, qui exploitait le vice et faisait argent de tout, y compris de son sexe, était devenu le partenaire et le pourvoyeur de la vieille donzelle en compagnons de débauche. Il organisait des parties fines crapuleuses pour cette fée Carabosse dont la dépravation ne connaissait plus de limites avec l'âge. Il la faisait même tourner dans les films licencieux dont il était la vedette. La sale gorgone ne pouvait plus se passer de lui et c'est elle qui, au cours de ses délirades, lui révéla l'existence du petit cadavre dans sa cave.

« Le madré Grokomak réalisa alors le parti qu'il pouvait tirer d'une telle information et tissa la toile d'un juteux chantage. Lui, n'appartenait à votre confrérie que par intérêt, non par inclination philosophique. A ce propos, je gage que les fameuses rééditions annuelles du mariage des Lerat-Gondin correspondaient à des cérémonies lucifériennes. C'est pourquoi les participants appartenaient à votre foutue secte ! Un esprit profanateur procédait à la démarche. Mais revenons à Grokomak. Vraiment, vous n'avez plus le courage de me confier vos yeux, Satana ? Tant pis, ce que je n'y lirai pas, je suis capable de l'inventer.

« En conséquence, je suppose que les manœuvres du Polak vous ont alarmé. Vous avez donc décidé de le liquider. Alors vous avez fabriqué une arme spéciale nommée Valentin Le Ossé. Un frêle artiste, un homo ! Autant dire qu'il était malléable comme de la cire. Il suffisait de le chauffer. Vous l'avez chauffé. A blanc ! A bloc ! N'y revenons plus. Mais revenons à Lerat-Gondin. Personnalité falote. Il est fou, la chose est certaine, c'est un dingue du genre flottant. Capable de tout et cependant froussard. Il a un comportement vertueux pour l'extérieur, mais il adore voir sodomiser sa bonne femme et lire les lettres dégueulasses qu'elle s'envoie en les signant « Charles ». Il fait partie de votre compagnie, mais vous le savez fluctuant, prêt à trahir à la première occasion. Alors vous décidez de frapper un grand coup et d'en finir avec les Lerat-Gondin en même temps qu'avec Grokomak.

« La prudence vous recommande de les neutraliser, lui et sa bergère. Il y a ce foutu petit cadavre dans leur cave ! Mieux vaut faire place nette. Seulement, le chantage de Grokomak a commencé de s'exercer sur le couple. Le bonhomme panique et sa mégère craint qu'il ne perde les pédales. Elle s'en ouvre à vous. Histoire de la rassurer, vous lui dites que avez prévu une solution radicale pour le Polak, au 10 novembre.

« Que fait la mère Lucienne ? Elle écrit la carte signée « Charles » à son vieux en l'assortissant de commentaires. Le sort du maître chanteur sera réglé le 10. Au lieu d'en être rassuré, le pleutre s'en alarme ! Une liquidation chez lui ! Alors qu'il y a un cadavre d'enfant dans sa cave ! Il faut empêcher cela. Une copieuse interview de moi dans un grand hebdo tombe sous ses yeux. Il a le trait de génie du siècle, cher monsieur Satana : il vient me demander de surveiller le déroulement de la cérémonie, le 10. Il pense qu'ainsi la mise à mort sera annulée.

« Mais elle ne l'est pas. Au contraire, nous fournissons notre caution à l'affaire, nous, d'anciens flics honorablement connus ! Un comble ! Et nous voilà les témoins d'un quadruple assassinat. Beau travail ! Les « Disciples de l'Ange Rebelle » peuvent continuer leurs sombres manœuvres blasphématoires en paix ! »

Là je ris, façon Méphisto.

Mais pas pour longtemps.

CHANT DERNIER

Au cours duquel
Satan conduit le bal

Il y a toujours le même nombre de cons (et même il serait en accroissement) pour me demander : « — Mais où-ce que vous allez-t-il chercher tout ça ? » tant tellement qu'ils sont éblouis par ce qu'ils croient être « ma faculté d'invention ».

Bande de nœuds, va ! Comme si « tout ça » pouvait *s'inventer !*

Eh bien non, mes gueux : « tout ça » *ne s'invente pas ;* par contre « ça » se vit et « ça » se raconte. Moi je ne suis que le reporter. Je participe, j'observe, j'écris. Quand tu rechignes sur ce qui te paraît extravagant, t'es con. Quand tu regimbes pas, tu l'es aussi ! J'ai beau tourner ton problo dans tous les sens, mon pauvre vieux, je parviens pas à te jouer gagnant.

Cette note préambulatoire pour te préparer autant que possible à ce qui va viendre.

Et qui est digne de ce qui précède, au moins !

Je te disais donc, à la fin du chant précédent (et qu'il te faudra relire à tête déposée à la consigne pour bien piger ce sac d'embrouilles) que je ponctuais ma péroraison d'un grand rire méphistophélique.

J'ajoutais qu'il ne durait pas longtemps, tu t'en souviens ? C'est pas si vieux : ça s'est passé à la page précédente !

Tu y es ? Bon !

Ce qui a motivé mon hilarité de théâtre ? Mon
succès ? Certes, l'orgueil est toujours embusqué dans
notre quotidien, mais il y a aussi la satisfaction d'avoir
vaincu une force mauvaise, délibérément placée sous la
bannière du Mal, donc du Malin ! Moi, j'ai jamais pu
admettre la prédominance de certains individus sur les
autres. Un homme, quel qu'il soit, tu lui fais passer un
rouleau compresseur sur le burlingue, il se transforme
en flaque. Tu ne vas pas te laisser impressionner par
une flaque en puissance, tout de même ! Par une tache !
Or tous les hommes sont des taches possibles. Le plus
prestigieux chef d'Etat, si un mignard caillot de son
sang gros comme ton épingle à cravetouze se fourvoie
dans son guignol, il est naze ! Alors tu veux adorer
quoi ? Le fait qu'aucun caillot de sang ne se forme pour
l'instant dans ses veines ? Tu consens à idolâtrer le
hasard ? Mieux vaut les totems d'Afrique, mon frère !

Satana, il en conçoit pas tellement d'aigreur, apparemment, de ma liesse. Il s'est agenouillé devant son
nabot que j'ai shooté d'importance et lui promène les
glaçons de son scotch sur les charnières du tiroir. Mais
ça ne lui crée pas la belle détente souhaitée, à Tom
Pouce, vu qu'il a la mâchoire tellement fracturée, qu'il
va devoir s'alimenter par cartes perforées jusqu'à la fin
février bissextile.

Comprenant l'inanité de son acte altruiste (de Schu-
bert), il abandonne le nain à son sort et vient se planter
devant moi.

— Vous êtes content ? il me demande à brûle-gilet.

Un mec te pose cette question, d'un ton badin, t'es
bité comme une fiote de pissotière. Tu ne sais que
répondre.

Satana ajoute :

— Vous êtes un fieffé bavard, qui perd son temps à
s'écouter. Vous devriez vendre des couteaux à éplucher
les patates sur les marchés !

— Hé ! dites, monsieur Satan, abandonnez ce ton-là avec moi ! m'emporté-je.

Alors, tu sais quoi ? Il se tourne vers Marika et lui murmure :

— Faites-lui donc les honneurs de la maison, ma chère demoiselle. Ça va l'intéresser.

Marika quitte docilement son siège et, me prenant le bras, murmure :

— Viens !

Je crois rêver ! Le plus pas croyable, c'est que je la suis.

— Mon amour, lui dis-je, quand nous avons passé le seuil du salon, que t'ont-ils fait absorber ? Quelles louches manœuvres ont-ils exercées sur toi ? Tu n'es plus la même.

— C'est toi qui le dis, répond-elle.

Mais son ton buté confirme mon inquiétude. Elle n'est plus elle-même, Marika. Remarque, je n'ai encore jamais rencontré quelqu'un qui soit vraiment soi-même. Je te prends moi, par exemple ; tu crois que je suis moi-même ? On peut pas être soi-même puisqu'on passe sa vie à tenter de se constituer. Et l'on ne fabrique que des statues de sable ! Faut les mouiller pour les modeler. Elles sèchent et s'écroulent.

Moi, mon drame, c'est que je sèche plus vite que les autres. Faut sans cesse que je me recommence. A la longue t'en a quine, tu te bâcles, t'y crois plus ! T'acceptes d'être informe, jamais fini, ruisselant. On coule comme les bonnes vieilles blennos d'avant les sulfamides.

Elle me fait gravir l'escadrin de la demeure.

— Où m'emmènes-tu, Marika ?

— Tu vas voir, répond-elle avec un rire frileux.

— Comment se fait-il que tu connaisses les êtres ?

— On m'a initiée.

Le mot ! Putain, j'en reçois une secousse de mille

volts dans les claouis. INITIÉE! Ça y est, pigé. Ça
n'aura pas traîné. Bon terrain, mon intrépide, qui n'a
pourtant pas froid aux yeux. Qui pilotait son zinc au ras
des flots en m'emmenant au Groenland, pour en faire
dégivrer les ailes! Dans le fond, ça reste une nature
influençable. Satana le satanique, alerté par Bézuquet
ou par le nain-petite-fille, s'est pointé à Courbevoie.
Tout de suite il a branché ses Mazda sur la môme.
Nature ardente, réceptive à outrance, elle n'a pas pu
lutter. Alors il a investi sa pensée comme un soudard en
guerre le logis d'une garde-barrière. Sa volonté a
dominé l'esprit de Marika. Maintenant, elle est sa
chose. Elle lui obéit.

Alors moi, tu veux que je te dise? En l'espace d'une
éjaculation précoce, je tiens le raisonnement ci-dessous, lu et approuvé par le Conseil des Sages et celui de
mes cinq sens : *Puisqu'elle est sa chose, ne lui obéis pas!
Fais le contraire de ce qu'elle t'indique!*

Du coup, voilà Antonio l'Inoubliable qui saute sur la
large rampe à balustres Louis XIII et, comme lorsqu'il
était garnement, dévale sur ce toboggan élémentaire, si
vite qu'il porte ses sœurs siamoises à l'incandescence.

Mais foin! La peau des couilles n'est rien, comme le
dit volontiers Mme Thatcher, seule importe celle de
l'âme! Me voici à la porte du salon. Jouant les
soubrettes de comédie, je mate par le trou de la
serrure. Dis : ils vont vite en besogne, les apôtres de
l'Ange Rebelle. Déjà, Eloi Dutalion demande à Jérémie de lui remettre son pétard et le cher Noirpiot
s'exécute, les yeux rivés à ceux de son terlocuteur.
Quant à Satana, il parle à Béru. Lui chuchote des mots
ou formules que je ne peux percevoir. Le Gravos paraît
tout troublé, tout indécis comme si on venait de lui
demander combien font 8 fois 9 ou quelle est la capitale
du Portugal.

Du coup, Superman Antonio ouvre à la volée en
hurlant :

— Stooooop !

Il tient son pote Tu-Tues pleine pogne, avec l'index déjà crispé sur la détente, laquelle est tellement sensible qu'elle décharge rien qu'à un attouchement !

Dutalion volte et me plombe. Et pas n'importe comment ! Il a dû suivre des cours chez Pigier, le grand vizir : fléchissement des cannes, les deux bras en avant, les mains jointes, autour de la crosse. On défouraille simultanément, lui et moi, ou presque. Et, tu l'as compris, grâce à cette vaste intelligence que tu cultives si admirablement à la lecture de mes zœuvres, le *presque* joue en ma faveur. Ma bastos traverse ses deux mains et fait éclater tout le *cheese*. La sienne qui partait, sur ces entrefaites, me miaule à l'oreille et va perforer une magnifique toile profane hyperréaliste que ça représente Sainte Génuflexion de poitrine en train de se laisser mettre par un bouc ! Le bouc morfle la praline dans l'œil et perd illico son expression méphistophélique.

Dutalion hurle comme la sortie des usines Renault au bon vieux temps que ces salauds d'ouvriers n'avaient pas encore de congés payés, que je te demande un peu à quoi ça leur sert : ils savent pas qu'en foutre. Les « Pensions Mimosas » sont pleines en août et ils se fraisent la gueule au volant de leur tire pas finie de douiller.

Ses deux menottes ressemblent à deux pivoines. Les pétaux en sont tout flétris et pendouillent en dégoulinant rouge.

Mon intervention a sauvé Béru in extremis. Juste au moment que sa raison dodelinait à son corps défendant ! Il se reprend et met un carabiné coup de boule dans la margoule à Satana. Malgré son chapeau, l'impact est violent. Le grand maître des Disciples de l'Ange Rebelle perd dans l'aventure son nez bourbonien ainsi que onze dents réputées de qualité supérieure qu'il crache sur le tapis.

Satisfait, Alexandre-Benoît ôte son couvre-chef, le décabosse du poing, le remet sur sa boîte à néant et, se tournant vers Gaston Bézuquet, anéanti, lui demande :

— On peut faire aussi qué'qu'chose pour toi, mec, du temps que j'y ai ?

« Non non ! » répond véhémentement l'interpellé, de la tête.

— Gêne-toi pas. T'aurais l'intention d'jouer les mariolles, y aura toujours un' p'tite manchette amitieuse pour toi, mon pote. Du genre d'celle-là, par exemple.

Et il le foudroie d'un coup d'avant-bras dont lui seul a le secret depuis que le Bourreau de Béthune s'est retiré des rings.

Mais qu'est-ce qu'il fait, Satana, dis donc Doudou ? En prières ? Le dieu Lucifer, il implore ? Ou s'il cherche ses chailles trop hâtivement glaviotées sur le Shiraz à petits points ? Toujours est-il qu'il est assis sur ses talons, qu'il tient ses mains appliquées contre ses yeux et qu'il psalmodie des incantations dans une langue inconnue venue d'ailleurs. Je te jure qu'il prie, ce sagouin ! On dirait presque une mélopée car il y a une partie chantée. Le marteau-pilon du Gravos lui aurait-il déclaveté la pensarde ?

— Jérémie ! appelé-je.

Il a un sursaut, tourne la tête vers moi. Ses grands yeux jaunes traduisent une intense fatigue. Sa voix est rauque, épuisée :

— Qu'est-ce qu'il s'est passé ? Il me semble que je viens de rêver. Je me trouvais dans un grand jardin où des couples nus faisaient l'amour comme des bêtes...

— Un de ces deux suppôts du diable avait commencé de t'hypnotiser, expliqué-je.

— Ah ! oui ?

Et le Mastar d'enchérir :

— Tu parles d'un régal pour lui ! Un nègre, tu penses ! Des gens qui passent la nuit à tortiller du fion

autour d'un feu en poussant des cris d'orfèvre ! Leur
ciboulot, t'y rentres comme dans une pissotière.

Il se tait parce qu'il vient de voir survenir Marika et
que c'est un spectacle qui fait froid dans le dos ! Elle est
livide, ma chérie, ses grands yeux vert clair, égarés, lui
bouffent toute la devanture ; sa lèvre supérieure est
retroussée, achevant de donner à son radieux visage
l'expression de la folie pas ordinaire.

Elle tient dans ses mains l'engin dont nous menaçait
le nabot, tout à l'heure, et que j'avais balancé par la
fenêtre. Je suppose que Satana lui a ordonné mentalement d'aller le récupérer. Et la voici, menaçante, prête
à l'utiliser contre nous. Le maître de la secte continue
de psalmodier. Alors elle élève l'arme et la braque dans
ma direction. Elle va me zinguer, c'est l'évidence
même ! Moi, son amant superbe, moi, qui, pas plus tard
que ce matin lui ai fait « la coupole en délire », « l'arc-
en-ciel d'Orient », le « garde champêtre dévergondé »,
« le croque-monsieur géant », « la lance d'incendie »,
« la transe du sabre », « les chutes du Jambaise », « la
pyramide gloutonne », « ce soir on décapote », « papa
est en voyage d'affaires », « la souris de l'abbé Jouvence », « le trou du cannibale », « le samouraï
s'amourache », « inutile de l'envelopper, c'est pour
bouffer tout de suite » et, enfin, mon grand succès,
deux fois médaille d'or au con court les pines de
Bouffémont et prix d'honneur aux jeux de l'amour et
du lézard de Bourg-la-Reine : « l'immatriculation rho-
danienne ».

Pas plus tard que ce matin, te dis-je ! Pendant deux
heures et douze minutes sans discontinuer ! Même que
j'ai dû me vaseliner le Nestor après usage.

— Marika ! lancé-je dans un superbe cri vocalisateur
qu'aucun baryton toulousain ne saurait reproduire.

Mais elle reste déterminée, farouche. Satana fait ses
abracadabras éperdus. Et puis se tait. Un être d'élite,
aux mérites indescriptibles, vient d'intervenir : Alexan-

dre-Benoît Bérurier, rat d'égout de première classe, roi
des cons, mais flic chevronné. Il a tout réalisé, le gros
lardoche ! Tout ! Comme quoi c'était Satana qui
commandait à Marika. Qu'elle était prisonnière de sa
volonté, jouet électronique drivé à distance par cette
émanation des Ténèbres !

Alors, lui, aux grands ormeaux les grands remèdes :
il a pris une reculée d'élan et ajuste son shoot ! Ce drop,
madoué ! Pleine tempe ! Ça craque comme les vieux
sampans amarrés dans le port d'Hong Kong. Un bruit
cassant et visqueux à la fois ! Satana se tait et s'étale sur
le tapis, *out !* Plus septembre, octobre, voire novembre ! Sa tronche est pétée comme une noix de coco
tombée de l'Empire State Building. Elle raisine à flots
et va-t'en ôter une tache pareille sur un persan de cette
qualité, toi ! Un pote à moi, marchand de tapis,
m'affirme qu'il faut laver à l'eau gazeuse. Du Perrier, si
tu dégueulasses en France, de l'Héniez, si c'est en
Suisse.

Marika joue à l'image fixe. Elle reste totalement
immobile avec son arbalète de merde dans ses ravissantes mains. Je lui souris.

— Ça va, amour ?

L'engin de mort s'abaisse progressivement.

Ouf !

— Merci, Gros, soupiré-je.

Le Mastar hausse les épaules.

— Fallait disjoncter la centrale, explique-t-il. C'était
l'aut' faisan qui y injectionnait ses ordres !

Il se penche sur le maître des Disciples de l'Ange
Rebelle.

— N'empêche, ajoute-t-il, ton Euréka, j'l'eusse
point cru pareillement influenza. D'la part d'un nègre,
j'sus d'accord ; mais d'une Danoise aussi blonde et
fraîche, j'donne ma langue !

Marika a laissé choir son arc de mort. Elle a repris sa
place dans un fauteuil, toute cassée, chenue, quasi

vieille. Meurtrie dans son essence, ses instincts, sa passion.

Moi je me réfugie dans l'embrasure de la fenêtre. J'ai le guignol qui me fait mal et la gargane nouée si serrée que je pourrais pas y faire passer la moindre goutte de liquide quand bien même ce serait du Château Yquem ! Une formidable désilluse m'a chopé ! Viscérale, sentimentale. Je sais bien que ça n'est pas sa faute, à ma Merveilleuse, si elle s'est révélée spontanément parfait médium au contact de Satana. N'empêche que le charme est rompu, nous deux. Quelques chose de formide vient de finir. C'est une espèce de faillite, tu comprends ? La vie est garce !

Je distingue des ombres dans le parc. Je reconnais une escouade de gendarmerie, ce fleuron des polices ! Le Vieux, inquiet, a donné l'alarme.

Ils ont évacué le mort (Satana) et les blessés (Dutalion et le nain, plus Marika pour sa commotion cérébrale). Au premier, ils ont découvert une espèce de chambre des tortures « régentée » par un immense demeuré, chauve, sourd et muet. C'est à cet être exquis que me conduisait ma tendre compagne, tout à l'heure !

Le Dabe plastronne. Plumes de paon plein son vieux cul !

Il roule, dirige, explique, commande, commente, indique, précise. Il a tout fait, tout décidé. A lui *the victory* !

Grand bien lui fasse, je ne songe pas à la lui contester.

A l'issue, il veut tous nous emmener souper à son club. « Même Blanc », précise-t-il. Mlle Zouzou insiste pour qu'on accepte, mais nous refusons. Je prétends la fatigue. M'man qui n'est pas très bien ces jours, avec ce temps d'automne, presque d'hiver, et qui m'attend. M. Blanc plaide Ramadé : c'est la fin du grosso modo du Lion et ils doivent procéder à une cérémonie

nocturne avec les mômes. Quant au Gros : il tourne
demain un film de cinéma en compagnie de sa femme.
Faut qu'ils soivent en forme, les deux. On lui a expliqué
le scénar : fumant ! D'après ce qu'il nous raconte, il
s'agirait d'une adaptation érotique de *Chantecler*
d'Edmond Rose-Tendre. Les animaux qui partouzent
entre eux. Béru doit interpréter le cochon lubriquc et
Berthe la truie en chaleur.

Allons, Sana ! Du nerf ! Je désenchantais trop vite :
la vie n'est pas si mal faite que ça !

SAN-ANTONIO
S'ÉCOUTE...

SAN-ANTONIO : GUY MARCHAND
BÉRURIER : JULIEN GUIOMAR
et 14 comédiens dans :
LE GALA DES EMPLUMÉS
Effets sonores et musique originale

J'écrivais ma littérature foraine dans le silence. Et soudain, une formidable musique retentit : ces cassettes. Miracle : je suis le premier à en rire ! Bravo !
Tout y est : ma philosophie, mes calembredaines et jusqu'à mes parties de jambon. Et si vous êtes sourdingue, achetez l'enregistrement en Braille. Merci !

SAN-ANTONIO

Le coffret de 2 cassettes de 1 h 50 d'écoute : 99 F.
En vente chez votre libraire habituel.

Achevé d'imprimer en avril 1988
sur les presses de l'Imprimerie Bussière
à Saint-Amand (Cher)

— N° d'impression : 3943. —
Dépôt légal : mai 1988.
Imprimé en France